ROYAL CATCH - VERSION FRANÇAISE

KYLIE GILMORE

Traduction par
LAURE VALENTIN

Royal Catch - Version française: © 2019 par Kylie Gilmore

Version numérique 1.0

Couverture par : Michele Catalano Creative

Photo de couverture : David Wagner

Mannequin de couverture : James Joseph

Publié par : Extra Fancy Books

Traduit par : Laure Valentin

ISBN-10 : 1-947379-75-5

ISBN-13 : 978-1-947379-75-6

1

———

Gabriel

Et attention que la porte ne se referme pas sur vos fesses velues !

Je me pince l'arête du nez. Je n'en reviens pas que ma vie en soit réduite à cela. Moi, Gabriel Rourke, prince couronné de Villroy, héritier d'un royaume, voilà que je suis contraint à renvoyer du palais toute une ménagerie de *furries*. Oui, les *furries*, ces gens qui aiment porter des déguisements d'animaux en peluche. L'épouse kangourou, le marié koala, le révérend wombat et bien trop de dingos pour les compter (je jurerais qu'ils se sont multipliés) étaient venus participer à un mariage *furry*. Tout ça, c'est la faute de mon frère, Phillip. Il a eu l'idée brillante de changer ce palais en véritable temple du mariage pour tenter maladroitement de redresser notre économie vacillante. Et que se passe-t-il maintenant ? Des *furries*.

Pire encore, ces grosses peluches ont été prises en photo sous tous les angles par les journalistes de deux prestigieux magazines de mariage, venus couvrir le premier mariage exclusivement *non furry* (initiative complètement gâchée par la double réservation avec d'autres bêtes à fourrure). Je frissonne en pensant à ce que diront ces journalistes. Tout ce commerce du mariage est une abomination pour la tradition royale et je savais depuis le début que c'était une erreur.

Je n'ai pas dormi depuis vingt-quatre heures, toujours en smoking après cet affreux mariage parodique d'hier soir. Quand Phillip entre dans l'entrée toute en marbre par ce matin de l'enfer, l'œil vif après une bonne nuit de sommeil, je lui aboie :

— Où est Bonnie ?

Phillip lève les paumes.

— Du calme, les gardes s'occupent d'elle.

Impossible de me calmer tant que cette maudite organisatrice de mariage incompétente n'aura pas disparu. À l'évidence, Phillip, lui, en est parfaitement capable. C'est la différence entre l'héritier et le suppléant. D'un an mon cadet, c'est une version joviale et affable de moi-même, avec les mêmes cheveux bruns, les mêmes yeux d'un vert bleuté, les mêmes pommettes hautes et la même carrure.

Je lâche un soupir exaspéré.

— Cette femme est complètement cinglée. C'est toi qui l'as engagée. Assure-toi qu'elle prenne le prochain ferry.

Hier soir, je l'ai bannie de l'île Villroy en lui ordonnant de prendre le tout premier ferry ce matin.

Phillip se penche en avant et dit à mi-voix :

— Crois-tu qu'il y a un fond de vérité dans cette histoire et que Bonnie pourrait avoir du sang royal ? Son arrière-grand-mère serait la fille illégitime de notre arrière-grand-père ?

— Non !

Je n'ai pas envie de revenir avec lui sur cette histoire aussi sordide que saugrenue. Bonnie n'a clairement pas toute sa tête.

— Je veux qu'elle s'en aille.

Il lève une main pour saluer les jeunes mariés, les *non furries* de la veille, qui viennent de descendre dans le hall avec leurs bagages, prêts à partir en lune de miel. Il ajoute dans sa barbe :

— Je dois aller présenter mes excuses au couple pour les petits dérapages de leur mariage.

Et encore, le mot est faible.

Je crispe la mâchoire. Apparemment, je dois tout faire moi-même dans cette foutue baraque. Pourquoi les gardes mettent-ils si longtemps à faire venir Bonnie ?

Je gravis quatre à quatre les marches de l'aile est, où Bonnie a passé la nuit dans une chambre d'amis avec deux gardes devant sa porte. À ce train, elle risque de rater le ferry. Je ne trouve qu'un seul garde en faction devant sa chambre.

— Pourquoi est-ce si long ? je demande.

Mes bonnes manières sont restées dans mon ancienne vie, avec ma dignité.

Le garde, Louis, exécute un rapide salut de la tête.

— Votre Altesse, cela ne devrait prendre que quelques minutes encore. Viktor a dû faire venir quelques femmes de chambre pour l'aider à s'habiller.

Je le dévisage, incrédule.

— Elle prend un ferry pour quitter Villroy à tout jamais, et elle doit être habillée pour l'occasion ?

Louis rougit visiblement.

— Elle était nue. Elle avait l'intention de nous séduire.

— Tous les deux ?

— Oui, sire.

Cette femme doit être désespérée. J'aurais presque pitié pour elle sans la terrible publicité qu'elle a faite à notre famille. C'est bien la dernière chose dont nous avons besoin avec la santé défaillante de mon pauvre père, le roi.

Brusquement, la porte s'ouvre à la volée. Bonnie est entièrement habillée, dans une attitude soumise. Les épaules basses, elle laisse Viktor la conduire hors de la chambre, une main autour de son bras. Je suis les gardes au rez-de-chaussée. Ils prendront le ferry avec elle pour s'assurer qu'elle quitte l'île. Comme je suis trop agacé pour aller au lit, j'assisterai au départ jusqu'au bout.

Nous arrivons dans le hall d'entrée, où Phillip discute toujours avec le pauvre couple dont la cérémonie de mariage a été gâchée.

Dès l'instant où les portes du palais se referment derrière

Bonnie, je me tourne vers Phillip et annonce, assez fort pour que les valets de pied, le majordome et les autres gardes en prennent bonne note :

— Le palais est désormais interdit aux étrangers pour de bon !

— Gabriel, ce n'était qu'une… commence Phillip.

Je l'interromps :

— Plus de mariages. Plus d'étrangers. Point final.

Les portes du palais s'ouvrent en grinçant et je fais volte-face, prêt à voir Bonnie débouler en hurlant pour qu'on reconnaisse son droit d'accès au trône. Je reste bouche bée en découvrant la nouvelle venue : une jeune femme que je n'ai encore jamais vue, avec une crinière de boucles brunes, d'immenses lunettes de soleil à monture blanche et une robe sans manches près du corps à motifs d'ananas géants, juchée sur des talons léopard.

Je m'efforce de refermer la mâchoire dans un claquement lorsqu'elle abandonne sa valise à roulettes près de la porte pour se précipiter vers moi en gesticulant. À son accent, je constate qu'elle est américaine :

— J'adore déjà !

Avant que je puisse protester, elle sort son téléphone et se prend en photo avec moi.

— Le palais est fermé ! dis-je sèchement. Et on ne vous a jamais dit que c'est impoli de prendre quelqu'un en photo sans sa permission ?

Elle paraît surprise avant de grommeler :

— C'est vous qui êtes impoli à crier sur une cliente. Seigneur, j'ai fait dix heures de vol depuis Tampa pour cet accueil ?

Ne me dites pas qu'une autre folle vient de faire irruption au palais.

— Je ne veux rien savoir de vos produits d'hygiène féminine, dis-je en grinçant des dents. Et maintenant, du balai !

Quelqu'un rit tout bas, non loin de là. Je m'en fiche. Je suis trop concentré sur cette intruse grossière, qui est à deux doigts de se faire expulser des lieux manu militari. Par moi personnellement.

— Hygiène féminine ? demande la femme en penchant la tête. Oh ! Ha, ha, pas tampon. *Tam-pa.*

Elle articule lentement, comme si j'étais un imbécile. Alors que c'est elle qui parle avec un accent.

— C'est de là que je viens. C'est un endroit charmant, dit-elle avant de froncer les sourcils. Je doute que l'on puisse qualifier les tampons de charmants, en revanche.

Pendant un instant, je reste sans voix.

Elle porte une main à sa bouche et murmure en aparté à la seule autre femme dans le hall, la jeune mariée sur le départ :

— C'est un majordome grincheux, celui-là !

Je me raidis. Elle me prend pour un valet ? Certes, je ne me suis pas montré en public pendant des années pour des raisons importantes que je n'exposerai pas devant *elle*, et je me suis rasé la barbe, mais tout de même, je ne pensais pas avoir vieilli au point d'être méconnaissable. J'ai trente ans, une belle prestance, et je suis en pleine forme. Dans la force de l'âge, bon sang de bois !

— Qui êtes-vous ? demandé-je alors de ma voix la plus impérieuse.

Elle rejette sa masse de cheveux bruns indomptables par-dessus son épaule et me tend la main.

— Je m'appelle Polly Lyon et ce n'est pas un mensonge.

Je regarde sa main et mes lèvres frémissent. Elle est mignonne. Mal élevée, mais mignonne.

Ses yeux bruns étincellent et elle laisse retomber sa main.

— Tu es peut-être le valet le plus canon que j'aie jamais vu, mais… tu es bien trop coincé pour moi.

J'esquisse un sourire, elle a dit que j'étais canon. Je perds la tête. Le manque de sommeil doit me taper sur le système, parce qu'en temps normal, je ne laisserais jamais passer ce genre d'insulte. Aux oubliettes ! Eh oui, nous en avons, même si elles sont vides depuis des siècles.

J'entends des bruits de pas derrière moi. Ce sont les jeunes mariés qui s'en vont, accompagnés par Phillip et deux gardes. Je reste enraciné sur place, les yeux sur cette femme qui a eu l'outrecuidance de s'adresser à moi, prince couronné de Vill-roy, héritier d'un foutu royaume, comme si j'étais un majordome. À présent, nous sommes seuls dans le hall d'entrée, si l'on oublie les valets habituels, les gardes et le véritable majordome.

Elle pose une main sur sa hanche avec impertinence.

— Allez-vous me donner votre nom ou dois-je vous appeler Nestor ? demande-t-elle avec un clin d'œil.

— Majordome Phillip, pour vous servir.

J'ai envie de rire en mêlant le prénom de mon frère à cette histoire.

Elle affiche un sourire éclatant et, à mon tour, le sourire me vient.

— Comme le prince Phillip, *le* beau gosse royal ! s'exclame-t-elle. Infiniment plus cool que l'héritier au trône. Ce type, oh misère, il paraît que c'est un nullard.

— Un nullard… je répète sans en croire mes oreilles.

Elle jette un regard autour d'elle comme pour s'assurer que le nullard en question ne l'entende pas.

— Oui, un balai dans le cul, si vous préférez. Il ne quitte jamais le palais. Ça fait des années qu'il n'y a aucune photo de lui. Il refuse catégoriquement. Enfin, il faut se bouger un peu, dans la vie, non ?

Ma mâchoire se contracte. Je suis le prince héritier de Villroy, c'est mon droit de naissance, mon héritage. Mon devoir est de faire passer le royaume avant toute chose. Une indignation farouche prend le pas sur le désespoir qui m'a tenu éveillé toute la nuit. Le royaume vacille. L'économie basée sur la pêche bat de l'aile et la nouvelle génération quitte l'île massivement. Comme la santé de mon père décline et que ma mère refuse de gouverner sans lui, je deviendrai bientôt roi, ce qui m'impose de trouver une solution pour remettre Villroy à flot. Phillip veut ouvrir le palais aux visites. Moi, en revanche, je tiens à préserver notre histoire et nos traditions pour les générations futures, et pour cela, il faut que le palais reste fermé au public. Nous ne pouvons pas recevoir des hordes de touristes, qui mettraient leurs mains partout, piétinant et détruisant des siècles d'histoire. Nous devons trouver autre chose. Seulement voilà, quelle initiative lucrative n'impliquerait pas d'ouvrir le palais aux étrangers ? Qu'est-ce qui pourrait dissuader les jeunes de quitter le navire en leur assurant un avenir, à eux comme à l'île ?

C'est la frustration causée par l'absence de réponses à ces questions qui me pousse à lui demander :

— Peut-on savoir ce que vous faites ici, Polly-qui-ne-ment-pas ?

Elle éclate de rire.

— Je suis ici, Majordome Phillip, sur ordre de la reine. Je suis la princesse Mary Louise Lyon des îles Beaumont. Cela dit, je préfère mon surnom, Polly.

Elle tapote un long ongle rouge incrusté de strass sur ses lèvres d'un rouge éclatant.

— On m'a dit que je devais toucher un petit héritage.

Je blêmis et mon ventre se noue. Ma mère, rusée comme un renard, a toujours aimé plaisanter en faisant référence à notre île comme à un petit héritage, ce qui signifie que son véritable objectif est d'une clarté limpide : me trouver une femme. L'héritage sera un royaume. Polly n'est sans doute que la première d'une longue série de candidates triées sur le volet. Les critères de ma mère en matière de future épouse doivent l'orienter vers une femme aux hanches larges, capable de porter des enfants. Je déglutis, transpirant soudain à grosses gouttes.

J'ai toujours su que l'on me demanderait d'épouser une femme de la noblesse, pour perpétuer la lignée.

Mais j'ignorais que le moment était venu.

Anna

Pourquoi ai-je dit que je ne mentais pas ? *Je m'appelle Polly Lyon et ce n'est pas un mensonge.* Foutue conscience coupable. Je suis Anna Hebert, et la vérité, c'est que je suis ici sous une fausse identité. C'est pour la bonne cause. J'aide ma cousine Polly – une authentique princesse – qui s'est attiré des ennuis en Floride pour usurpation d'identité. En fait, nous sommes cousines éloignées avec un unique arrière-arrière-arrière-arrière-arrière-grand-père en commun. Elle m'a retrouvée sur le site web MesAncetres. C'était une aubaine pour toutes les deux. Pour elle, car elle espérait retrouver de la famille aux États-Unis dans le cadre de son projet d'évasion-en-Amérique, et pour moi, car j'étais aux anges de me découvrir une cousine après mon enfance d'orpheline. Bien sûr, au début, je ne savais pas qu'elle cherchait une alliée. C'est arrivé ensuite. Elle a emménagé dans l'appartement voisin et nous nous sommes tout de suite bien entendues. Non seulement nous nous ressemblons beaucoup (on nous prend souvent pour des jumelles), mais nous sommes deux esprits libres. Nous sommes devenues très proches.

Au bout de quelques mois, elle m'a raconté la plus bizarre des histoires – en réalité, c'était une princesse qui se cachait pour échapper à une monarchie très stricte. Ses parents insistaient pour la marier à un homme affreux, mais très important pour son royaume. Comme on pouvait s'y attendre, j'étais sous le choc. Je trouvais que son accent américain était parfait. (Il s'avère qu'elle l'avait travaillé auprès de l'élite américaine, grâce à ses années de pensionnat et d'université.) Encore plus fou, elle m'a annoncé que nous étions cousines éloignées et qu'en arrivant, elle avait acheté l'immeuble où j'habitais pour me l'offrir en cadeau. Comme j'étais orpheline, elle tenait à me donner une base solide. Sa seule exigence, c'était que je la garde comme locataire, parce qu'elle avait dépensé tout l'argent qu'elle avait apporté pour acheter l'immeuble. Elle risquait de trahir son emplacement si elle transférait des fonds depuis son pays d'origine.

Honnêtement, j'ai cru que c'était une arnaque. Une princesse incognito, cousine éloignée, qui m'achète un immeuble ? J'ai cherché moi-même sur MesAncetres et il se trouve que nous sommes de la même famille. Je me suis un peu emballée en pensant que je pouvais me qualifier de princesse, puisqu'une goutte de sang royal coule dans mes veines, mais elle m'a expliqué que j'étais trop éloignée pour cela. Quoi qu'il en soit, j'ai accepté son cadeau et, sous son insistance généreuse, j'ai transféré la propriété à mon nom en lui disant que je ne la remercierais jamais assez. J'avais l'intention de vendre le bien et d'utiliser l'argent pour payer l'infirmière à domicile de mon père de cœur – la famille d'accueil qui m'a élevée – et ouvrir mon propre salon de beauté. Ce n'est pas un immeuble immense ni luxueux, mais ce sera suffisant pour mes besoins. Malheureusement…

Il y a toujours une entourloupe, n'est-ce pas ?

Tout a sauté dans un crissement de disque rayé lorsque la police a débarqué pour arrêter Polly. Elle avait payé quelqu'un pour obtenir une carte d'identité et donner le change avec un faux nom. Elle voulait simplement une année de liberté après la fac avant de s'installer dans la vie de femme mariée prévue pour elle et de produire des héritiers royaux. Il s'avère qu'elle avait pris l'identité d'une personne décédée et qu'elle avait été dénoncée par le même site web qu'elle avait utilisé pour me retrouver. La tante de la défunte effectuait des recherches généalogiques quand elle avait découvert que sa nièce décédée possédait un bien en Floride, que Polly avait acheté uniquement pour m'en faire cadeau. Un geste généreux, par pure bonté d'âme, qui avait causé sa perte. Comment pouvais-je la laisser tomber ? Je l'adore, ma nouvelle cousine.

Maintenant, Polly attend la date de son jugement. Elle risque un an de prison en Floride (il n'existe aucun accord diplomatique avec son pays qui puisse l'envoyer purger sa peine chez elle). Son identité sera révélée en même temps que sa condamnation. Elle craint que sa famille ne la déshérite. Les autres détenues et les gardiens lui donneront du fil à retordre, simplement parce que c'est une princesse. Elle a besoin d'un avocat de première catégorie pour la tirer de ce mauvais pas.

Ni elle ni moi n'avons de quoi payer un avocat. Elle a tout dépensé pour l'immeuble et je ne peux pas le vendre ni contracter une hypothèque, car le transfert de propriété n'est peut-être pas valide. Après tout, elle n'a pas signé l'acte de son vrai nom. Ce pataquès immobilier reste entre parenthèses en attendant le procès. Si je récupère mon bien avec l'aide d'un avocat top-niveau, je serai soulagée de savoir que je peux financer les soins de mon père de cœur. Avec mon salaire de coiffeuse, la situation était tendue.

Et me voilà, à réclamer son héritage pour payer un requin du barreau capable de sauver la princesse. (Elle doit rester en Floride en attendant son procès, sinon elle serait venue réclamer l'héritage en personne.) Je suis presque un*e* chevali*ère* sur son destrier blanc.

Sauf qu'en réalité, cela n'a rien de glamour. Polly s'efforçait de faire bonne figure, mais il était évident qu'elle avait peur. Si j'échoue, elle aura un avocat commis d'office à son procès. Elle sera condamnée et subira l'enfer pendant un an d'emprisonnement, une vie à laquelle elle n'est pas préparée après avoir été couvée toute son existence. Elle n'est pas aussi coriace que moi. J'ai appris dès mon plus jeune âge à me battre pour garder ce qui m'appartient et à me défendre contre les dures à cuire que j'ai côtoyées en foyer d'accueil. Elle sera anéantie, j'en ai peur.

Pour moi aussi, un échec serait terrible. Si je me fais pincer sous la fausse identité d'une princesse, j'aurai droit à une combinaison orange dans une cellule aux murs en parpaing, en moins de temps qu'il n'en faut pour dire *imposteur*. Trop de personnes dépendent de moi, au pays, pour que je me permette d'échouer.

J'admire le hall d'entrée en marbre blanc du palais d'Amalie, qui s'élève sur deux étages, avec ses miroirs dorés et sa tapisserie en soie de Damas de la couleur de l'océan, aux motifs en feuilles d'or, m'efforçant de ne pas rester bouche bée. Je suis sûre que les lieux sont de plus en plus luxueux au fur et à mesure que l'on s'aventure dans le palais. Malgré les risques, je suis tout excitée de vivre cette expérience royale. C'est aux antipodes de ma réalité et, à mes yeux, ce n'est que pur bonheur – ce que le grand luxe fait de meilleur, tout cela à vos pieds. Une vie de conte de fées. Magique.

Le majordome Phillip s'entretient avec d'autres domestiques, d'une voix bourrue et autoritaire, agitant la main comme s'il donnait des ordres. C'est le seul en smoking, ce qui m'a permis de déduire qu'il était le valet en chef. Après tout, j'ai vu assez d'émissions sur la BBC pour savoir reconnaître un majordome. Et puis, il parle un anglais excellent, avec une intonation légère, un soupçon de français peut-être, ce qui est logique étant donné que l'île Villroy n'est qu'à deux heures par bateau du sud-ouest de la France. Les autres serviteurs portent des chemises blanches et des pantalons noirs. Je suppose que Phillip est leur chef.

Je le regarde attentivement, une fois de plus. Décidément, il est trop parfait. Il mesure un peu plus d'un mètre quatre-vingt, avec des épaules larges, un torse puissant, une taille fine et des hanches moulées dans un smoking sur mesure qui flatte sa silhouette. Ses yeux sont turquoise, d'un éclat saisissant, ses pommettes saillantes et ses joues creuses comme celles des mannequins dans les publicités d'eau de toilette, il a un début de barbe sur son menton marqué et des lèvres rebondies. Si on ajoute à cela sa posture guindée, solennelle, et son expression austère, pas étonnant que je me sois laissé décontenancer. Il est en décalage entre le majordome modèle et le beau gosse canon. Cela dit, ce n'est pas mon genre. J'aime les hommes du monde réel, les types amusants. Comme moi.

Un domestique approche, quinquagénaire svelte avec une mèche rabattue sur son crâne dégarni.

— Votre Altesse, j'ai reçu l'ordre de vous conduire dans votre chambre.

Je pouffe en entendant *Votre Altesse* avant de me rappeler que je suis censée être une princesse.

— Appelez-moi Polly, je vous en prie. Quel est votre nom ?

— William, Madame.

— Ravie de faire votre connaissance, William. Accordez-moi une minute.

Je récupère ma valise à roulettes là où je l'ai laissée, à côté des portes du palais, et je me heurte presque à William en me retournant. Il tend la main vers la poignée, mais je la ramène vers moi.

— Je m'en charge, lui dis-je.

— Si je puis me permettre, Madame, répond-il en tendant la paume. Je suis ici pour vous servir.

Le majordome me dévisage, de l'autre côté du hall, épiant mes moindres faits et gestes. *Est-ce qu'il me juge ? Me soupçonne-t-il d'être une fausse princesse ?* J'aurais dû demander quelques tutoriels pour apprendre à me comporter comme une dame de la haute société avant de venir, mais la véritable Polly était tellement sur les nerfs qu'elle m'a suppliée de récupérer l'héritage le plus vite possible et de revenir à Floride sans perdre un instant.

« Habille-toi du mieux possible et souris avec modestie. » Voilà à quoi se sont résumés ses conseils. Oh, et toujours appeler le roi et la reine *Votre Majesté*. Pour tous les autres, c'est *Votre Altesse*.

J'agite les doigts pour saluer le majordome revêche en lui adressant un sourire que j'espère modeste, avant de tourner légèrement la tête. Toutefois, je suis incapable de détacher mes yeux des siens, comme hypnotisée par le faisceau de son regard criant de jugement.

Enfin, il se détourne.

D'accord… je crois que la modestie, ce n'est pas mon fort.

Je me tourne vers William, qui attend toujours patiemment la permission de prendre ma valise.

— Merci.

Il incline la tête avant de s'en emparer.

Je le suis à travers le hall d'entrée, puis dans un long couloir. Je jette un dernier coup d'œil par-dessus mon épaule en direction du profil de Phillip.

Il passe une main dans son épaisse chevelure, la mine fermée. Il a l'air débordé, déboussolé par mon arrivée inattendue.

Je m'arrête et rebrousse chemin pour tenter de le rassurer.

— Ça va aller, Majordome Phillip. Vous ne remarquerez même pas ma présence.

Son expression demeure maussade, sa voix tendue et lasse quand il me dit :

— Permettez-moi d'en douter.

Je lui serre gentiment le bras pour le rassurer et mes doigts se referment sur un bloc de granite. Décidément, il est tendu à l'extrême. Et musclé. *Bon sang, mais que fait ce majordome pour être aussi athlétique ? De l'haltérophilie avec le trône pendant le ménage ? Peut-être soulève-t-il la table de la salle à manger royale à une main pour passer l'aspirateur en dessous.* Je réprime un éclat de rire à cette pensée.

— Essayez de faire une petite sieste. Vous verrez, ça fait toute la différence.

Il regarde ma main sur son bras, puis il lève la tête. Ses yeux turquoise sont sévères et étincelants.

Je déglutis, le cœur battant. C'est plus fort que moi. Cet homme est sacrément intimidant. Et je ne suis pas une fleur fragile. *Je croyais que les domestiques étaient censés être plus... respectueux, disons.*

Je laisse tomber ma main et fais une nouvelle tentative :

— Si je peux faire quoi que ce soit pour vous mettre à l'aise, dites-le-moi. Je bricole un peu.

Le majordome Phillip ébauche un sourire.

— Les membres de la famille royale ne servent pas le personnel. Je suis ici pour satisfaire vos besoins.

Je souris modestement, un léger frémissement des lèvres. Je devrais peut-être répéter devant le miroir afin de m'assurer de ne pas passer pour une psychopathe. Ni paraître constipée.

— Bien sûr. Merci, Phillip, passez une bonne journée.

Il me regarde de haut.

Un peu agacée, je redresse le menton. J'avais entendu dire que les maîtres d'hôtel pouvaient être un peu collet monté, mais là, on frôle l'impolitesse.

— Waouh.

Je secoue la tête et m'éloigne d'un pas tranquille dans mes chaussures à talons compensés imprimés léopard (l'une de mes rares folies, les chaussures sont mon point faible). William m'attend dans le couloir interminable. Même leurs couloirs sont majestueux – de hautes fenêtres au verre dépoli, des boiseries peintes en blanc et un plafond orné de fresques splendides et de moulures complexes.

Je m'apprête à demander à William de quand date le palais d'Amalie quand un éclat de rire tonitruant se fait entendre en provenance du hall d'entrée. Je me retourne, attirée par cette hilarité soudaine, pour découvrir le majordome Phillip qui s'éloigne dans la direction opposée.

Le malheureux devrait s'envoyer en l'air plus souvent.

Je reprends avec modestie ma progression vers la vie de
château qui m'attend. Pour une courte durée, du moins.

2

_____

Gabriel

Je me dirige à grandes enjambées vers la suite de mes parents, dans l'aile ouest, incapable de fermer l'œil. En plus de ces parodies de mariage et de mes inquiétudes pour l'avenir du royaume, je dois m'attendre à voir défiler de futures épouses potentielles à la porte du palais ? Je dois être condamné à ne plus jamais dormir.

Les serviteurs ont bien ri lorsque Polly m'a pris pour le majordome. À mi-voix, je maudis les femmes impertinentes en robes moulantes et aux longues jambes faites pour s'enrouler autour de… Et merde ! Plutôt mourir que de fantasmer sur cette effrontée. J'accuse le manque de sommeil. Je devrais corriger son erreur, mais j'ai d'autres affaires plus urgentes à régler. Par exemple, savoir ce que mijote ma mère avec son idée bizarre de faire venir des candidates au mariage en leur faisant miroiter un petit héritage. Ce stratagème n'attirera que les membres de la noblesse les plus cupides. Le bas de l'échelle pour un héritier. Bon Dieu, quel enfer !

Mes pas ralentissent quand j'approche de leur suite. Mon père est malade, un cancer du pancréas en phase terminale, et c'est un crève-cœur de le voir s'affaiblir de jour en jour. Il n'a que cinquante-quatre ans et c'était un homme plus vrai que nature – plein de vitalité, puissant, un roi fier. À présent, avec cette foutue maladie, il s'étiole lentement. Ma mère est sous pression, elle quitte rarement son chevet. Leur mariage était arrangé, mais l'amour est arrivé ensuite. Ensemble, ils formaient un couple puissant. Elle ne veut pas gouverner sans lui. Je redoute ce qu'elle deviendra sans son ancre.

Je prends une grande inspiration et frappe à la porte. C'est la vieille dame de compagnie de ma mère qui m'ouvre. Elle incline la tête et exécute une révérence.

— Votre Altesse, le roi dort. Suivez-moi dans le boudoir de votre mère.

— Merci, Joan.

Elle m'accompagne dans le boudoir de ma mère, une pièce bleu ciel avec d'immenses baies vitrées offrant une vue sur l'océan qu'elle affectionne tant. Ma mère, la reine Alexandra, est assise devant une petite table en acajou près de la fenêtre. Ses cheveux brun foncé sont relevés en un chignon. Ses yeux noisette sont vifs et sa peau plus pâle que jamais. Je crois que ça fait des mois qu'elle n'est pas sortie au grand air. Son expression reste constamment tendue à cause de sa veille de chaque instant auprès de mon père. Nous partageons la même couleur de cheveux, les mêmes pommettes hautes et le nez droit. En revanche, c'est de mon père que je tiens mes yeux vert-bleu. D'après lui, les nuances marines de nos yeux nous destinaient à régner sur cette belle île. Tout comme notre lignée, qui remonte à la première tribu de Vikings et leurs épouses irlandaises.

La table est déjà dressée pour deux, comme si elle m'attendait pour le thé. Les domestiques n'ont pas perdu leur temps pour lui annoncer l'arrivée de notre invitée. Sans doute lui ont-ils décrit Polly dans les moindres détails.

Elle m'adresse un sourire espiègle qui éclaire un peu son regard. Elle me cache quelque chose, je le sens.

— Mère.

Je me penche pour déposer un baiser sur sa joue souple.

Elle désigne la chaise en face d'elle.

— Assieds-toi, Gabriel. Veux-tu du thé ?

— Non, merci.

Je me laisse tomber lourdement sur le siège rembourré.

— Je venais à peine de déclarer le palais fermé aux visiteurs quand ton invitée est arrivée.

Elle boit une gorgée en dissimulant son sourire. Je me penche en avant et ajoute à voix basse :

— À l'évidence, le petit héritage qu'elle croit venir chercher, c'est devenir ma femme et hériter de Villroy. Pourquoi ne pas choisir la méthode traditionnelle et passer par les moyens habituels ?

— Ce ne serait pas drôle.

Je me raidis, sous le choc.

— Drôle ?

Mes parents m'ont inculqué les notions de devoir et d'obligation depuis ma naissance. Il n'a jamais été question de ce qui était drôle ou non.

Elle soupire avant de demander aux serviteurs de nous laisser un peu d'intimité. J'attends, plombé par un mauvais pressentiment.

— Ton père est au plus mal, me dit-elle une fois que nous sommes seuls.

Je déglutis péniblement, la gorge nouée.

Elle cligne des paupières pour retenir ses larmes. Les émotions sont une affaire personnelle et elle maintient les siennes sous cloche.

— Je n'ai pas quitté le palais depuis plus d'un an, à l'exception de nos visites à l'hôpital. Le choix de ton épouse est trop important pour le laisser au hasard. Gabriel, bientôt, tu seras roi.

Sa voix s'enraye et elle boit une gorgée de thé.

— Ta femme sera la reine, et l'avenir de notre royaume dépend de votre gouvernance conjointe.

Je m'en doutais. J'ai horreur d'en arriver là, mais je comprends l'urgence de la situation ainsi que le besoin de mes parents. Ils veulent avoir l'esprit tranquille, certains que la succession se déroule sans encombre. J'aurais seulement aimé qu'elle me laisse voix au chapitre dans le processus de sélection. Je veux une femme qui apporte de la classe, de la dignité et une certaine droiture à la fonction de reine. Pas une harpie insolente en talons à imprimé léopard. Juste ciel.

Je pince les lèvres pour ne pas exprimer ma plainte quant au premier choix inapproprié de ma mère. *Pitié, dites-moi que les prochaines options seront meilleures.*

Je joins les mains sur la table.

— Combien de candidates as-tu invitées ?

— Il y a dix célibataires royales en lice, répond-elle, radieuse.

— Et que comptes-tu faire ?

Une réception assommante, j'imagine, ou un bal royal tout aussi insipide.

— *Nous* allons leur faire passer des épreuves.

Je m'agite sur ma chaise. Décidément, je n'aime pas la tournure que prend cette histoire.

— Comment cela ?

Elle regarde par la fenêtre pendant un moment avant de se tourner à nouveau vers moi.

— Nous avons besoin de sang neuf, d'idées fraîches afin d'aider Villroy à retrouver sa prospérité pour les générations à venir. Alors, nous verrons qui réussit au mieux cette mission.

— Et ensuite, j'en choisirai une ?

Son regard noisette étincelle.

— La dernière survivante sera la bonne.

Je tressaille. Elle ne veut pas dire... Je murmure en me penchant vers elle :

— Survivante, comme dans un combat à mort ?

Certes, nous avons du sang viking, mais nous respectons le protocole royal à la lettre depuis des siècles.

Elle lève les yeux au plafond.

— Ce sera comme *Survivor*, cette émission de télé-réalité. Ton père et moi regardons beaucoup la télé depuis qu'il est cloué au lit.

Les bras m'en tombent. La longue maladie de mon père a eu raison de sa santé mentale.

Elle reprend sur un ton survolté :

— Il y aura une série de défis conçus pour éliminer les candidates qui ne sont pas à la hauteur.

Puis elle ajoute en penchant la tête :

— En fait, ce sera plutôt comme *The Bachelor*, tu sais, où la sélection se réduit en fonction de la compatibilité.

Mon ventre se noue lorsque j'imagine ces pauvres femmes s'écharper pour réussir les épreuves barbares que ma mère a concoctées, prêtes à tout pour gagner. C'est la plus agressive qui remportera le concours, et ensuite, je devrai l'épouser. J'ai besoin d'une adjointe, pas d'une furie.

J'ouvre la bouche pour protester, mais elle sourit. C'est le premier sourire spontané que je vois sur son visage depuis bien longtemps et, à mon tour, j'ai presque envie de le lui rendre. Si je n'étais pas offert comme trophée dans ce concours absurde, j'y parviendrais peut-être.

— Disons que ce sera les deux à la fois ! s'exclame-t-elle gaiement. Quand *Survivor* rencontre *The Bachelor*, version royale !

Cette fois, je me sens obligé de lui demander :

— Tu te sens bien ? As-tu dormi cette nuit ?

— Tout va bien. J'en ai déjà parlé à ton père et il est partant. Il dit que ça mettra un peu de vie au palais, et puis, ça t'aidera à préparer ton accession au trône. Tu devras faire preuve de grâce, de diplomatie et de jugeote pour faire le bon choix.

Ce ne serait jamais arrivé avant que mon père tombe malade. Je me raccroche à la dernière bribe de raison qu'il me reste.

— Mais le choix me revient. En fin de compte.

— Soumis à l'approbation royale, naturellement.

Ce qui signifie que le roi et la reine doivent aussi accepter mon choix. Le roi et la reine l'emportent sur le prince. Misère ! Et si la place de reine revenait à Polly, la folle inconvenante aux chaussures léopard, uniquement parce qu'elle ressemble à une quelconque participante de télé-réalité que mes parents apprécient ? C'est de la folie.

J'ai envie de hurler mon mécontentement, mais il me suffit d'un regard sur son sourire éclatant si rare et précieux pour céder à contrecœur.

— Très bien, qu'il en soit ainsi.

Elle me serre la main, une marque d'affection à laquelle je ne suis pas habitué.

— Je savais que tu comprendrais. Les autres femmes arriveront bientôt. Les jeux commencent demain.

Je ne veux même pas le savoir. Le manque de sommeil, cette compétition insensée, la santé défaillante de mon père, l'avenir du royaume… Mon cerveau a plié boutique.

Je prends congé poliment et rejoins ma propre suite, au deuxième étage, sans penser à rien d'autre qu'à mon lit.

Je rêve d'un talon aiguille à motifs léopard qui me pique la joue, sa cheville sur mon épaule, son corps frémissant autour du mien.

Je me réveille en nage.

                                3
                        ____

Anna

J'ai une femme de chambre ! Elle s'appelle Anna, ce qui me fiche la trouille, parce que c'est aussi mon prénom. Je crains qu'ils m'aient démasquée, mais Anna est si posée, si serviable, que je suis forcée de conclure à la paranoïa. Il s'avère que c'est le cadet de mes soucis, parce que maintenant, Anna me conduit dans la salle d'audience de l'aile ouest pour rencontrer la reine Alexandra pour la première fois, au sujet de l'héritage. La reine ! Je suis sûre que je dois faire la révérence. Mais à part cela, je ne sais rien du tout.

Les mains moites, je lisse ma robe, dernière acquisition dans ma garde-robe tropicale. Polly vient des îles tropicales Beaumont, dans les Caraïbes. C'est une robe dos nu fuchsia qui m'arrive à mi-cuisse, cintrée à la taille, aux motifs floraux blancs et jaune vif. Dommage que Polly n'ait pas apporté ses tenues royales à Tampa. J'aurais pu m'en inspirer. En tant que princesse en civil, elle achetait ses habits en supermarché.

La seule bonne nouvelle dans cet imbroglio, c'est que Polly portait toujours des chapeaux à voilette quand elle était en public (comme le veut la coutume de son pays pour les jeunes femmes célibataires de la royauté), ce qui me permet aisément de me faire passer pour elle. Nous sommes toutes les deux brunes aux cheveux bouclés, âgées d'une petite vingtaine d'années (j'en ai vingt-trois), de gabarits similaires et presque de la même taille (je mesure un mètre soixante-quinze). Polly m'a assuré qu'elle n'avait jamais rencontré la famille royale Villroy. Son cercle social était rigoureusement restreint.

Anna me fait un sourire crispé lorsque nous approchons de la double porte de la salle d'audience. On dirait qu'elle s'inquiète pour moi et ça me rend nerveuse. Peut-être est-ce parce qu'elle m'a invitée à porter un châle blanc sur mes épaules et que j'ai refusé. Trop vieillot à mon goût. Elle voulait relever mes cheveux sur ma tête, mais après tout, qui est coiffeuse ici, elle ou moi ? J'ai laissé mes cheveux lâchés. Mes boucles sont irrémédiablement indisciplinées. La seule chose que je puisse faire, c'est de limiter les frisottis.

Sans me vanter, je suis diplômée d'une école d'esthétique et j'ai réussi à me faire engager par un salon haut de gamme. Tous mes clients sont très contents de mes prestations. J'ai toujours eu l'intention d'économiser suffisamment pour pouvoir racheter le salon quand ma patronne prendra sa retraite, dans sept ans. Ainsi, je serai propriétaire de ma propre boutique à trente ans. Je crois beaucoup aux vertus de l'affirmation positive. Maîtresse de ma propre destinée, j'ai établi un planning prévisionnel et j'ai collé des Post-it dans tout mon studio. Je répète mon objectif comme un mantra dès que j'ouvre les yeux, chaque matin : *Je serai propriétaire de ma propre boutique à trente ans.* On pourrait me reprocher que c'est une approche un peu New Age, mais je m'en fiche. Ça ne peut pas me faire de mal !

Est-ce que mon destin s'est manifesté sous la forme d'une princesse, avec un cadeau qui pourrait m'aider à réaliser mon rêve ? Peut-être bien, mais pour Polly et moi, ce n'est pas encore gagné.

Je m'avance dans la salle d'audience richement décorée. Impressionnée, je reste pétrifiée et me retourne vers Anna. Elle déguerpit déjà, la porte se referme dans son dos. Je me retourne alors et prends une inspiration pour me calmer. La salle majestueuse me donne l'impression d'être minuscule. Il y a des dorures partout, un plafond qui semble dater de la

Renaissance, avec ses fresques sophistiquées et ses cupidons éthérés. Le lustre en cristal imposant éclaire un plancher de marqueterie ciré. Une enfilade d'ancêtres royaux me regarde de haut depuis les tableaux à l'huile le long des murs. Tout au bout de cette salle terriblement intimidante se dresse un double trône antique tout en bois. La reine Alexandra est assise, seule, vêtue d'une robe à manches longues bleu layette assortie à ses chaussures à talons, un collier de perles et des boucles d'oreille. C'est la définition même de la classe royale et soudain, je sens que j'aurais dû enfiler une tenue moins tropicale et plus pastel.

Comme si ce n'était pas déjà assez intimidant, neuf femmes encadrent le trône dans une marée de pastels et de cheveux lisses brillants, debout en deux arcs de cercle, comme si un concours de beauté royal allait commencer. J'ai de la chance si je termine Miss Convivialité.

J'envisage sérieusement de prendre mes jambes à mon cou. Mes boucles hirsutes et ma robe tropicale ressortent comme une girafe dans une ferme pédagogique. Avant que je puisse détaler, un domestique me rejoint et me conduit à ma place parmi les autres femmes. Le petit héritage de Polly serait-il à partager en dix ? Parce que ce ne sera pas suffisant pour les frais d'avocat.

J'approche de la rangée de gauche quand un homme en chemise blanche impeccable et pantalon noir annonce :

— Princesse Mary Louise Lyon des îles Beaumont.

Je déglutis. Mon pouls cogne à mes oreilles et je prie pour ne pas tout gâcher. Je fais trois pas en avant, incline la tête devant la reine et exécute une profonde révérence. J'ignore combien de temps rester ainsi prosternée. Trois secondes, ça me semble bien. Lentement, je me redresse et m'adresse directement à elle :

— Enchantée de faire votre connaissance, Votre Majesté.

La reine sourit. C'est un sourire affable.

— Merci d'avoir fait tout ce chemin, Mary. Veuillez rejoindre les autres.

En obéissant, je perçois les regards de travers que me décochent les autres femmes.

C'est alors que la reine nous fait une annonce fracassante :

— Je vous ai toutes réunies sous un faux prétexte.

Un silence hébété s'abat sur nous. Zut, alors. Pas d'héritage ?

La reine reprend :

— Vous n'êtes pas ici pour prétendre à un petit héritage.

Elle marque une pause. La tension est si forte que j'ai envie de crier : « Continuez ! » Elle finit par le faire :

— Vous êtes ici pour être couvertes de richesses au-delà de vos rêves les plus fous. Toutefois, une seule d'entre vous parviendra à les obtenir.

Des murmures parcourent les rangs.

La reine ne développe pas son idée. Tant pis, il faut bien que quelqu'un se lance.

Je lève la main.

— Comment allez-vous décider ?

La reine plisse les yeux, les lèvres pincées.

— Votre Majesté, ajouté-je avec du retard.

D'une voix sèche, la reine s'adresse à l'assistance :

— Avant d'aller plus loin, je dois vous demander de signer un accord de confidentialité.

Elle désigne une petite table, où un homme en costume anthracite attend de faire signer les documents.

— Si vous refusez, je vous demande de vous en aller tout de suite.

Personne ne part et nous formons une ligne docile. Après tout, qui n'a pas besoin de richesses au-delà de ses rêves les plus fous ? Cela dit, je suppose que certaines d'entre nous ont plus besoin de cet argent que d'autres. Je dois remettre la somme à Polly, mais elle m'a assuré qu'une partie serait consacrée au traitement de Mike, mon père de cœur.

J'ai libéré mon emploi du temps et j'ai pris deux semaines de congés pour l'occasion. À quand remontent mes dernières vacances ? Eh bien, je n'en ai jamais pris. Avec mon but en tête, devenir propriétaire de mon salon à trente ans, je travaille d'arrache-pied. Même à la maison, je subviens aux besoins des autres locataires. Je suis la concierge de l'im-meuble, ce qui me permet de ne pas verser de loyer. Je sais réparer un tas de choses grâce à Mike, qui était homme à tout faire. Le travail ne me fait pas peur. C'est ce qui me permettra d'arriver à mes fins.

Je suis la dernière à signer et je prends mon temps pour lire le document. Interdiction de parler à la presse, pas de photos, pas de réseaux sociaux, les téléphones doivent être éteints pendant toute la durée. Eh ! Pas de téléphones ? Dans quel genre d'endroit rétrograde et technophobe suis-je tombée ? Suis-je seulement capable de survivre sans mon téléphone ? Qui sera là pour voir toutes les nouvelles vidéos de chats ? C'est mon anti-stress. Je suis tendue rien qu'à l'idée de ne pas avoir de téléphone. J'examine tous les petits caractères à la recherche d'autres signaux d'alarme. Nous devons nous engager pour trois semaines de compétition. Trois semaines ? Une compétition ?

Point de vue timing, ce sera serré. Je crois pouvoir survivre sans téléphone si je me concentre pour gagner cette compétition, quelle qu'elle soit. Je suis sans doute capable de coiffer au poteau toute cette escouade de princesses timorées dans à peu près tous les domaines. Ce sont des femmes futiles, excessivement polies, habituées à être servies et non à aller chercher avec les dents ce qu'elles veulent, contrairement à moi. Mais on se rapproche dangereusement de la date de comparution de Polly, qui aura lieu une semaine à peine après la fin du concours. Si je ne remporte pas le grand prix, cette semaine supplémentaire sans solde risque de faire mal. Aussitôt, je pense aux soins infirmiers de Mike. Les médecins disent qu'on ne peut plus rien faire et ils l'ont renvoyé mourir chez lui. Cancer du poumon. J'ai la gorge nouée, comme chaque fois que je pense à sa mort. Sa famille est la dernière où j'ai séjourné, à l'âge de dix-sept ans. Il m'a même laissé habiter gratuitement dans le studio au-dessus de son garage quand j'ai passé l'âge de dépendre du système d'aide à l'enfance. Je n'aurais jamais pu faire mes études d'esthétique sans ce point d'ancrage. Je regrette seulement que nous ne nous soyons pas rencontrés plus tôt.

Je m'efforce de revenir à des questions plus pratiques. Je piocherai dans mes maigres économies pour couvrir les frais d'infirmière de Mike ce mois-ci. Il le mérite largement. Ma patronne au salon de coiffure est super sympa et elle a envie que je reprenne la boutique à sa retraite, ce qui joue en ma faveur, bien sûr, mais je ne suis pas certaine qu'elle m'accorde un congé aussi long. Mes clients comptent parmi les plus aisées et elles sont très attachées à mes services. La relation que chacune entretient avec sa coiffeuse est sacrée. Et qui fera mon boulot dans l'immeuble auprès des locataires ? Si je finissais à la rue et au chômage ? Je ne tiendrai pas très longtemps sur mes économies, en plus des frais de l'infirmière à domicile.

En jetant un œil vers la marée de princesses pastel, je songe à Polly, qui devait probablement porter exclusivement des couleurs claires et des perles. À présent, elle est tout en orange et elle se fait régulièrement frapper par une grande brute qui s'appelle Castagne. Enfin, je ne connais pas le vrai prénom de cette garce, mais je ne dois pas être loin.

Je lève la main et je regarde la reine sur son trône, puis le juriste en face de moi, avant de parler pour me faire entendre :

— J'ai une question. Quel genre de concours peut durer trois semaines ?

Un silence. Les princesses me décochent des coups d'œil assassins. *Quoi ? Suis-je la seule à me soucier des détails ?*

— C'est-à-dire que je n'ai que deux semaines et…

Je m'interromps brusquement en prenant conscience que Polly n'a pas de métier, pas de contraintes spécifiques en matière de vacances.

— J'ai des engagements.

— Reportez-les, répond la reine comme si elle s'attendait à ce que je lui obéisse au doigt et à l'œil.

Je triture ma lèvre inférieure. Si je n'arrive pas à négocier avec ma patronne, l'histoire risque de tourner court.

Le notaire prend la parole :

— Seule la gagnante restera les trois semaines entières. Il est tout à fait possible que vous ne teniez pas aussi longtemps.

Sa lèvre se recourbe, comme s'il ne me croyait pas capable de remporter quoi que ce soit.

Je redresse mes épaules et je me tiens bien droite. Je ne me suis jamais débinée devant les défis. Je demanderai à une amie de garder mon appartement, de régler les urgences et les demandes de réparation des autres locataires, et je réglerai moi-même toutes les broutilles à mon retour. Je supplierai ma patronne de m'accorder ce délai supplémentaire et de convaincre mes clientes d'attendre. Quand je rentrerai, je leur offrirai une coiffure gratuite pour leurs prochaines grandes occasions. Je sortirai vainqueur de ce concours. C'est mon nouveau mantra : la victoire ! Pour Polly, pour moi, pour Mike, et pour rabattre le caquet de ce notaire snobinard.

Et puis, des richesses au-delà de mes rêves les plus fous, voilà qui devrait tout régler. Polly ne me laissera pas m'engluer dans les dettes une fois que je lui aurai sauvé la mise. Bien sûr, si tant est que je gagne. C'est toujours un risque énorme, professionnel comme personnel. Sans mentionner le risque de me faire pincer, car après tout, j'usurpe l'identité d'une véritable princesse. La dure réalité me percute à cette pensée, et soudain, j'ai du mal à respirer. Dans le meilleur des cas, je finirai en prison, au pays, détruisant ma réputation et mon projet de rachat de salon, incapable de payer l'infirmière de Mike. Les clients doivent pouvoir vous faire confiance, et on ne peut pas dire que les repris de justice inspirent confiance.

Ou bien, je serai reconnue coupable ici, sur l'île Villroy. Cette monarchie a les pleins pouvoirs. C'est leur île, leurs lois. Je n'ai pas trouvé d'exécutions récentes quand j'ai fait une recherche rapide sur internet, mais je suis bien conscience que si je me fais démasquer, mes chances de m'enfuir d'une île accessible uniquement par bateau sont infimes. Il faut deux heures de traversée pour rejoindre la France, sur une mer houleuse, et de toute manière, je ne nage pas aussi bien que ça. Les membres de la famille royale seront tellement furax qu'ils dégotteront une vieille guillotine rouillée, ou pire, me jetteront dans un cachot grouillant d'araignées. *J'en frissonne.*

(C'est ma phobie. Ce qui ne signifie pas que je ne suis pas une dure à cuire.)

Et puis, si je me fais pincer, la véritable Polly sera exposée à une tempête médiatique. On voudra lui faire payer son délit. Sa famille la reniera. Elle perdra tout.

Je prends une vive inspiration, le ventre en vrac. L'heure n'est pas au doute. Pense à Polly – la radieuse et joyeuse Polly – si heureuse de connaître la liberté pour la première fois dans sa vie. Elle le mérite.

La victoire, la victoire, la victoire.

Je parviens à inspirer, puis à expirer. *Concentre-toi. Décroche l'héritage et fiche le camp.*

Je me ressaisis et me tourne vers la reine.

— Il n'y a pas moyen d'assouplir l'interdiction de téléphone ?

La reine me fusille des yeux.

Le juriste me répond sur un ton vaguement menaçant qui me laisse entendre qu'il est à deux doigts de m'étrangler :

— Vous pourrez toujours utiliser le téléphone du palais, dans le petit salon, en cas d'absolue nécessité.

Les pièces du puzzle se mettent en place dans ma tête avec une clarté affolante. Nous sommes sur une île, isolés du monde extérieur, à la fois géographiquement, mais aussi du point de vue des communications, et la nature de cette compétition ne nous a pas encore été révélée. Les images de tous les films d'horreur que j'ai vus défilent dans mon esprit. « Il est tout à fait possible que vous ne teniez pas aussi long-temps », m'a dit le notaire, et cette déclaration me paraît soudain sinistre. Je regarde les autres femmes autour de moi, mais personne ne semble comprendre. On nous isole, on nous teste, et peut-être même va-t-on nous séparer !

— Que se passe-t-il ici ? je m'écrie.

La reine s'approche alors, récoltant des cris de stupeur sur son passage tandis qu'elle traverse la salle pour venir se camper devant moi, de l'autre côté de la petite table.

Nos regards se rencontrent et je me souviens tout à coup que je suis censée rester modeste, courtoise et tout le tralala. Mais je suis trop terrifiée, j'en suis parfaitement incapable.

Dans quoi me suis-je fourrée ? Mon cerveau me hurle : *Polly a besoin de toi*, et mon instinct rétorque : *Ces gens sont tarés, enfuis-toi tant que tu le peux encore !* Je suis persuadée que je serais la première à mourir dans un film d'horreur. Je resterais plantée là, pétrifiée alors que la machette s'abattrait sur moi. Tout le monde dans le public crierait : « Va-t'en ! »

La reine me parle d'un ton apaisant, comme si elle sentait mon appréhension.

— Vous n'êtes pas comme les autres.

Merde. Je me suis laissé emporter. Je m'efforce de trouver une réponse princière, d'une voix aussi posée que possible :

— Nous ne procédons pas de cette manière à Beaumont. Il fait trop chaud. Sous les tropiques, nous sommes plus détendus.

J'affiche un sourire que je tempère aussitôt, essayant de m'en tenir à une légère courbure de la lèvre, un sourire modeste qui me donne l'impression de faire la moue comme un poisson. Ce n'est pas très royal. Oh, et puis zut.

— Votre Majesté, ajouté-je.

Elle s'incline avec un port de tête altier.

— Souhaitez-vous vous retirer ?

— Que comptez-vous faire des concurrentes qui ne gagnent pas ? je murmure.

— Vous rentrerez dans vos royaumes respectifs, riches de cette expérience.

La mention du mot *riche* me rappelle la véritable raison de ma présence : les fonds pour l'avocat haut de gamme de Polly. Je dois absolument m'affermir et me montrer digne d'une chevali*ère* sur son destrier blanc.

Je croise les yeux noisette de la reine Alexandra. Ils étincellent d'un plaisir impie, comme si elle nous réservait de curieuses surprises.

— Je trouverai une solution, Votre Majesté. Puis-je vous demander au juste en quoi consiste ce concours ?

La reine me répond à mi-voix :

— Avez-vous déjà regardé *Survivor* ?

J'écarquille les yeux. Je n'aurais jamais cru qu'elle me poserait une question pareille. Sa réponse m'apaise un peu.

Au moins, nous avons quitté le terrain des films d'horreur. S'il s'agit d'une compétition du genre retour à la nature, je ne suis pas formée pour cela, mais mon instinct de survie est bien affûté. C'est nécessaire, avec tout ce que j'ai traversé. Je suis dure et endurante.

— D'accord, je suis partante.

Anna Hebert va battre ses concurrentes à plates coutures. Enfin, Polly Lyon. Je signe de son nom dans un geste grandiloquent.

— Excellent, déclare la reine avant de retourner vers son trône d'une démarche presque sautillante.

Contente que la reine semble contente, je rejoins les rangs et nous attendons en silence les prochaines instructions.

La reine lève une main.

— Veuillez prendre tous vos arrangements, ensuite, vous remettrez vos téléphones à Albert.

Elle désigne un vieil homme voûté aux cheveux blancs clairsemés, en livrée de domestique, chemise blanche et pantalon noir.

— Le concours commencera à Point Beach à midi.

— Que doit-on porter ? je demande.

Le silence retombe dans la salle et les autres femmes me dévisagent comme si j'étais le vilain petit canard. Ou la vilaine girafe, en l'occurrence. Il est évident que je détone dans le lot, mais franchement, personne d'autre ne se pose de questions ?

— Portez une tenue convenable pour la pêche, répond la reine.

À ces mots, un brouhaha discret parcourt l'assistance. Bien sûr, aucune des femmes ne s'adresse directement à la reine. Une indignation soumise, pourrait-on dire. Je n'ai jamais pêché, mais bon ! Je viens de Tampa, et l'eau, ça me connaît. Je sais nager. Et j'ai apporté mon bikini. Parfait. Je suis plutôt satisfaite de l'orientation que prend cette journée quand un homme en costume bleu marine à fines rayures entre à grandes enjambées, comme s'il était le maître des lieux. C'est Phillip, le majordome. Il ne porte pas son smoking, pour une raison quelconque. Peut-être a-t-il terminé son service. Son visage est aussi maussade et austère que dans mon souvenir. Les creux sous ses pommettes sont plus prononcés lorsque sa mâchoire est contractée, comme maintenant. Il est peut-être ici pour la logistique du concours.

Il continue de marcher, tout droit vers la reine. Sans doute est-il à l'aise auprès de la famille royale, parce qu'il se penche pour l'embrasser sur la joue avant de se tourner vers nous.

Un silence de mort règne parmi les femmes.

C'est alors que je la vois, la ressemblance entre le majordome Phillip et la reine. Les mêmes cheveux bruns, les mêmes pommettes saillantes, bien que les yeux saisissants de Phillip soient turquoise alors que ceux de la reine sont noisette. Ce doit être son fils. Mais alors… oh, bordel royal !

La reine lève une paume et fait un geste dans sa direction, sans aller jusqu'à le désigner du doigt.

— Gabriel, le prince héritier, jugera la compétition avec moi. Bonne chance à vous toutes !

Je décoche au majordome imposteur mon regard le plus noir. Pourquoi m'a-t-il laissé croire qu'il faisait partie des domestiques ? Ai-je définitivement tout gâché pour Polly ? Le ton sur lequel je lui ai parlé ! Je grimace en songeant à ce que j'ai osé lui dire. Quand il s'est présenté sous le prénom de Phillip, j'ai répondu : *Comme le prince Phillip, le beau gosse royal ! Infiniment plus cool que l'héritier au trône. Ce type, oh misère, il paraît que c'est un nullard.*

J'ai traité de nullard le prince héritier de Villroy ! Et il fait partie du jury de ce concours !

Pire encore, je lui ai dit qu'il avait un balai dans le cul et qu'il ferait mieux de se secouer un peu. Phillip est son frère. À l'évidence, il s'est moqué de moi. Les princes couronnés ont-ils l'habitude de rouler les princesses dans la farine ? Un instant, il m'a dit qu'il était le majordome Phillip avant que je me présente comme membre d'une famille royale. C'est quoi, son problème ? Ça l'amuse de se faire passer pour un serviteur ?

Son regard hautain me balaie de la tête aux pieds, puis il hausse un sourcil arrogant. Ce sourcil semble dire : *Ha, ha, tu es au courant. Je veux te voir galérer, maintenant.*

Je redresse le menton. Je ne me rabaisserai pas.

Le coin de ses lèvres se recourbe en un petit sourire sexy qui me rend folle de rage. Il profite de sa position supérieure.

Je fais un pas en avant, sur le point de lui dire le fond de ma pensée, quand je me rappelle que je suis censée n'être que pastel, perles et modestie. Je me demande comment lui faire ravaler son sourire sans risquer de me griller. Au même moment, la reine s'adresse à lui et il fronce les sourcils, puis ils s'éloignent sans un regard en arrière.

À leur tour, les princesses se dispersent.

Je remonte en trombe dans ma chambre afin de régler les dernières questions pratiques. Je ne dois pas laisser ma peur pour le chômage, l'expulsion et les cachots infestés d'araignées brouiller mes pensées. Je dois rester concentrée sur la victoire. Et l'humiliation du prince Gabriel, le majordome imposteur !

4

____

Anna

Dès que je pose le pied sur la plage, dans mon bikini à imprimé léopard, je reste pétrifiée, mortifiée par mon erreur de jugement. Personne n'est en maillot, pas même une pièce. Mes joues s'embrasent quand, une par une, les princesses se retournent pour me lorgner.

Des gloussements et des messes basses s'ensuivent. Les autres femmes portent des corsaires ou des bermudas, avec d'élégants chemisiers à manches courtes, petits boutons nacrés, volants et autres fanfreluches.

Une girafe dans une ferme pédagogique.

Je force mes jambes à continuer en dépit des murmures, en dépit du regard désapprobateur de la reine, en dépit des gardes costaud qui la protègent et qui doivent me reluquer derrière leurs lunettes de soleil. Maintenant, je n'ai plus le temps de traverser tout le palais au pas de course, de me changer et de revenir à temps pour la compétition. Je réprime un soupir. C'est une journée de juin ensoleillée, entre vingt-cinq et trente degrés. On dirait que les princesses ne sont jamais décontractées. Elles ne montrent pas beaucoup de peau, non plus. Tout est boutonné jusqu'au cou, il n'y a aucune bretelle ni dos nu. Soudain, je comprends pourquoi Anna insistait pour me faire mettre un châle, tout à l'heure. Il doit y avoir un règlement royal interdisant les épaules nues, les décolletés ou ce genre de choses.

Tant pis, je suis ici pour gagner.

Je me plante devant le groupe, m'étire vers le ciel bleu et effectue quelques échauffements. Puis je secoue mes jambes. Je me réconforte en me disant que le léopard est mon animal fétiche. C'est pour ça qu'on le retrouve si souvent dans ma garde-robe. Les léopards sont puissants, intrépides et tenaces.

Je suppose que nous allons pêcher à l'ancienne, parce que les seules choses qu'il y a sur la plage, à l'exception des autres princesses, de la reine et de ses gardes, ce sont des filets et de gros paniers. Nous allons probablement nager jusqu'à une zone de pêche, où nous devrons prendre autant de poissons que possible dans nos nasses. Je ne suis pas une petite nature. Je vais assurer.

La reine porte la même robe avec des chaussures plates. Ses quatre gardes sont en t-shirts avec pantalons noirs. Ils sont sérieux comme des pierres tombales. J'ai presque envie de leur montrer mes seins pour essayer de susciter une réaction.

Je m'approche de l'une des femmes, une princesse au physique angélique – ses cheveux blonds sont coiffés en chignon impeccable et elle a de grands yeux bleus et un petit nez mutin. Elle se tient à l'écart du troupeau. Elle ne connaît peut-être personne, elle non plus. Nous pourrions être amies ou alliées.

— Salut, je m'appelle Polly.

Le sourire modeste qu'elle m'adresse est absolument parfait.

— Je m'appelle Marguerite.

— D'où viens-tu ?

— D'Alvilda.

Je n'en ai jamais entendu parler, mais Polly connaît certainement.

— Est-ce qu'Alvilda a besoin de richesses ?

Sa voix est douce et mélodieuse quand elle répond :

— Tous les royaumes doivent protéger leur patrimoine par tous les moyens nécessaires.

— Oui, mais tu ne trouves pas cela un peu fou ? Une compétition royale ? Nous sommes au-dessus de ce genre de choses.

Elle s'humecte les lèvres en regardant le nouveau venu. Gabriel. Le sang accélère dans mes veines, car pour une fois, il n'est pas aussi parfait. D'ailleurs, il a presque l'air normal avec son t-shirt gris et son short de sport noir. Malgré tout, sa démarche altière, fière et puissante, le trahit. Celui que je prenais pour un majordome prétentieux, fier de sa place au château, n'est autre que le prince aspirant au trône. Des lunettes d'aviateur masquent l'expression de son visage, mais sa mâchoire est toujours aussi raide, ses lèvres rebondies pincées l'une contre l'autre. La reine doit vraiment prendre cette compétition au sérieux pour impliquer Gabriel. Où est le roi ? Comment va-t-il ? Et pourquoi dilapideraient-ils leur fortune ? Est-ce que quelque chose ne va pas à Villroy ? Pourquoi suis-je la seule à me poser des questions ? Toutes ces princesses se sont-elles fait amputer de leur curiosité pendant leurs cours de maintien ? *Souriez modestement, faites ce qu'on vous dit, suivez le protocole.* Pas étonnant que la vraie Polly se soit réfugiée en Floride pour découvrir la vie.

Un autre homme arrive – un domestique, à en juger par sa chemise blanche et son pantalon noir, l'uniforme de rigueur –, une grosse boîte dans les mains. Je n'ai toujours pas rencontré le véritable majordome en chef. J'espère qu'il est en smoking, ou du moins, en costume. J'attends toujours l'expérience royale dans son intégralité. Le majordome doit s'appeler Nestor ou Alfred, non, plutôt Edgar.

Le serviteur retourne la boîte et la vide sur le sable. C'est un énorme radeau gonflable plié. Pas de compresseur d'air, pas même une vulgaire pompe à vélo.

Nous avons toutes les yeux rivés sur le bateau.

La reine intervient sur un ton guilleret :

— Vous travaillerez ensemble pour gonfler le radeau, vous l'emmènerez dans la crique et vous pêcherez. La personne qui rapportera le plus de poisson gagnera. Veuillez-vous procurer un filet et un panier.

Lentement, les femmes se dirigent vers les filets et les

paniers. Pas moi. Je me rue vers l'esquif gonflable et le déplie en espérant découvrir une pompe manuelle à l'intérieur. Non, et je ne suis même pas certaine qu'il puisse contenir dix femmes, même des poids plumes comme ces dames. Je me mets à quatre pattes pour examiner le foutu machin à la recherche d'une poignée de gonflage automatique. Comme je ne trouve rien, je finis par ouvrir la valve pour souffler à l'intérieur. À peine un mouvement.

À genoux sur le sable, je lève les yeux pour croiser le regard de Gabriel. Je le devine à travers ses lunettes de soleil.

— Y aurait-il une pompe à air quelque part ?

Il me fait signe de m'adresser à la reine.

Je me lève pour poser la même question, sans oublier Votre Majesté. Elle m'accorde un sourire digne de *Mona Lisa* qui ne m'avance à rien.

Je me dirige vers les filets et les nasses. Il ne reste que les miens. Génial, mon filet est déchiré. Le but est de rapporter le plus de poissons, pas le plus gros, alors j'avais espéré attraper du menu fretin en masse. Maintenant, les poissons vont passer entre les mailles. Je m'empresse de nouer les deux côtés effilochés. Le mal est réparé, mais à présent, mon filet est tout biscornu. Que voulez-vous ? J'ai perdu du temps avec le canot pneumatique, alors je dois me contenter des restes. *Qui va à la chasse perd sa place.*

La reine lève une main.

— Nous reviendrons dans deux heures pour choisir la gagnante. Cette personne aura son mot à dire dans la prochaine épreuve. La dernière rentrera chez elle par le prochain ferry.

Elle s'en va, flanquée de ses gardes ; Gabriel et le domestique s'éloignent à leur tour.

Une fois qu'ils ont disparu, nous échangeons des regards circonspects.

— Toi, lance une femme sur un ton autoritaire en pointant vers moi un long doigt manucuré. Gonfle le bateau.

Je plisse les yeux.

— Je m'appelle Polly, pas « toi », et je ne pourrais jamais gonfler ce truc même si je le voulais. C'est trop gros. Écoutez, ils sont partis. Tout ce qui compte, c'est d'attraper du poisson. Nous pouvons nager, lancer nos filets et revenir sur le rivage.

— Mais ils ont dit qu'il fallait emmener le radeau dans la crique, fait quelqu'un sur un ton geignard.

— Je ne sais pas nager, déplore Marguerite.

Je pousse un soupir exaspéré. Ce défi semble insurmontable. Je jette un coup d'œil en direction des dunes et des falaises rocailleuses à la recherche des caméras. Le concours aurait-il pour but de voir ce qui se passe devant l'impossible ? Je n'en vois aucune. Cette reine est une foutue cinglée, ma parole.

— Dépêchons-nous avant que la marée monte, s'exclame une princesse rousse.

Sur ce, elle se précipite dans les vagues peu profondes et jette son filet dans l'eau.

Les autres suivent, jouant des coudes pour se faire une place. Quelques-unes se bousculent, tombent et boivent la tasse. Une dispute éclate et je reste bouche bée, les yeux écarquillés. C'est brutal. On s'égosille, on se crêpe le chignon. Les filets volent.

Eh bien, ça alors, il n'a pas fallu longtemps pour que les princesses se déchaînent en mode *Sa Majesté des mouches*. L'image d'Épinal que je me faisais de la royauté se craquelle sous mes yeux. Je secoue la tête. En fait, la *seule* chose que j'attendais avec impatience dans cette situation improbable, c'était de vivre une expérience royale. Maintenant, je connais la vérité. Les humains sont des humains, même s'ils sont nés avec une cuillère en argent dans la bouche. J'ai l'impression de découvrir que le père Noël n'existe pas. Il ne reste plus le moindre enchantement dans ce monde.

Je pousse un long soupir. Je crois que je vais devoir attendre qu'elles arrêtent d'éclabousser partout et d'épouvanter les poissons. Je suis prête à parier qu'elles ne tarderont pas à baisser les bras.

~

Gabriel

Juste après la présentation du premier défi, je rejoins ma mère dans les appartements royaux, où mon père est alité. Nous sommes restés secrets sur ses problèmes de santé, mais désormais, la médecine ne peut plus rien pour lui. Sur l'écran de télévision fixé devant son lit, on peut voir les femmes sur la plage, filmées par les caméras de surveillance.

Mon père sourit.

— Bien joué, Alexandra. La pêche est l'épreuve idéale. Tout le monde devrait comprendre comment fonctionne la vie sur l'île.

L'histoire de la pêche à Villroy remonte aux premiers colons normands. La tribu de Vikings qui a découvert l'île était connue sous le nom des Hommes Sauvages. J'aime savoir que je descends d'un peuple sauvage. J'ai peut-être étouffé ces tendances un peu brutes sous le vernis de la royauté, mais elles existent. Je suis un roi guerrier né au mauvais siècle.

Les Vikings sont arrivés par bateau depuis une première colonie sur les îles irlandaises, avec leurs épouses irlandaises. Plus tard, les Britanniques ont envahi les lieux, puis les Français. Deux siècles plus tôt, la lignée des Rourke a été rétablie à partir des racines irlandaises vikings initiales. Sous la gouvernance des Rourke, Villroy est devenu un grand exportateur de produits de la mer. Depuis quelque temps, les poissons se font moins nombreux, ce qui demande plus de travail pour des prises plus maigres. Les pêcheurs doivent aller de plus en plus loin au large. La jeune génération quitte l'île pour le continent dans l'espoir d'une vie meilleure. Un royaume à la population uniquement composée de personnes âgées ne peut pas survivre longtemps. Nous devons donner envie aux jeunes de rester, leur offrir du travail et de meilleures opportunités qu'ils n'en trouveraient ailleurs. C'est ce qui m'empêche de fermer l'œil la nuit.

Ma mère s'assoit à côté du lit de mon père et lui caresse la main en murmurant :

— Je suis contente que tu le regardes.

Je prends conscience qu'elle a créé sa propre émission de télé-réalité pour lui faire plaisir. Encore un rappel que, même si mes parents ne se connaissaient pas au jour de leur mariage, leur lien est très fort aujourd'hui. L'amour peut vous pousser à de curieuses initiatives. En temps normal, mes parents sont des modèles de décorum et de grâce royale. La maladie de mon père les a changés tous les deux, car ils savent qu'ils n'ont plus beaucoup de temps ensemble.

Il faut que je leur pose une question.

— Et comment est-ce censé déterminer la meilleure épouse pour moi ?

Ma mère se tourne dans ma direction.

— Je t'ai dit que nous avions besoin d'idées neuves pour l'avenir de Villroy. Ces défis sont conçus pour trouver la meilleure candidate.

Mon père acquiesce, scotché à la télévision.

— En les faisant pêcher ?

Je ne prends même pas la peine de masquer mon scepticisme. On ne m'ôtera pas de l'idée qu'il s'agit uniquement d'un divertissement pour mon père. La pêche ne fera pas partie des devoirs royaux de ma femme.

— C'est la tradition, Gabriel, rétorque ma mère.

— Oui, la tradition, renchérit mon père.

Je contracte la mâchoire. La pêche faisait peut-être partie de la vie de nos ancêtres, mais la famille royale ne la pratique plus depuis des générations.

— Où sont les caméras ?

— Partout, dit ma mère sans quitter l'écran des yeux. De nos jours, les caméras sont si petites qu'il est très facile de les cacher.

Une horrible pensée me vient à l'esprit :

— Même dans les chambres ? Les salles de bain ?

Ma mère me décoche un regard noir.

— Je t'en prie, Gabriel, tu ne dois pas chercher à les séduire. Voilà qui fausserait complètement l'objectif de ces jeux.

Je grince des dents.

— S'il y a une caméra dans ma chambre…

— Il n'y en a pas. Tu crois que je cherche à *nous* filmer

dans nos moments d'intimité ? Les chambres d'amis et leurs salles de bain aussi restent du domaine du privé.

— Ne t'inquiète pas, dit mon père. Ta mère et moi, nous avons pensé à tout. Nous sommes comme des producteurs télé. C'était dans l'accord de confidentialité qu'elles ont signé.

— Nous sommes aussi réalisateurs, déclare fièrement ma mère.

Je réprime un gémissement. À l'asile de fous, comporte-toi comme un fou. Je reporte mon attention sur l'écran. Les femmes s'agitent dans l'eau peu profonde. À marée basse, les vagues sont calmes. Elles lancent leurs filets dans tous les sens, avec frénésie, à l'exception de Polly, qui s'affaire à replier le canot gonflable. En bikini. Les globes fermes de ses fesses se soulèvent quand elle se penche pour réaliser sa tâche. J'ai envie d'y mordre. Pas elle. C'est l'antithèse de ce qu'une reine devrait être. Elle est mal éduquée, tapageuse, et ses tenues laissent peu de place à l'imagination. Pourquoi faut-il qu'elle replie ce canot ? Et pourquoi porte-t-elle un maillot deux pièces ? Elle devrait être décente, comme les autres. Je jette un œil aux princesses. Malgré la distance, on dirait un concours de t-shirt mouillés avec leurs habits devenus transparents. Mes yeux reviennent machinalement sur Polly.

— Celle-ci sort du lot, n'est-ce pas ? demande ma mère. Elle me plaît bien.

— Elle vient d'un royaume insulaire, ce qui est un atout, intervient mon père.

Je garde les yeux braqués sur son corps plantureux.

— Vous parlez de Polly ? dis-je d'une voix rauque.

— Oh, non, pas elle ! Elle n'a pas l'étoffe d'une reine. Elle n'a fait aucun effort pour se fondre avec les autres. Elle est trop différente et son accent est innommable. Il est évident qu'elle n'a pas été élevée dans son propre royaume.

Son accent est américain : sans finesse, franc et impétueux. Exactement comme elle. Je ne devrais pas l'apprécier, et pourtant c'est le cas. Je ne peux m'empêcher de penser qu'elle doit être impétueuse dans d'autres domaines. Le genre de femme qui saurait me satisfaire.

— Un accent, ça se corrige, ma chère, dit alors mon père avant de céder à une violente quinte de toux.

Ma mère s'empresse de lui faire avaler une gorgée d'eau. Une fois qu'il s'est calmé, il reprend :

— D'après nos sources, c'est un diamant mal dégrossi, mais le fait qu'elle soit issue d'une île prospère nous offrirait une alliance utile.

Il se tourne vers moi.

— L'influence de Gabriel saura la discipliner.

Rien ne disciplinera cette femme. Je penche la tête. Mieux vaut taire mon opinion. Après tout, je veux bien que Polly reste un petit moment chez nous si c'est pour porter des tenues aussi sexy. Et des bikinis.

Mon père se tourne alors vers ma mère pour lui dire sur le ton de la plaisanterie :

— Toi aussi, tu avais un petit accent à l'époque.

Ma mère vient d'un royaume mineur au large de l'Australie. Son accent, après des leçons auprès d'un professeur de diction, a complètement disparu. À la place, elle parle un anglais raffiné avec de légères inflexions d'influence française, comme tous les citoyens de Villroy. Aujourd'hui, de nombreux habitants de l'île sont français, étant donné que Villroy se situe au large de leurs côtes. Comme l'anglais demeure la langue officielle, la plupart sont bilingues.

Ma mère secoue la tête, comme si l'accent de Polly était une cause perdue, avant de se tourner vers moi.

— Je parlais de Marguerite, la blonde menue, c'est elle qui sort du lot. Tu l'as vue quand elle a fait tomber la rousse sur le cul ?

J'en reste bouche bée. La reine ne dit jamais *cul*. Je me ressaisis, à court de mots devant cette version inédite de la reine mère.

— La rousse s'appelle Elizabeth, précise mon père en tendant un doigt noueux vers l'écran – il a perdu beaucoup de poids. Polly me fait penser à la femme délurée de mon frère.

Sa voix est éraillée et il boit une autre gorgée.

— Une source d'ennuis. As-tu des nouvelles de mon frère ?

À ces mots, je tends l'oreille. Mon père doit être plus mal en point que je pensais pour demander des nouvelles de son frère aîné. Après toute cette rancune, je doute qu'on entende à nouveau parler de lui. Mon père et son frère ont coupé les ponts depuis que mon oncle a abdiqué pour épouser une roturière – une Américaine de Brooklyn, à New York. À l'époque, c'était un vrai scandale. Du jamais vu dans l'histoire du royaume. Mon père était furieux de devoir abandonner son rêve de devenir joueur de football professionnel. Il venait d'être recruté dans l'équipe de France après son diplôme à l'université. D'après ce qu'on m'a dit, mon père menait la grande vie pendant que son frère accomplissait son devoir. L'échange n'a pas été facile.

— Pas encore, murmure ma mère.

Mon oncle a été banni après avoir épousé sa femme. On qualifie souvent mes cousins de racailles, même s'ils sont de sang à demi royal. Leur famille n'est pas la bienvenue à Villroy et ils restent à Brooklyn. Ma sœur cadette, Silvia, est entrée en contact avec eux quand elle étudiait aux États-Unis. Apparemment, ils sont plutôt rustres. Six frères. Ils auraient au moins pu se montrer moins rustres avec ma petite sœur ! Silvia a le cœur sur la main, elle ne s'en est pas formalisée. Elle essaie toujours de raccommoder ce qui ne peut pas l'être. Elle s'est peut-être ramollie pendant son séjour aux États-Unis, surtout après son mariage avec un Américain. Elle a pu épouser un roturier sans le moindre problème, étant donné qu'elle est septième dans l'ordre de succession au trône. Pour moi, en revanche, aîné de la famille, c'est une autre histoire. On m'a éduqué pour perpétuer la tradition et je compte bien le faire. Ma femme sera une vraie reine. En attendant…

Je porte à nouveau le regard sur les fesses harmonieuses de Polly tandis qu'elle s'échine à replier le canot. Pourquoi range-t-elle la plage alors qu'elle devrait être à la pêche ? Enfin, elle termine et s'assoit sur le pneumatique plié pour regarder les femmes s'ébattre dans l'eau. De toute façon, tous les poissons ont dû fuir depuis longtemps.

Maintenant que le show de Polly est terminé, je prends congé.

Mes parents s'en rendent à peine compte.

Anna

Assise sur le radeau replié, j'observe les femmes qui se disputent dans l'eau, avec un mélange d'horreur et de fascination quand elles en viennent aux mains. Une princesse hurle lorsqu'on lui tire les cheveux. Dans l'ensemble, il est beaucoup question de cheveux. Ça griffe, ça mord, ça gifle et ça donne des coups de pied, aussi. C'est violent. Un chemisier se déchire et les boutons pleuvent dans l'eau.

— Et sinon, il y a du poisson ? je lance à l'occasion d'un temps mort.

La princesse rousse brandit son filet dans un geste triomphant. Il y a un petit poisson argenté qui se tortille à l'intérieur. Marguerite lui arrache le filet des mains pour lui en lancer un autre à la place, vide naturellement.

— Salope ! s'égosille la rousse.

Les deux femmes roulent ensemble dans l'eau. J'espère qu'il n'y aura pas de noyade, sinon je vais devoir assurer les premiers secours. J'ai été maître-nageuse et j'ai encore tous mes certificats de la Croix Rouge. Je les renouvelle régulièrement. On ne sait jamais quand cela peut servir.

J'enfonce mes pieds dans le sable et je sens un objet dur, bien plus volumineux qu'un coquillage. Je m'agenouille et creuse un peu. Un trésor ! Je sors une boîte, dans laquelle je découvre une pompe, du genre que l'on gonfle avec le pied. Le domestique a laissé tomber le bateau juste ici, ils devaient penser que nous la découvririons en nous agitant autour. J'insère le tube dans la valve et je commence à pomper.

— Les filles ! J'ai une pompe à air. Ce sera plus facile de pêcher si nous prenons le large. Fouillez dans le sable, avec un peu de chance, ils nous ont aussi laissé des rames.

Une courte pause s'ensuit avant que les femmes

reprennent leur bataille pour le poisson, aussi acharnée que maladroite.

Je continue de pomper. C'est efficace et le canot se gonfle plus vite que je l'aurais cru. Une heure plus tard, je suis couverte de sueur, j'ai les jambes en feu, mais au moins, le bateau est prêt. Je suis trop fatiguée pour chercher les rames dans le sable, si tant est qu'il y en ait. Les femmes sont éparpillées sur la plage, certaines toujours à la pêche, d'autres assises dans l'eau, leurs filets ouverts devant elle au cas où un poisson passerait par là. Quelques princesses font la planche au gré des vagues.

Je lance mon filet et mon panier dans le canot et je le tire jusqu'à l'eau.

— Montez. Je parie que la crique regorge de poissons. Nous pagaierons avec nos mains.

Je stabilise l'embarcation pendant que tout le monde monte à bord. Certaines se laissent tomber à l'intérieur comme des poissons. Je prends mon élan et je grimpe avec elles. Ça fonctionne ! Nous ramons avec les mains, progressant dans la bonne direction.

Enfin, nous parvenons dans la crique, un bras de mer protégé entre des falaises escarpées. Je peux voir les poissons frétiller sous la surface. Jackpot !

Les princesses doivent être épuisées, parce qu'elles restent assises mollement, leurs filets dans l'eau. Moi aussi, je suis hors service après avoir actionné la pompe sans relâche, mais je dois me ressaisir. Le maximum qu'une princesse ait pêché, ce sont trois malheureux poissons. Il me suffit d'en pêcher un de plus.

Je me penche à la recherche d'un banc de poissons, espérant pouvoir tout rafler en une seule prise, quand quelqu'un me pousse à l'eau.

— Ahhh !

Je remonte à la surface et écarte de mon visage la serpillière qui me tient lieu de chevelure.

— Vous me faites quoi ? Après tous mes efforts pour gonfler ce bateau ? Qui m'a poussée ?

Les femmes me dévisagent. On dirait une bande de

sauvages, débraillées et maussades avec leurs vêtements détrempés et leurs cheveux ébouriffés par l'eau salée et leurs crêpages de chignon. Personne ne se dénonce.

Aussitôt, tous mes instincts de survie entrent en action. Elles ne veulent pas de moi à bord ? Dans ce cas, je pêcherai directement dans l'eau. Ce sera toujours mieux qu'elles. Je m'accroche au canot à une main et je plonge le bras le plus profondément possible, déplaçant lentement mon filet dans l'eau. *Petits, petits, petits, nagez un peu plus près.*

Un tiraillement m'indique que j'ai une prise. Je remonte le filet à la surface. Oh, bon sang. Il est énorme et il se débat entre les mailles. J'ai du mal à le retenir. Sa gueule est garnie de dents pointues. Les princesses hurlent et se ruent de l'autre côté. L'instant d'après, la moitié d'entre elles a basculé par-dessus bord dans la précipitation.

Les concurrentes toujours à bord laissent éclater leur joie. Rien de tel que la compétition pour faire ressortir le meilleur chez les femmes.

Je souris à part moi et reprends ma pêche. J'attrape un petit poisson, que je laisse dans le filet en guise d'appât.

Quand une vedette motorisée arrive à la rescousse – ou plutôt, pour mettre un terme à l'épreuve – j'ai un gros poisson et quatre petits. Je remonte dans notre canot pour récupérer le mastodonte que j'ai pêché tout à l'heure, mais il a disparu. Une rapide inspection des autres paniers m'apprend que quelqu'un a jeté ma prise par-dessus bord.

Un marin nous aide à monter sur la vedette en hissant nos filets et nos paniers. Le bateau pneumatique est attaché à une corde. Gabriel et la reine ne sont nulle part. On nous dépose enfin sur la rive, où trois hommes nous attendent – deux gardes sérieux comme des portes de prison et le domestique qui nous a apporté le canot.

Ce dernier approche.

— Mesdames, veuillez placer vos paniers devant vous.

Il inspecte la rangée, comptant les poissons.

Marguerite, qui ne sait pas nager et qui a passé la moitié de son temps à voler le butin des autres, remporte l'épreuve avec cinq poissons et une tête de poisson – qui ne devrait pas être prise en compte. Je l'avais sous-estimée avec son visage d'ange. Je vais devoir la garder à l'œil.

Elle affiche un sourire modeste, toujours aussi angélique en dépit de son apparence échevelée après une après-midi au soleil, dans le sable et l'eau salée, animée par des pugilats entre pestes.

Les perdantes sont deux femmes qui ne rapportent qu'un poisson chacune. Aussitôt, elles sont escortées par la sécurité.

Est-ce une coïncidence qu'il y ait deux gardes prévus pour les deux concurrentes éliminées ? Ou étions-nous épiées depuis le début ?

Plus tard ce soir-là, une fois que nous avons toutes eu l'occasion de nous laver et de nous refaire une beauté, on nous informe que la reine et le prince héritier se joindront à nous pour le dîner dans la grande salle à manger. J'aime mieux ça ! La véritable expérience royale va pouvoir commencer. Jusqu'à présent, entre les princesses sauvages, la désapprobation de la reine et le prince héritier qui n'ait rien d'un prince charmant, je suis passée à côté de la vie de château, mais j'espère toujours connaître l'expérience d'un authentique dîner royal. Je suis une optimiste invétérée, mais vous savez quoi ? C'est ce qui m'a permis d'arriver où j'en suis dans la vie et je suis plutôt contente de mon parcours.

J'enfile la seule robe couvrante au niveau des épaules que je possède, blanche à pois noirs, avec un décolleté plongeant et une jupe courte. Une ceinture à maillons dorés souligne la taille cintrée. Sauf à demander une nouvelle garde-robe à la reine, je ne vois pas ce que je peux faire pour me fondre dans le décor. Je pourrais toujours placer un mouchoir ou un foulard dans mon décolleté pour le cacher, mais ce ne serait pas moi. Je suis le genre de femme qui ne fait pas mystère de ses atouts. *Mais pas Polly, la princesse.* À contrecœur, j'emprunte le modeste châle blanc et le dispose en diagonale sur ma gorge, comme un long foulard. Voilà, épaules et poitrine couvertes. Maintenant, la question est :

sandales nus pieds à talons hauts ou semelles compensées léopard ?

La salle à manger est à la hauteur du reste du palais. Une longue table en bois sombre ciré est dressée, avec de la vaisselle en porcelaine, de l'argenterie, des verres en cristal et un énorme bouquet central. Un serviteur me conduit à la table et me propose à boire. Quelques princesses sont déjà installées. Il y a de petits écriteaux avec nos prénoms. Des places assignées. Je les passe en revue à la recherche du mien. Francesca, Elizabeth, Sophia et Marguerite sont assises autour de la reine et du prince, en bout de table.

Je longe la table jusqu'à l'autre extrémité et découvre ma place, la plus éloignée du couple royal. Marguerite a remporté la compétition, il est donc cohérent qu'elle soit assise près de la reine. Sans doute doivent-elles discuter de la prochaine épreuve. J'ai envisagé de dénoncer la tricherie de Marguerite lors de la partie de pêche, mais je me suis ravisée. À ce stade de la compétition, cela n'a pas grande importance. Je suis toujours dans la course et le risque de me mettre à dos Marguerite et d'agacer la reine n'en vaut pas la peine. Je suis certaine que les autres places ont été attribuées au hasard. Après tout, je suis arrivée seconde, et s'il y avait un ordre de priorité, je serais assise bien plus près.

À présent, je connais tous les prénoms après les leur avoir extorqués péniblement sur la vedette qui nous ramenait au rivage. J'ai une bonne mémoire des noms. C'est utile dans le métier de la coiffure, histoire de mettre les clients à l'aise. Je suis sûre que la véritable Polly serait ravie de savoir que j'ai fait leur connaissance. Cela dit, elle ne doit pas avoir beaucoup de contacts avec le monde royal, parce que personne ne me soupçonne de me faire passer pour elle. On devait la garder en laisse, la pauvre. Son aventure sous une fausse identité me paraît bien plus compréhensible maintenant. Jusqu'à présent, j'aurais demandé : comment peut-on tourner le dos à une vie de princesse ?

Le silence s'impose autour de la table lorsque la reine fait son entrée, suivie par le prince. Tout le monde se lève. Mes yeux sont attirés par Gabriel. Il est toujours trop parfait, trop hautain et arrogant, mais je ne peux pas nier que c'est un homme splendide. Son costume bleu foncé sur mesure épouse à la perfection son corps musclé. Je meurs d'envie de jeter un œil à ces épaules qui remplissent merveilleusement le veston, mais je doute qu'il se montre torse nu rien que pour le plaisir de mes yeux. Le décorum royal, tout ça, tout ça… La reine semble satisfaite. Un petit sourire aux lèvres, elle prend place en bout de table. Elle porte une robe jaune clair à manches longues. Gabriel nous fait signe de nous asseoir, puis il prend place à la droite de la reine.

— Comme c'est agréable de vous voir, dit-elle. J'espère que vous avez eu le temps de vous rafraîchir après la sortie d'aujourd'hui.

Les femmes murmurent poliment. Je meurs d'envie de demander en quoi consistera le prochain défi, car j'ai presque gagné – ce qui signifie que j'ai encore une chance d'aider la pauvre Polly –, mais les domestiques commencent à nous servir, alors je garde le silence.

Le plat, des fruits de mer essentiellement, est succulent. Je n'en ai jamais mangé d'aussi bons, tout frais pêchés. La conversation est feutrée. Quand je termine mon troisième verre de vin, je me suis *franchement* détendue. Je réprime un bâillement. Qui aurait cru que tout ce luxe royal m'endormirait ? Quand j'étais petite, le ventre souvent creux après un repas frugal – apparemment, il n'y avait jamais suffisamment de nourriture pour tous les pensionnaires dans les foyers d'accueil – j'imaginais que la vie dans un palais royal devait être le paradis. Je crois que je me débrouille seule depuis si longtemps que me laisser servir et rester assise passivement au lieu de le faire moi-même m'ennuie profondément. Ma vision idéalisée de la royauté est morte et enterrée. Re-soupir.

Je croise le regard de Gabriel. Quelque chose dans sa posture rigide me donne envie de le faire rire, de le chatouiller ou de le prendre au dépourvu. Son rire doit être rouillé, étant donné qu'il n'a pas ri depuis une décennie ou plus. Je suis presque certaine que ses dents sont élimées à force de toutes ces crispations de mâchoires. Je lui fais un clin d'œil pour voir comment il réagit.

Ses lèvres frémissent et mon estomac palpite. J'aimerais tant le voir sourire. La reine lui dit quelque chose et il tourne la tête. Je suis tellement déçue que c'en est ridicule.

La reine se lève et nous nous empressons de l'imiter. Elle nous fait signe de nous rasseoir.

— J'ai une annonce à vous faire. Marguerite a choisi la prochaine épreuve. Il y aura une chasse au trésor dans l'île. Les indices sont liés à la nature et vous devrez réfléchir de manière originale pour les résoudre.

Elle sourit avec enthousiasme.

— N'est-ce pas follement amusant ?

Les femmes acquiescent à mi-voix.

Amusant ? Je dirais plutôt totalement cinglé pour votre bon plaisir. Elle nous voit sans doute concourir, comme une émission de télé-réalité qu'elle regarderait depuis son antre royal.

La reine poursuit sur un ton théâtral, manifestement ravie.

— Je vous ai promis des richesses au-delà de vos rêves les plus fous, et maintenant je vais tout vous expliquer. Le prix à gagner est le prince Gabriel, héritier de la couronne. Décrochez le gros lot royal et vous hériterez de la fortune de notre royaume. Si tant est, bien sûr, que vous soyez la plus qualifiée pour devenir son épouse après de nombreuses missions aussi amusantes qu'exigeantes.

Mon estomac se noue. Je rêve ? Les richesses en question sont les liens du mariage ? Tout en moi hurle un grand *non !*

Je ne renoncerai pas à ma vie, là-bas dans mon pays.

Non à ce nullard coincé.

Non à une misérable existence sans saveur, pleine de corvées et dénuée de légèreté. Dieu merci, mes clichés sur la royauté ont volé en éclats plus tôt dans la journée, sinon j'aurais pu me faire berner.

Tous les regards se tournent vers Gabriel. Sa mâchoire est en granite. Son expression est sombre, peut-être même résignée.

La reine se retire et tout le monde se lève en murmurant des au revoir discrets.

Dès l'instant où elle quitte la salle, les femmes manquent renverser leurs chaises dans leur hâte d'approcher Gabriel. Il les surplombe de toute sa hauteur, fier et majestueux. Malgré tout, il a l'air persécuté. Les femmes l'assaillent dans une cacophonie fébrile et stridente. *Croqueuses de diamants.*

Je desserre les poings, surprise par un élan de jalousie. Ce n'est pas comme si j'avais envie de l'épouser. Il est rigide et prétentieux, et il fait partie d'un monde dans lequel je ne serai jamais à ma place. La véritable Polly souhaiterait-elle l'épouser ? Je n'en suis pas certaine. Elle me ressemble, intrépide et libre d'esprit, tout le contraire de Gabriel. Il est engoncé dans son rôle strict et je le soupçonne de prendre plaisir à cette tension permanente, dans une certaine mesure. D'un autre côté, le type sinistre que les parents de Polly insistent pour lui faire épouser ne s'intéresse à elle que pour ses liens royaux. C'est un homme d'affaires de Beaumont, d'un certain âge, et elle dit qu'il a promis à ses parents de la surveiller étroitement. Pour Polly comme pour moi, c'est synonyme de drapeau rouge.

Même si je gagnais Gabriel, je ne suis pas Polly. La vérité finirait par éclater au grand jour avec des fiançailles et nous serions toutes les deux démasquées. Je devrais me rétracter, car j'ai bien l'impression que je n'ai rien à gagner quoi qu'il advienne.

C'est alors que Gabriel me lance un regard désespéré de l'autre côté de la salle, comme s'il me suppliait de le sauver du gang des princesses. On dirait presque qu'il a besoin de moi, que c'est un type comme les autres, pris au piège dans un contexte qui échappe à son contrôle. Exactement comme Polly.

Pfff. Je ne peux pas sauver tous les membres de la royauté dans ce monde. *Sois un homme et repousse ces bêcheuses.* Moi, je dois réfléchir aux prochaines étapes pour le bien de Polly.

Je tourne les talons et me dirige vers la porte. Je jurerais sentir le regard de Gabriel qui me suit.

5

____

Anna

Après avoir arpenté les couloirs du palais pendant une éternité, je sors en espérant que l'air de la nuit m'éclaircira les pensées. Je retire mes sandales dès que j'atteins la cour du palais pour sentir l'herbe fraîche entre mes orteils. Je me retourne et admire le palais sous la lueur de la lune. On dirait un conte de fées, tout en grès avec des toits de cuivre, six étages, sept dans les deux tours et de multiples flèches dressées vers le ciel. La cour est longée sur deux côtés par les longues ailes du palais. Je fais demi-tour et je poursuis ma promenade à travers la cour en direction des immenses jardins parfaitement entretenus. C'est paisible ici, comme si tout était sous contrôle, depuis les haies carrées en lignes droites jusqu'aux arbres soigneusement taillés et aux quatre longues terrasses herbeuses qui descendent en pente douce vers la mer.

Une fontaine en marbre fantaisiste illuminée de rose et de bleu m'apparaît. De près, je découvre deux poissons en cuivre qui projettent leurs jets d'eau en arc de cercle l'un vers l'autre. J'adore. Je m'assieds sur un long banc de bois en face de la fontaine, sous une tonnelle de roses. Le bruissement régulier de l'eau, les vagues au loin et le parfum des roses, tout cela combiné m'apaise. Je ne me suis jamais sentie aussi perdue. J'ignore où aller, si je dois continuer ou me retirer.

J'expire longuement. Je n'en reviens pas d'avoir été attirée à Villroy par la ruse, ou plus précisément que Polly ait été attirée ici avec la promesse d'un petit héritage pour s'entendre dire qu'il s'agissait de « richesses au-delà des rêves », alors qu'en réalité, le prix n'était autre que Gabriel. À en juger par ses yeux hagards et éperdus quand toutes les princesses se sont ruées vers lui, je me demande ce qu'il pense de ce concours. Personnellement, j'aurais horreur d'être traité comme un trophée. C'est peut-être pour ça qu'il est incapable de sourire. Peut-être est-il malheureux, furieux et pris au piège. Je ne peux m'empêcher de remarquer des similitudes entre Polly et lui.

Maintenant que mon cliché de conte de fées sur la vie de château s'est définitivement écaillé, je constate qu'il n'y a rien de différent chez ces gens, en dehors des conditions de leur naissance. En tant qu'orpheline, je suis bien placée pour ne pas juger quelqu'un sur une chose aussi incontrôlable que cela.

Je contemple la fontaine pendant un moment à la recherche d'une réponse. *Partir ou rester ?*

Je vais jouer à pile ou face. Je sors une pièce de mon petit sac à main et je m'approche de l'éclairage, puis je ferme les yeux et la lance dans les airs.

— Tu fais un vœu ? demande une voix masculine.

Je sursaute en poussant un petit glapissement gênant. Quand on parle du loup…

— Que faites-vous ici ?

Gabriel hausse un sourcil et croise les bras.

— J'habite ici.

Il porte toujours son costume bleu foncé et le veston qui épouse les muscles saillants de ses épaules et de ses bras. J'ai presque honte d'avoir envie de le voir torse nu. Les princesses vierges n'ont pas ce genre de pensées. Oui, Polly est vierge. C'est obligatoire pour une princesse d'être vierge au mariage dans son royaume à la morale démodée. Elle s'est conformée au règlement, non seulement parce qu'elle était toujours accompagnée par un chaperon et qu'elle avait une vision romantique de son futur époux, mais aussi parce que c'est un détail que le médecin royal vérifie avant la cérémonie. *Beurk.*

Je croise son regard.

— Vous vous promenez toujours le soir ?

— Et toi ?

— J'en ai gros sur le cœur. Je dois prendre une décision difficile.

— Raconte-moi. Je pourrai peut-être t'aider.

Je le dévisage, étonnée par sa proposition.

— Merci, mais je dois trouver la solution toute seule.

Il penche la tête.

— Si tu pouvais faire un vœu, que demanderais-tu ?

Je pense aussitôt à Mike, mon père de cœur, et je réponds de but en blanc :

— Je trouverais un traitement contre le cancer.

Son regard est empreint de compassion et il s'avance, les bras le long du corps.

— C'est une personne proche de toi ?

— Mon père, dis-je en hochant la tête.

Je n'ai jamais eu de père, mais c'est Mike qui s'en approche le plus. On lui a diagnostiqué un cancer du poumon avancé un an avant sa retraite. Quelle injustice.

— Il est trop jeune pour mourir.

Il acquiesce gravement.

— C'est injuste. Malheureusement, j'ai affaire aux mêmes…

Aussitôt, il serre les dents et lève les yeux vers la mer.

— Vous pouvez m'en parler, je ne le dirai à personne.

Il me lance un coup d'œil.

— Je ne peux pas le dire à des étrangers.

Il s'assoit sur le banc, les coudes sur les genoux, la tête basse. En cet instant, ce n'est pas un prince, c'est un homme chargé d'un lourd fardeau et d'une douleur que je connais dans mon propre cœur, le chagrin d'un deuil prochain. L'impuissance de voir souffrir un être cher.

Je le rejoins sur le banc.

— Le cancer, c'est moche.

— Oui.

Il se redresse, le regard droit devant lui, et dit d'une voix rauque :

— Il n'a que cinquante-quatre ans.

Toute sa personne irradie de chagrin et je me rapproche pour m'appuyer contre lui dans un geste de réconfort. Il ne se dérobe pas. Nous restons assis là, bras contre bras, cuisse contre cuisse. La chaleur monte entre nous dans l'air frais de la nuit.

— C'est votre père aussi ?

Je le suppose, d'après l'âge. Une fois de plus, il acquiesce.

Je n'insiste pas pour obtenir plus de détails. Les règlements royaux restreignent sans doute la liberté de parole, ce qui est regrettable, car à qui peut-il se confier alors ? Il doit rester stoïque, au-dessus de tout, mais c'est une douleur abyssale devant la perte d'une personne que l'on aime. Maintenant, je comprends pourquoi le roi n'a fait aucune apparition durant le concours, alors que la reine était très présente. La curieuse nature de cette compétition doit être liée à l'urgence de marier Gabriel, de perpétuer la lignée. Il sera bientôt roi.

Je suis assise devant une fontaine, au clair de lune, contre l'épaule d'un futur roi, et tout ce que je voudrais, c'est le serrer dans mes bras. Il me paraît vulnérable et abordable, tellement humain. Pas parfait, pas rigide, pas même royal. Il est vulnérable et il souffre.

Alors, c'est ce que je fais. Je me tourne et je passe les bras autour de lui pour une étreinte de côté. Quand je le serre, il ne réagit pas. De toute manière, ce serait impossible, car je maintiens ses deux bras le long de son corps.

Enfin, je le relâche et lève les yeux vers lui.

Ses lèvres dessinent un petit sourire.

— C'était quoi, ça ?

Je hausse une épaule.

— Je me suis dit que vous aviez besoin d'un câlin.

— Peut-être bien, admet-il en arquant un sourcil.

Il me détaille pendant un moment.

— Je ne me rappelle pas la dernière fois qu'on m'a tenu comme ça. Ce n'est pas quelque chose qu'on fait dans la famille. Les membres de la royauté sont intouchables, pour la plupart.

— Là d'où je viens, nous sommes plus tactiles.

— Parle-moi de ton royaume.

Je me crispe. Pas seulement parce que mes connaissances du royaume de Polly sont limitées, mais également parce que je n'ai pas envie de lui mentir. Nous sommes en train de créer un lien, tous les deux.

— Chez moi, c'est un merveilleux paradis tropical.

En tout cas, c'est ce que Tampa représente à mes yeux, un endroit où mon rêve de posséder mon propre salon de coiffure deviendra un jour réalité.

— Est-ce bizarre d'être le grand prix de ce concours ?

— Tu trouves que je ne le vaux pas ? fait-il avec ironie.

— Me demandez-vous si je vous trouve canon ? Oui, tout à fait. Me demandez-vous si je trouve cela normal d'offrir un prince comme grand prix dans une compétition de type *Survivor* entre princesses ? Non.

Il ricane, un grondement grave qui me réchauffe le cœur. Je l'ai fait rire !

— Ce n'était pas mon idée.

— Alors, pourquoi avoir accepté ?

Il expire en se levant.

— Le devoir m'appelle et je dois répondre. Fais ce vœu, Polly. J'espère qu'il se réalisera.

Il s'en va aussi discrètement qu'il est arrivé.

Je retourne à la fontaine, lui tourne le dos et fais un vœu avant de lancer la pièce par-dessus mon épaule. Elle touche l'eau dans une éclaboussure satisfaisante. Mon vœu est simple, et pourtant impossible : gagner la compétition pour un prix véritable qui pourra sauver Polly.

J'entreprends une longue excursion jusqu'à la plage et je marche sur le sable au clair de lune en songeant que ce doit être romantique de s'y promener en amoureux. Des pensées bien étranges de ma part. Les relations, ce n'est pas mon fort – trop de travail, trop d'attentes utopiques. Honnêtement, je n'ai pas le temps. Je me suis toujours concentrée sur le travail, sur mes économies avec le rachat du salon en ligne de mire, et sur Mike aussi longtemps que je pourrai profiter de sa présence. Gabriel et moi, nous partageons un poids, celui de voir quelqu'un succomber à la maladie.

Assise sur la plage, je contemple les vagues si longtemps que j'ai l'impression d'être en transe.

Brusquement, je reviens à la conscience. Il n'y a qu'un seul moyen d'avancer. Et pour que cela fonctionne, j'ai besoin de Gabriel.

Gabriel

Après ma promenade dans les jardins, je reviens au palais et j'arpente les étages supérieurs, comme toujours fébrile et agité à propos de l'avenir. Enfin, je suis assez fatigué pour retourner dans mes appartements. Je chasse le valet qui souhaite récupérer mon costume pour le nettoyer et je lui dis que je le lui remettrai demain matin. Pour le moment, j'ai envie d'être seul. J'ôte ma veste et la jette sur le haut dossier d'un fauteuil en cuir, dans le salon.

Ce concours m'épuise déjà. J'ai fait de mon mieux pour divertir nos invitées après le dîner. Nous nous sommes retirés dans le petit salon, où j'ai bu un brandy en m'efforçant d'honorer les conversations, mais ce n'était pas facile. Les sept femmes encore en lice ont failli me rendre comateux avec leurs babillages insensés. Polly s'est éclipsée juste après le dîner et son départ ne m'a pas échappé. Elle n'était pas assez intéressée par la perspective de devenir ma femme pour passer du temps avec moi alors qu'elle en avait l'occasion – une grossièreté incroyable.

Pourtant, plus tard dans la soirée, quand j'ai pris congé des princesses bavardes pour aller me promener, mes pas m'ont attiré vers elle. Elle était là, debout au clair de lune près de la fontaine, véritable spectacle de boucles indomptables et de courbes affriolantes. Elle semblait à sa place dans ce cadre, comme si elle pouvait faire partie de la fontaine fantasmagorique avec ses lumières joyeuses et ses poissons joueurs.

Je dénoue ma cravate, agacé que mes pensées reviennent

irrémédiablement vers elle. Nous ne sommes pas assortis, la reine me l'a clairement exprimé, et je ne peux pas dire que je sois en désaccord. C'est peut-être parce qu'elle est très différente de toutes les personnes que je rencontre, c'est ce qui la rend fondamentalement plus intéressante. Peut-être sa beauté, aussi. Ou peut-être parce que…

Elle m'a serré dans ses bras.

Et ça m'a plu. Il m'a semblé qu'elle s'intéressait à ce qui se passait en moi à un niveau plus profond. Elle est en train de perdre quelqu'un, elle aussi, elle comprend ce que c'est – la douleur insoutenable de rester impuissant, à le regarder, sans pouvoir faire quoi que ce soit. Elle m'a réconforté et je l'ai accepté. Je ne partage même pas ce fardeau avec mes jeunes frères et sœurs. La majeure partie d'entre eux – cinq sur les six – ont leurs appartements au palais, mais ce sont des adultes avec accès au jet privé, si bien qu'ils vont et viennent à leur guise. Ils savent que notre père est malade, mais ils ignorent que son état s'est aggravé. Le grand frère protecteur que je suis les a maintenus dans le noir pour les laisser profiter de leurs vies insouciantes comme le souhaitait mon père. C'est sans doute pour cette raison que mes parents ne les ont pas encore rappelés à la maison. Mon père se voit en eux, étant donné qu'il était le cadet, et il leur a toujours accordé une grande liberté avec un minimum de responsabilités.

Mon esprit revient sur l'arrivée de Polly au palais. Elle a dit que j'étais coincé et que je ne quittais jamais le palais. Ce n'est pas vrai. Je voyage quand j'en ressens le besoin, incognito la plupart du temps. Je suis incapable de me détendre avec la presse qui me suit partout, rapportant mes moindres faits et gestes. Il y a quelques femmes que je peux appeler pour passer une bonne soirée. Elles ont signé des contrats de confidentialité et gardent tous les détails pour elles. Toute ma vie, j'ai été sous le regard scrutateur impitoyable du public, et après une petite indiscrétion impliquant un excès d'alcool et mes poings (et pas qu'un peu), je me tiens à l'écart des projecteurs dans la mesure du possible.

Bientôt, je deviendrai roi. Même les devoirs royaux que

j'exécute en tant que prince héritier sont secrets, pour les habitants de l'île uniquement, sans les médias. Les caméras et les téléphones sont interdits. La reine méprise la vulgarité des sensations internet et des réseaux sociaux. Elle n'a pas à regarder plus loin que mon frère Phillip. En tant que beau gosse royal, le nombre de ses abonnés est impressionnant et il n'a aucune gêne à évoluer sous les feux de la rampe. D'abord avec sa petite amie officielle, quand il formait le couple en or, puis lorsqu'il a parcouru l'Europe en compagnie de l'élite. Mon père dit toujours que Phillip ressemble au jeune homme qu'il était avant d'être contraint de se poser. Tel père tel fils, même chez les rois. Ha !

Je détache mes boutons de manchette avant de m'atteler au reste de la chemise, soudain écrasé par la fatigue. Je suis encore jeune. Trente ans, la force de l'âge, je ne devrais pas être aussi lessivé. Le poids du royaume pèse sur mes épaules, certes, mais j'ai toujours su que ce serait mon destin. Je suis prêt autant qu'on puisse l'être. Ce serait bien de trouver une partenaire, quelqu'un qui soit capable de partager ce fardeau avec moi. Quelqu'un qui m'offrirait du réconfort dans les moments difficiles.

Comme Polly.

J'abandonne ma chemise avec la veste, me déchausse d'un coup de pied et me dirige vers ma chambre. Là, j'entre dans la salle de bain attenante pour une longue douche chargée de vapeur. Quelques minutes plus tard, je me sens plus détendu et je penche la tête en arrière sous le jet. Une image de Polly m'apparaît. Son bikini épousant la forme de ses seins ronds et pigeonnants, sa peau lisse et hâlée, son ventre tonique, ses hanches rondes, ses longues jambes, et ce cul ! Ces fesses parfaites, rebondies, faites pour les mains d'un homme. Je secoue la tête en m'ordonnant de ne pas rester bloqué sur cette femme. C'est une bataille perdue d'avance. Maintenant, je suis à nouveau tendu, mais également dur comme la pierre. J'envisage de me toucher quand j'entends un bruit dans ma chambre. Le valet serait-il revenu prendre mon costume ? J'ai laissé le pantalon sur le meuble de la salle dc bain.

Je serre les dents. J'aurais dû verrouiller la porte. J'éteins la douche, m'empare d'une serviette, l'enroule autour de ma taille, attrape le pantalon et rejoins la porte de la salle de bain en essayant de calmer ma mauvaise humeur. Il ne fait que son travail. Je passe la tête par l'entrebâillement.

— Andrew, voilà le…

Ma phrase reste suspendue, je suis sans voix.

Polly aux boucles folles et au cul parfait est assise en tailleur sur mon lit, à son aise. Elle porte une robe de chambre rouge en satin, qui dévoile ses cuisses, ainsi que ses talons à imprimé léopard. Ma bouche se dessèche. Est-elle nue sous cette robe de chambre ? Est-elle ici pour ce dont j'espère qu'elle est ici ?

— Salut, trésor, lance-t-elle gaiement en balançant une jambe fuselée. J'espérais bien voir ces épaules. Aussi somptueuses que je les imaginais. Les gouttes scintillent et coulent, ajoute-t-elle en agitant les doigts vers moi, sur des pectoraux spectaculaires, des tablettes de chocolat et cette bande de poils qui indique le chemin vers…

Elle me dévore des yeux. Avec une audace incroyable. Elle fixe du regard mon sexe qui se dresse sous la serviette.

— C'est bien ça, fait-elle d'une voix rauque.

Je devrais être furieux qu'elle ose bafouer l'intimité de mes appartements, mais au lieu de ça, je suis terriblement excité. C'est la faute de la douche. Du bikini. Sa faute à elle.

Je jette le pantalon sur la commode et je m'approche.

— Comment es-tu entrée ici ?

Elle hausse une épaule.

— La porte n'était pas fermée à clé.

— Comment savais-tu laquelle était ma chambre ?

Elle sourit, ses dents blanches étincelantes entre ses lèvres d'un rouge sensuel.

— J'ai fait quelques tentatives. Je faisais semblant d'être perdue et de chercher ma chambre. Je savais que tu ne serais pas dans la même aile que nous toutes. L'un des domestiques m'a dit que les chambres se trouvaient aux premier et deuxième étages. Au-dessus, c'est pour les serviteurs, l'infirmerie et le rangement.

Elle se renfrogne.

— Tu as grandi dans un grenier ? C'est presque pire que tous les endroits miteux où j'ai vécu. Enfin, étant donné tout le luxe qui t'entoure.

Une princesse qui vit dans des endroits miteux ? Mon cerveau imprégné de testostérone revient immédiatement au plus important : Polly est pratiquement nue, assise sur mon lit, mûre pour être cueillie. Je devrais me soucier de la raison de sa présence, car elle pourrait manigancer une supercherie, mais avec ses grands yeux marron pétillants, son sourire avenant, sa peau si lisse et ses courbes alléchantes, cela n'a aucune importance.

— Veux-tu que je m'habille ?

Ou que je retire cette serviette ?

Elle regarde mes biceps avant de répondre :

— Uniquement si tu y tiens. Moi, j'apprécie le spectacle.

Je m'assieds à côté d'elle sur le matelas, ma cuisse assez proche de la sienne pour effleurer le satin de sa robe de chambre. Elle lève les yeux, la voix éraillée :

— Tu te demandes peut-être pourquoi je suis ici.

— Pas vraiment.

Elle écarquille les yeux.

— Une femme surgit au milieu de la nuit dans ta chambre royale privée et tu ne te demandes pas ce qu'elle fait là ? Et si j'avais un couteau ? Si je prévoyais de t'assassiner ?

J'ai envie de sourire.

— As-tu un couteau ?

— Non, dit-elle en pinçant les lèvres, sexy en diable. Mais tu ne devrais pas être aussi confiant.

— Tu m'as déjà serré dans tes bras.

— C'est vrai.

Je regarde sa bouche, et ses lèvres sensuelles s'écartent. Elle sort sa langue rose pour les humecter. Aussitôt, une bouffée de désir me traverse. Elle a envie de m'embrasser.

— Je croyais que la raison de ta présence était plutôt évidente.

Elle lève une main vers mon visage, mais elle la laisse retomber en murmurant quelque chose au sujet de Polly. C'est une jeune femme singulière, à parler ainsi d'elle-même à la troisième personne. Enfin, c'est bien le dernier de mes soucis.

Je passe ses boucles par-dessus son épaule. Elles me paraissent élastiques, comme si je pouvais tirer dessus et les voir rebondir.

Brusquement, elle se lève devant moi.

— J'ai quelques petites choses à te dire.

C'est un moulin à paroles. Génial. Exactement ce dont j'avais besoin après avoir subi le jacassement des autres princesses pendant des heures.

— Vas-y.

Je me dirige vers la commode, où sont rangés mes boxers. Si nous devons parler, au moins que je quitte cette serviette mouillée. J'enfile le boxer sous la serviette, la retire pour me sécher du mieux possible, puis je la pose sur la commode. Elle n'a toujours pas dit un mot, alors je me retourne.

— Pourquoi tu ne dis rien ?

Son regard m'enveloppe comme si elle ne savait pas où donner de la tête, incapable de détourner les yeux. Ça me flatte.

— J'adore encore plus ce spectacle-là, dit-elle dans un souffle, avec enthousiasme. Ça t'arrive souvent de te pavaner en boxer devant une femme bizarre qui débarque dans tes appartements pour des motifs potentiellement malfaisants ?

Je me surprends à sourire. Une fois n'est pas coutume, un rire monte même de ma gorge.

— Je n'ai pas l'habitude de voir des femmes bizarres débarquer dans mes appartements pour des motifs potentiellement malfaisants, alors non, je ne peux pas dire que ça m'arrive souvent.

Elle déglutit. L'ondulation de son long cou m'hypnotise. Enfin, elle redresse le menton et ses yeux rencontrent les miens.

— Oh, waouh, fait-elle. *Ça,* c'est un regard de chambre à coucher.

Puis elle aperçoit le piquet de tente dans mon boxer.

— Et un caleçon de chambre à coucher.

Je pars d'un grand éclat de rire. Cette femme me tue.

Elle rit à son tour.

— J'avais envie de te faire rire depuis mon arrivée. Tu n'es peut-être pas aussi coincé que je le pensais.

Je perds mon sourire.

— Peut-être ?

— Excuse-moi de t'avoir dit ça, répond-elle en grimaçant. J'étais troublée parce que tu étais en smoking, et glacial comme tous les majordomes que je connais.

Elle toussote avant de reprendre :

— En même temps, tu étais si jeune et canon.

D'un geste vertical, elle désigne mon corps. Impossible que cette érection retombe si elle ne cesse de me complimenter en la regardant.

— Tu devais être d'humeur massacrante à cause de ce concours imminent.

— Sans parler du mariage des *furries*.

Elle éclate de rire et tapote le lit à côté d'elle.

— Ça, c'est une histoire que je meurs d'envie d'entendre.

Je m'assieds comme elle m'y invite et me lance dans un récit pitoyable. De toute façon, ce n'est pas un secret. Cette parodie de cérémonie se retrouvera sous peu dans les magazines *Mariages de Luxe* et *Spécial Mariage*. *Merci encore, Phillip.* Il a disparu en même temps que les derniers mariés, me laissant seul avec nos parents dans une période difficile – et une horde inattendue d'aspirantes épouses. Il aurait au moins pu rester auprès de nos parents. L'enfoiré. Il est sans doute vautré dans un hôtel luxueux à Paris en ce moment même. Je raconte à Polly comment mon frère a insisté pour ouvrir le palais au public alors que, de mon côté, je tiens à préserver notre histoire et nos traditions.

Ses yeux sont immenses quand je termine mon histoire.

— Une minute. Est-ce que tu viens de dire qu'un lapin violet géant sautillait parmi toutes les espèces originaires d'Australie ? Kangourou, koala, wombat, dingos et un lapin violet géant ?

— Oui.

Elle était censée prendre mon parti quant à la préservation

de notre histoire. Au lieu de ça, elle reste bloquée sur cette abomination *furry*.

Enfin, elle rit à gorge déployée.

— Dément ! J'adore !

Son fou rire est tel que des larmes lui montent aux yeux.

Le sourire me vient en dépit de cette lamentable histoire de *furries*. Elle est tellement… drôle, ouverte et affectueuse. Tout le contraire de moi. Soudain, j'ai l'impression de passer à côté de quelque chose dans ma vie, comme si j'en avais besoin. Comme si j'avais besoin d'elle.

Elle s'essuie les yeux et soupire.

— Waouh ! Quelle aventure. Maintenant, je comprends dans quel état tu étais quand nous nous sommes rencontrés. Dur, dur.

Elle glousse avant de se ressaisir.

— Excuse-moi. Je suis persuadée que c'était une véritable abomination (un autre gloussement) comme tu l'as dit.

— Cela n'avait rien de drôle.

Elle hoche la tête et lève un doigt, le temps de reprendre sa respiration.

— Bon, ça y est, je suis calmée. Alors, la raison de ma présence. Je crois que nous pouvons nous aider mutuellement.

Je baisse la voix pour répondre :

— Moi aussi, je crois bien.

Elle se lève et se dirige vers la commode. Immédiatement, elle me manque et je déplore la distance entre nous.

Elle lève une paume, comme pour essayer de repousser mes avances alors que je n'ai pourtant pas bougé.

— Je suis ici pour t'aider. Ces autres princesses sont des piranhas, elles essaient toutes de te croquer. Moi, je suis plus discrète.

— Tu es plus discrète ? je demande, incrédule, en songeant à ses tenues extravagantes et à ses manières franches et directes – Bon Dieu, cette femme s'est quand même introduite dans mes appartements !

Elle me fusille des yeux.

— Oui. Qu'est-ce que tu sous-entends ?

— Rien. Continue.

Je ne me rappelle pas à quand remonte la dernière fois où j'ai été aussi excité et amusé à la fois.

Elle fait les cent pas devant la commode, s'arrête et regarde ma serviette mouillée, roulée en boule dessus.

— C'est un meuble antique, dit-elle avant de s'en emparer pour disparaître dans la salle de bain.

Elle revient sans la serviette et déclare :

— Tu m'aides à gagner la compétition et tout se terminera rapidement sans remue-ménage. Je ne te dévorerai pas vivant. Je resterai discrète comme à mon habitude et je te laisserai faire tes trucs royaux.

Mon esprit reste accroché à cette fin de phrase. *Tes trucs royaux.* Quelle curieuse expression. Ce ne sont pas ses trucs royaux, à elle aussi ? On dirait qu'elle n'a pas été élevée correctement dans la pure tradition royale. Pas étonnant qu'elle manque totalement de bonnes manières. Sa famille a raté son éducation. Cela ne fait que confirmer que je ne peux pas l'aider à gagner le concours. Elle ne serait jamais acceptée comme reine. Ma mère refuserait et mon père suivrait. Ils ont toujours montré un front uni. Ce ne serait pas juste envers Polly. Elle n'est absolument pas préparée pour ce poste. À vrai dire, si je pouvais vivre comme ça me chante, c'est exactement le genre de bel esprit libre que j'aimerais. L'ironie du sort, c'est que je n'en avais pas conscience avant de *la* rencontrer.

Cependant, je n'ai pas cette liberté. Je suis l'héritier d'un royaume et si j'agissais par égoïsme en la choisissant et en l'aidant à remporter cette compétition, elle ne serait pas heureuse. Je serais une ordure si je le permettais. Non seulement tous les devoirs et les attentes qui incombent à une reine détruiraient son âme, mais ce serait une responsabilité écrasante et un dur labeur. Ma future épouse devra m'aider à sauver un royaume. Une princesse peut savourer quelques libertés, mais en aucun cas cette femme ne doit devenir reine.

— Je ne veux pas t'épouser, dis-je avec délicatesse.

Ses yeux bruns étincellent, me donnant le frisson.

— Pourquoi cela ?

Je ne lui donne qu'une partie de l'explication afin de préserver ses sentiments. Elle n'est pas obligée de savoir que la reine l'a déjà disqualifiée.

— Tu n'as pas reçu l'éducation qui convient.

Elle pose les mains sur ses hanches et rejette ses cheveux. Elle est magnifique.

— Mufle !

Je me lève lentement et me dirige vers elle d'un pas raide.

— Très bien, fait-elle en redressant le menton. Je te laisse en pâture aux louves si c'est ce que tu veux.

Je franchis la distance qui nous sépare et je la plaque contre le mur, la prenant au piège de mes bras, les paumes sur la tapisserie derrière elle. Puis je penche la tête pour murmurer à son oreille :

— C'est *moi* le loup, et c'est toi que je veux.

Elle frissonne.

— Quelle audace.

Je m'avance. Ses lèvres ne sont plus qu'à quelques millimètres quand elle tourne la tête et se faufile sous mon bras.

— Non, répond-elle en s'éloignant beaucoup trop à mon goût.

— Pourquoi ? je m'exclame.

En temps normal, je sais me maîtriser, mais le désir me tient entre ses griffes.

Elle renifle.

— Parce que vous ne pouvez pas avoir tout ce que vous voulez quand vous le voulez, *Votre Altesse*.

Elle a prononcé cette formule de politesse avec un mépris évident. On ne m'a jamais parlé aussi grossièrement. Je ne la désire que plus encore.

Elle poursuit avec de grands gestes animés.

— Avant que tu te montres aussi insensible, j'allais proposer que tu m'aides à gagner le jeu et, en retour, que tu me donnes une compensation pour disparaître sans faire de vagues.

Je cligne des yeux.

— Tu veux que je te paye pour partir ?

Tu ne veux pas m'épouser ?

— Oui.

— Pourquoi ?

Son regard dérive sur le côté avant de revenir vers moi.

— J'ai mes raisons.

— De toute façon, j'ai besoin d'une femme. Il n'y aura pas de compensation. La meilleure candidate gagnera.

Elle lève les yeux au plafond et serre les poings, comme si elle s'évertuait à ne pas perdre son sang-froid. Enfin, elle darde vers moi un regard flamboyant.

— Tu te fiches de savoir qui ce sera ?

Serait-elle jalouse ?

— Bien sûr que non, mais ce n'est pas aussi simple. On ne peut pas faire n'importe quoi. Tu dois comprendre qu'il faut respecter les traditions royales.

Ses lèvres forment une ligne droite.

— Je ne comprends rien à votre fonctionnement. Dresser des princesses les unes contre les autres ? Ça ne te plaît pas plus qu'à moi, alors travaillons ensemble pour y mettre un terme.

— Il y a des circonstances que tu ne saisis pas. Je regrette, mais je ne peux pas te donner plus d'explications.

Elle lève les mains au ciel.

— Très bien ! Mais ne t'attends pas à ce que je t'aide à assouvir tes pulsions lubriques. Je suis vierge.

Elle a le regard fuyant, comme si elle mentait. Aucune femme à la sensualité aussi débordante ne peut être sans expérience. Une vierge serait-elle venue me chercher jusque dans ma chambre ? Et puis, elle doit avoir une vingtaine d'années, un peu tard pour être encore vierge.

Je la rejoins.

— Quel âge as-tu ?

— Vingt-trois ans.

Lentement, elle recule, se rapprochant du lit à colonnes.

— C'est la règle dans mon royaume. Les princesses doivent arriver vierges au mariage.

Si c'est la vérité, je ne devrais pas la toucher. Je devrais la raccompagner à la porte, fuir la tentation.

— Polly.

Je capture ses poignets et les ramène derrière la colonne en bois, au pied de mon lit, m'avançant dans son espace intime. C'est plus fort que moi. J'inspire son parfum de fleurs capiteux, avide de goûter sa peau.

Sa poitrine se soulève et retombe frénétiquement, gonflant les seins que m'offre son décolleté. Elle incline le visage vers moi et rencontre mon regard avec un désir pur.

Je me penche avec lenteur et elle garde les yeux ouverts. Ses pupilles sont noires et larges, mouchetées d'or dans les iris obscurs. Elle est belle. Ses cils frémissent lorsque je passe mes lèvres sur les siennes, légèrement, une fois, puis deux. Je libère ses poignets et relève la tête pour lui laisser le temps de reculer.

Elle pousse un gémissement frustré, prend ma tête entre ses mains et m'embrasse à son tour. *Oui !* Ses lèvres sont dociles, douces, elle a un goût de menthe et une saveur unique, un petit côté piquant. Mon monde se réduit à ce baiser, presque innocent dans sa décadence délicieuse. C'est une invitation charnelle à aller plus loin. J'introduis ma langue dans sa bouche et la sienne vient à ma rencontre. Un baiser langoureux, intense et humide. Je me noie dans les sensations, je m'enivre de ses charmes.

Elle soulève les hanches et se presse contre moi. Le baiser devient brutal, bestial, affamé. Je glisse une jambe entre les siennes pour exercer une pression et elle rejette la tête en arrière dans un gémissement alangui.

Toutes mes terminaisons nerveuses s'animent alors que je plonge dans sa bouche sensuelle. Le sang rugit dans mes oreilles. Plus près, je veux être encore plus près. Je presse mon sexe en érection contre son corps souple avec une puissante envie d'en prendre possession, un instinct primitif qui embrume mes pensées. Je ne suis plus que désir, un désir vibrant, à l'état pur. Je la désire plus que je n'ai jamais désiré une autre femme dans ma vie, et j'ai envie d'elle maintenant. Toutefois, une inquiétude légère, mais tenace, quant à sa virginité me pousse à m'interrompre.

Je suspends le baiser et elle reste adossée contre la colonne, les lèvres roses et les joues empourprées.

— J'ai envie de toi, dis-je d'une voix éraillée par le désir. Reste pour la nuit ou va-t'en tout de suite.

Nous nous regardons longuement, avec chaleur et intensité. Elle me toise et je titube aux frontières du désir. Les secondes s'égrènent, la tension devient palpable dans l'atmosphère.

Enfin, elle pose les deux mains à plat sur mon torse et me repousse.

— C'est le signal, dit-elle avant de se diriger vers la porte d'un pas vif.

Au dernier moment, elle se retourne et me lance d'une voix enjôleuse :

— Bonne nuit, Gabriel.

Elle m'a appelé par mon prénom. Non pas *Votre Altesse*. Et il y avait une pointe de regret dans son intonation.

— Bonne nuit, Polly. L'offre tient toujours pour un autre soir si tu changes d'avis. Je ne fermerai pas à clé.

La porte se referme sans un bruit derrière elle.

Merde ! Peut-être est-elle réellement vierge, tout compte fait. Je dois surveiller mes mains. Et maintenant, retour sous la douche.

6

Anna

Je sirote mon café dans le petit salon après un petit-déjeuner copieux en espérant qu'une idée brillante voie le jour dans mon cerveau en bouillie. Les autres princesses grignotent des fruits ou ne mangent rien, optant pour une tasse de thé. Elles sont délicates et raffinées. Ce doit être affreux de voir son étincelle de vie étouffée dès son plus jeune âge. J'aurais presque pitié pour elles si elles n'étaient pas de vraies garces avec moi. Est-ce mon accent ? On dirait qu'elles sentent que je suis la princesse la plus bas de gamme de leur groupe. C'est peut-être le cas de Polly. Je ne m'y connais pas trop en hiérarchie royale.

J'ai passé une nuit agitée, troublée par le merveilleux Gabriel. Je n'avais encore jamais vu un homme aussi beau dans la vie réelle – des muscles dorés, luisants, qui me donnaient envie d'y passer ma langue, de lécher toutes les gouttes de sa douche et même de l'y rejoindre. Il est parfaite-ment à l'aise dans sa peau, au point de rester presque nu devant moi avec un naturel désarmant. Et ce baiser, mon Dieu, on ne m'avait jamais embrassée ainsi ! Comme s'il voulait me dévorer, et j'avoue que c'était réciproque. Je croyais que ce genre de passion n'existait que dans les films. Je rougis jusqu'aux oreilles rien qu'en y pensant.

Cela dit, ça ne m'avance à rien. Le prince héritier me désire. Il ne veut pas m'aider à gagner. Ni m'épouser. J'ignore pourquoi, mais ça me fait mal. C'est vrai, je sais que nous venons de deux mondes opposés, je sais qui je suis réellement, mais il est censé croire que je suis une princesse. Comment ose-t-il me dire que je n'ai pas reçu une éducation convenable ? Tout ça parce que j'ai montré mes épaules nues (hérésie !) ou parce que j'ai débarqué dans la chambre d'un prince en pleine nuit ? D'accord, j'ai peut-être donné une mauvaise impression. Mais j'ai rectifié le tir en lui disant que j'étais vierge.

Hmm… le seul moyen de réussir l'Opération Sauver Polly, c'est de remporter la chasse aux trésors aujourd'hui. Le trésor en question est peut-être un diamant précieux, quelque chose que je puisse échanger contre des espèces sonnantes et trébuchantes en nombre suffisant pour payer l'avocat. Je ne peux pas laisser une colombe sans défense telle que Polly prisonnière d'une cage.

Le véritable majordome, Nolan, s'avance (c'est raté pour Nestor, Alfred ou Edgar, encore une illusion royale qui part en fumée). Il doit avoir une quarantaine d'années, une tête couverte de cheveux noirs avec une raie au milieu. Sérieux et digne, mais pas collet monté. Au moins, il porte un costume noir.

— Veuillez rejoindre le hall d'entrée. La reine vous y accueillera.

Je prends une dernière gorgée de café tandis que les princesses s'éloignent vers la porte, formant une ligne gracieuse. Attitudes parfaites, bonnes manières. Ah, mais je les ai vues en action hier. Il ne faudra pas longtemps avant qu'elles retournent à l'état sauvage, surtout maintenant que Gabriel est le trophée ultime. Mon estomac se noue et je m'efforce de rester concentrée sur mon objectif : gagner le trésor, sauver Polly.

Je rattrape le groupe dans le hall d'entrée en marbre. Nous attendons la reine. Je me tourne vers Elizabeth, la princesse rousse.

—D'après toi, c'est quoi le trésor ?

Elle pince ses lèvres roses et garde les yeux rivés droit devant elle.

— C'est inconvenant de parler d'argent.

— Tu crois que c'est de l'argent ?

— Non.

— Des bijoux ?

Elle secoue la tête et baisse d'un ton.

— Il ne faut pas se fier aux apparences. Sois plus profonde.

— D'accord, dis-je en acquiesçant sagement.

À l'évidence, elle essaie de m'aider. Que comprend-elle qui m'échappe ? Je suis intriguée par l'intrigue royale. Sur les nerfs, aussi. J'ai besoin de réponses. J'ai besoin de savoir si cela vaut la peine que je perde mon temps. Je devrais peut-être rentrer chez moi et supplier Polly de demander de l'aide à sa famille, même si elle ne veut pas qu'ils sachent ce qui s'est passé. S'ils la déshéritaient comme elle le redoute ? Le fardeau de son emprisonnement potentiel me pèse. C'est ma seule famille, et en ce moment, je suis son seul espoir. *Tiens bon, Polly !*

La reine arrive, suivie par les mêmes serviteurs qui l'ont aidée lors de l'épreuve d'hier. Je prends conscience qu'à raison d'un jeu par jour, les candidates vont fondre comme neige au soleil avant la fin de la semaine. Que réserve-t-on à la dernière princesse encore en jeu pendant les deux dernières semaines ? Une batterie de tests royaux ? Des visites conjugales visant à mesurer la compatibilité ? Tant de questions dont je ne suis pas certaine de vouloir connaître les réponses.

Les femmes se taisent immédiatement et inclinent la tête pour présenter leurs respects à la reine. J'en fais de même, non sans une fraction de seconde de retard. Je commence à m'intégrer et ce n'est que mon deuxième jour.

— Bonjour, fait la reine gaiement. Vous allez rallier le port aujourd'hui, où des bicyclettes vous attendent sur les quais.

Quelques princesses échangent des coups d'œil inquiets.

Marguerite prend la parole.

— Votre Majesté, je croyais que nous avions parlé de chevaux hier soir.

La reine plisse les yeux.

— Je suis le juge de ce concours, ce qui signifie que c'est moi qui décrète les règles.

Marguerite baisse la tête, les yeux au sol.

— Je ne sais pas monter à vélo, Madame.

— Dans ce cas, vous marcherez.

La reine balaie les candidates du regard.

— Quelqu'un d'autre ne sait pas faire de vélo ?

Des mains timides se lèvent. Quatre. Pauvres princesses lésées.

La reine indique au domestique d'un certain âge de s'avancer.

— Albert vous apprendra à en faire. Ensuite, vous partirez.

Aïe, c'est rude. *Minables*.

Les princesses inaptes au vélo font grise mine, mais les trois autres jacassent joyeusement. La reine ne semble pas apprécier ce brouhaha.

Je saute sur l'occasion pour poser ma question, profitant qu'elle soit déjà agacée par les autres.

— Votre Majesté, quel est le trésor ?

La reine pince les lèvres comme si elle avait sucé un citron acide. Il faut croire que c'était la question de trop.

— À la gagnante de le découvrir.

— Peut-on avoir une idée de la valeur, à la louche ? ajouté-je.

— Encore une remarque grossière de votre part et vous êtes renvoyée, rétorque la reine.

Les autres femmes me dévisagent, interloquées. Apparemment, l'argent est un véritable tabou, même lors d'une chasse au trésor. J'espère tout de même que le trésor a une valeur pécuniaire !

La reine nous congédie dans un geste royal, mais je distingue un petit sourire sur son visage. Ce jeu l'amuse follement.

Nous sommes huit princesses à sortir en trombe du palais. Sur la route, trois Mercedes noires aux vitres teintées nous attendent. Je monte sur la banquette arrière d'un véhicule avec Francesca et Marguerite. Elles m'encadrent – un sandwich de princesses.

Francesca est une jeune femme aux cheveux noirs. Elle vient d'un royaume dont je n'ai jamais entendu parler, quelque part au Moyen-Orient. Elle est discrète, mais ses yeux sombres sont intelligents et calculateurs. Moi qui croyais que Marguerite était la seule à garder à l'œil, je commence à me rendre compte qu'il y a peut-être plus de concurrentes sérieuses que je le pensais de prime abord. Elizabeth avait raison, je ne dois pas me fier aux apparences.

Une terrible pensée me frappe dans cette histoire d'apparences et de profondeur d'esprit. Zut. Ne me dites pas que ce trésor est symbolique ! Franchement, je ferai un scandale si je me démène pendant tout le jeu pour une bêtise du genre « le trésor était en vous depuis le début » ou « le trésor est la nature qui nous entoure ».

Je me tourne vers Marguerite.

— Étant donné que tu as choisi l'épreuve du jour, je pensais que tu serais immunisée et que tu pourrais nous observer depuis le banc de touche.

Elle secoue la tête.

— C'est la reine qui décide. Je parie que les indices ne sont même pas inspirés de la nature comme je l'avais suggéré. Elle a déjà changé les chevaux contre des vélos. Va savoir, il n'y a peut-être même pas de trésor…

— Tu crois que c'est un leurre ?

Francesca ajoute son grain de sel :

— La seule chose qui compte, c'est de savoir qui va gagner.

— Oh, boucle-le, répond sèchement Marguerite.

Francesca décoche un regard assassin à Marguerite et je regrette soudain de me trouver entre les deux. J'ai vu ces femmes en action. Elles sont assoiffées de sang et ne ménagent pas leurs coups, même les coups bas.

Un silence de plomb s'abat dans l'habitacle et les femmes regardent par la vitre.

Je pousse un soupir de soulagement. Quelques instants plus tard, mon esprit revient sur Gabriel. C'est inévitable quand on l'a vu pratiquement nu, avec ses épaules magnifiques, son torse glorieux et son énorme… bosse. Il ne faudrait pas, mais j'ai envie de lui. Il n'a rien d'un prince coincé et rigide. C'est un homme entravé par des circonstances difficiles et qui s'efforce d'accomplir son devoir malgré tout. Un homme d'honneur. Bon sang. Je n'aurais pas dû lui dire que j'étais vierge, parce qu'un homme d'honneur ne franchirait jamais une telle limite. Je pourrais éventuellement le convaincre de faire autre chose. Oh, mon Dieu, je suis indécrottable, obnubilée par mes propres envies déplacées. D'accord, ça fait un an que je ne me suis pas envoyée en l'air, mais ce n'est pas une raison pour trahir mon personnage et m'en donner à cœur joie avec le prince couronné. À moins que…

Et si je le faisais ? Serais-je disqualifiée d'office ? Me renverrait-il de sa propre initiative ?

Arrête tout de suite ! Tu es ici pour Polly, pas pour toi.

Mais je n'aurai peut-être plus jamais l'occasion de me retrouver avec ce corps torride. Bien sûr, on parlerait aussi. Il n'y a pas que son corps. Une discussion bien crue et cochonne.

Je reviens brusquement de mes fantasmes classés X quand la voiture s'arrête. Je n'en étais même pas aux passages croustillants. Nous venons de nous garer non loin du quai. C'est encore une journée de juin ensoleillée sur l'île, avec une mer bleue étincelante et un ciel azuréen parsemé de nuages blancs cotonneux. Le paradis. *Ce n'est pas Tampa, mais…*

Je rejoins les princesses auprès d'un groupe de vélos. Ils sont mignons, rouges avec un guidon bien droit, une large selle rembourrée et un panier à l'avant. J'en prends un et j'attends pendant qu'Albert essaie d'enseigner aux quatre princesses l'art de garder l'équilibre. Albert est trop vieux et trop voûté pour courir derrière elles en leur tenant la selle pendant qu'elles pédalent, comme on le fait avec les enfants qui apprennent à monter à vélo. Il se contente de leur donner des instructions, puis il attend en les regardant avec espoir.

Pédale, pédale, patatras ! Une princesse à terre.

Patatras ! Une autre. Celle-ci n'a même pas eu le temps de pédaler.

Les deux autres rechignent.

— Vous devez essayer, Vos Altesses Royales, insiste Albert. Les indices sont disséminés dans toute l'île. Elle est trop vaste pour être parcourue à pied.

Comme personne ne bouge, il ajoute :

— La reine ne sera pas contente si vous ne respectez pas les règles.

Voilà qui motive les princesses. À leur décharge, je dois reconnaître qu'elles essaient vraiment. Elles finissent avec les genoux écorchés et même quelques jurons corsés. Au bout d'une heure, je comprends qu'elles n'y arriveront pas. Le pauvre Albert est rouge comme une écrevisse à force de s'égosiller. Ses cheveux blancs sont hirsutes tant il y passe les mains, au comble de la frustration.

Je suis restée assise trop longtemps par terre, les jambes croisées. Je me lève en m'étirant.

— Et si celles d'entre nous qui savent faire du vélo emmenaient les autres ? Elles pourraient s'asseoir sur le guidon ou sur la selle si on pédale en danseuse.

Marguerite, l'une des princesses inaptes, tend le doigt vers moi.

— Oui ! J'approuve.

Les trois autres, celles qui savent pédaler, refusent tout net. Décidément, c'est chacun pour soi.

En fin de compte, nous partons à bicyclette tandis que les quatre autres… eh bien, nous suivent au pas de course. C'est un sacré spectacle pour les habitants, qui sortent de leurs jolis pavillons afin de voir les princesses enfreindre toutes les règles d'étiquette, courant tant bien que mal dans la démonstration sportive la plus pitoyable que j'aie jamais vue. On dirait des gamines de cinq ans. Elles agitent les bras en galopant à en perdre haleine. Si seulement j'avais mon téléphone pour filmer. Ça vaut son pesant d'or.

～

Gabriel

Si mon père n'était pas aussi malade et ma mère dans une telle détresse, je ne me plierais jamais à ce jeu ridicule. Mais mes parents sont vraiment heureux. Ils sourient pour la première fois de l'année et c'est pour cette seule raison que je me tiens dans l'ombre d'une caverne, de l'autre côté de l'île, à attendre la princesse – la gagnante – qui aura déchiffré le dernier indice. Ma seule consolation, c'est que les épreuves seront bientôt terminées. Ma mère ne peut pas s'empêcher de proposer un défi chaque jour. Mon père et elle s'amusent trop. Hier, elle a renvoyé deux princesses dans leurs pénates. Si elle continue à ce rythme, à raison de deux par jour, le groupe sera réduit à deux candidates avant le week-end. Ce qu'elle a l'intention de faire avec les deux dernières pendant les deux semaines suivantes me déconcerte. Elle pourrait bien les dresser l'une contre l'autre. Elle pourrait choisir de les tester séparément. Ou l'option la plus probable, à laquelle je m'efforce de ne pas penser, c'est qu'elle leur propose des rendez-vous avec moi, en mode *Bachelor*. Conscient que la décision finale ne dépend pas de moi, je ne vois pas pourquoi je ferais l'effort de les divertir. En ce qui me concerne, Polly suffirait à me divertir. *Arrête de faire une fixette sur elle.* Je sais qu'elle ne peut pas devenir reine, mais depuis notre baiser, bon sang, même avant, dès la première fois que j'ai posé les yeux sur elle, j'ai été attiré. La première nuit après son arrivée, j'ai rêvé de ses talons léopard plantés dans mon menton, dans le feu de l'action.

J'ai effectué quelques recherches en ligne hier soir. Elle vient de Beaumont, un archipel tropical dans les Caraïbes, à l'industrie touristique florissante. Sur ses rares photos, elle porte des chapeaux à voilette pudiques et elle sourit, ses cheveux bruns bouclés attachés en arrière. La monarchie de Beaumont, qui respecte scrupuleusement la tradition, est appréciée et vénérée par sa population. Mon esprit ne cesse de s'interroger sur l'énigme que Polly représente. Si elle vient d'une famille aussi traditionnelle, pourquoi semble-t-elle si éloignée du moule royal ? La seule réponse, c'est qu'à l'occasion de ses études aux États-Unis, elle a pu goûter à une vie différente et qu'en rentrant dans son pays conventionnel, elle a traversé une période de rébellion. Sinon, comment expliquer ses vêtements osés et son manque total de retenue ? Elle dit tout ce qu'elle veut, elle fait tout ce qu'elle veut. Elle a l'air très ouverte et libre.

Pourrait-elle endosser le rôle de reine ? Ou cela représente-t-il tout ce qu'elle essaie de fuir ?

Je m'assieds sur un rocher plat. Décidément, c'est la chasse au trésor la plus étrange de l'histoire des chasses au trésor – une série d'épreuves sportives conduisant d'un indice à un autre avant de découvrir enfin le trésor. Ma mère n'a pas tenu compte de la suggestion timide de Marguerite consistant à utiliser la nature en guise d'indices. C'est mon père qui a inventé les épreuves. D'après ce que j'ai entendu, il s'est bien amusé à les concocter. Il a toujours été un athlète dans l'âme. Malheureusement, ces princesses n'ont pas été élevées de cette manière. Bien sûr, elles excellent en équitation, mais au vélo ? Au lancer du poids ? Aux tirs au but ? J'en passe et des meilleures. J'ai cessé de suivre la compétition sur l'écran quand Marguerite a donné un coup de genou dans les grelots du gardien de but (pauvre William), s'est emparée du ballon et l'a lancé dans les cages, oubliant qu'elle était censée tirer avec le pied. Elle devrait recevoir un carton rouge pour comportement indigne de l'esprit sportif, mais le roi et la reine trouvent la démonstration trop hilarante pour la disqualifier. Mon père en riait aux larmes.

Polly était merveilleuse, en revanche. Quand elle a compris qu'il s'agirait d'épreuves sportives, elle a abandonné ses sandales hautes dans le panier du vélo et elle a continué pieds nus. Elle a décoché un coup parfait dans le ballon, utilisant le côté de son pied. Le ballon a volé derrière William, directement dans le filet.

On m'a dit que trois d'entre elles en étaient déjà au dernier indice, qui devrait les lancer dans une randonnée jusqu'à cette grotte tout en portant des dalles empilées sur la tête. Où mon père va-t-il chercher tout ça ? Au moins, son cerveau fonctionne toujours à plein régime, même si son corps lui fait défaut.

Comme je suis dans l'ombre, je les verrai avant qu'elles ne me voient. La caméra se situe à l'entrée de la caverne et ne filme pas aussi loin, ce qui me permet de me détendre un peu.

Je jouais dans cette grotte quand j'étais petit, avec mes frères et sœurs. Il y a des corniches et des cachettes, parfait pour une cabane ou, plus tard, pour y amener des filles en secret. C'était avant que le couperet tombe, imposant des accords de confidentialité et la protection du trésor royal. Ah, l'époque insouciante de ma jeunesse.

Soudain, Phillip, mon frère cadet apparaît, le sourire jusqu'aux oreilles.

— Tiens, tiens, glousse-t-il en s'avançant dans la grotte, le visage rayonnant.

Avant qu'il puisse se moquer de ma participation dans ce jeu ridicule, je le rejoins et grogne :

— Où étais-tu passé ?

Il a fait venir chez nous une organisatrice de mariage complètement siphonnée, qui s'est lâchée en autorisant aux invités de se déguiser en animaux en peluche. Ensuite, cette professionnelle soi-disant recommandée par un autre roi, a saboté un second mariage le même jour. Le palais était sens dessus dessous, et c'est à ce moment que Phillip a filé avec l'organisatrice.

— Content de te revoir, moi aussi, répond-il. Je voulais faire profil bas après la débâcle du mariage *furry*, je savais que tu serais fâché à cause de l'organisatrice que j'ai engagée. Je suis allé à Monte-Carlo voir Adrian.

Adrian, notre cadet, est un requin des casinos. Il adore les parties de poker aux enjeux élevés.

Je passe une main dans mes cheveux.

— Étais-tu au courant pour le concours de ma future épouse ?

Il hésite. J'ai ma réponse.

— Putain, pourquoi tu ne m'as pas prévenu ?

— Je ne pouvais pas. Tu étais déjà hors de toi à cause des cérémonies ratées. Je me suis dit que tu ferais une syncope si je te parlais de la compétition et je ne voulais pas que tu t'en prennes à moi. Ce n'était pas *mon* idée.

Je secoue la tête. Ça fait des années que nous ne nous sommes pas battus. Maintenant, je suis au-dessus de ça. Presque.

Il se tourne vers l'entrée de la grotte – toujours pas de princesses – et se retourne vers moi.

— Alors… ça y est. Au fait, pourquoi as-tu accepté de jouer le jeu ?

Je redresse ma colonne vertébrale.

— C'est mon devoir.

— Ton devoir consiste à te planquer dans une caverne ?

— Va te faire voir.

Je ne suis pas très véhément, car en réalité, je suis content qu'il soit de retour. Nous sommes proches en âge et nous avons toujours été soudés. C'est l'une des rares personnes à ne pas se laisser rebuter par mes manières un peu froides. Je les tiens sans doute de mes ancêtres vikings. Je suis fait pour mener des hommes au combat ou conquérir de nouveaux mondes. Au lieu de ça, je me retrouve pieds et poings liés par la tradition royale civilisée et policée. Il faut beaucoup de force pour accomplir son devoir, pour songer au bien de son pays, de sa famille, au-delà de sa petite personne. Ce n'est pas toujours facile.

Il sourit.

— Autre chose. Nos frères et sœurs ont été convoqués. Ils doivent donner leur avis sur les deux dernières candidates ce week-end.

Je me raidis. Je suis sûr qu'ils ont été convoqués à cause de la santé défaillante de mon père. Ce sera difficile et douloureux pour tout le monde, mais je garde cette pensée pour moi.

— Merveilleux, dis-je avec sarcasme. Tout le monde aura son mot à dire sur ma future femme.

Il me donne une tape sur l'épaule.

— Reste fort, frangin.

J'entends le sourire dans sa voix, même s'il a la sagesse de ne pas le laisser transparaître sur son visage. Je résiste péniblement à l'envie de lui décocher une taloche.

— Dégage.

Il s'en va en ricanant. Je retourne à mon rocher plat, dans les ténèbres, pour méditer sur l'indignité de ma vie.

Peu de temps après, Marguerite apparaît. Elle marche prudemment sur le sable instable de la dune. Je ne vois personne d'autre. Des trois dalles qu'elle porte sur la tête, l'une dégringole, mais elle ne se retire pas comme elle devrait le faire en cas d'échec. Au contraire, elle continue. À présent, je constate que c'était le véritable test. S'efforcer de respecter les règles ou tirer sa révérence. La reine de Villroy ne fait rien à moitié et elle doit s'en tenir aux règles prescrites par les traditions royales. Marguerite est hors course maintenant, qu'il s'agisse d'un jeu ou non.

Une blonde apparaît derrière elle et je suis cruellement déçu de ne pas découvrir une tignasse noire hirsute. Je croyais que Polly aurait assuré, étant donné que c'est la plus sportive. Soudain, la blonde trébuche. Elle s'est tordu la cheville dans le sable meuble et les dalles s'éparpillent autour d'elle. Quelques secondes après, elle se lève avec précaution et s'éloigne en boitillant, vaincue.

Marguerite m'a presque rejoint lorsque Polly surgit en haut de la dune. Je me lève et j'encourage tout bas ma favorite, comme s'il s'agissait d'une course de chevaux.

Elles sont au coude à coude au bout de quelques secondes, car Polly est forte et déterminée. Elles s'arrêtent net à l'entrée de la caverne. Marguerite penche la tête, laissant tomber les dernières dalles. Le défi consistait à franchit la dune avec les dalles en équilibre e, mais à présent, ce n'est plus nécessaire.

Polly retire délicatement les dalles, à son tour, et les dépose au sol.

— C'est l'indice final, la grotte.

Marguerite fronce les sourcils.

— Le trésor se trouve dans une grotte ? Vas-y, toi.

— Tu déclares forfait ?

— Va voir s'il n'y a pas de chauves-souris ni de serpents là-dedans. Ensuite, je te rejoindrai.

Polly secoue la tête.

— Si j'entre en premier, le trésor est à moi.

Elle est détachée, comme si elle n'en voulait pas à Marguerite de l'envoyer aux hasards d'une rencontre inattendue au fin fond de l'obscurité. Moi, par exemple. Ha !

Ensemble, elles regardent la grotte. J'attends en espérant

que Polly prendra l'initiative. *Il n'y a rien d'autre que toi et moi ici, deux loups affamés.*

Enfin, elle se tourne vers Marguerite.

— Crois-tu qu'il y a des araignées ? Je me fiche des chauves-souris. Elles dorment pendant la journée comme d'adorables petits vampires. Mais les araignées ?

Elle frissonne.

— C'est ridicule, répond Marguerite. J'y vais.

Elle s'avance et se retourne vers Polly.

— Est-ce que les serpents sont venimeux dans cette région ?

— Du calme, je vais y aller. Si quelqu'un doit se faire avaler par un anaconda géant, ce sera moi. Après tout, parmi les princesses du concours, je suis au bas du classement.

Je serre les dents. Elle ne devrait pas se dénigrer ainsi.

Marguerite cherche toujours à négocier.

— Rapporte le trésor dehors et tu pourras garder la majeure partie.

Flash info, Mesdames, on ne peut pas garder « la majeure partie » de moi.

Polly penche la tête en réfléchissant.

— Si je fais ça, j'aurai gagné. Tu ne seras que deuxième.

— Ça me va. Je ne suis pas inquiète. Il reste encore plusieurs semaines de compétition et j'ai gagné la manche précédente.

L'ensemble de la discussion se déroule de manière étonnamment cordiale et polie.

Une autre femme apparaît en haut de la dune.

— Dépêche-toi ! lance Marguerite en poussant Polly vers la grotte.

Aussitôt, elle détale et franchit l'entrée.

Je m'avance alors dans la lumière. Elle lève les mains et se met à hurler au meurtrier.

— Du calme, ce n'est que moi, lui dis-je.

Elle me frappe l'épaule à plusieurs reprises.

— Tu m'as fichu une peur bleue ! Qu'est-ce que tu fais à rôder dans une grotte ? Où est le trésor ?

J'ai le pressentiment que ça ne va pas bien se passer. Elle

cherche toujours une compensation pour ses efforts. Je ne sais pas vraiment pourquoi, mais dans le doute, je suppose qu'elle a de bonnes raisons. Je crains d'être un peu amoureux d'elle. Un câlin, un baiser et je suis sous le charme. Tout cela à cause d'elle et de son esprit libre et rebelle.

Je lui prends la main.

— Suis-moi.

Elle me suit dans la pénombre et je l'attire à moi, refermant les bras autour d'elle. Elle tremble. Je lui ai vraiment fait peur.

— Excuse-moi de t'avoir surprise.

Ses bras m'enserrent la taille et elle pose la joue sur mon torse. Brusquement, elle semble prendre conscience de son geste et elle laisse retomber ses bras en levant la tête.

— Ce n'est rien. Montre-moi la direction du trésor.

Je resserre ma poigne sans trop savoir si je cherche à l'étreindre ou à la retenir. Tout ce que je sais, c'est qu'elle sera hors d'elle quand elle apprendra en quoi consiste le trésor. Alors, je fais la seule chose qui peut venir à l'esprit quand on tient une femme sexy et fougueuse au fin fond d'une grotte, je l'embrasse, une main sur son menton, tout en la maintenant immobile, le bras autour de sa taille pour la garder contre moi. C'est un baiser exigeant et autoritaire destiné à la déconcentrer, et elle y répond comme si j'avais allumé un brasier en elle. Nos langues croisent le fer et j'enfouis mes doigts dans ses cheveux, alors qu'elle lève une jambe pour la refermer autour des miennes. C'est le baiser le plus excitant de toute ma vie, impatient et effréné. Dur comme le roc, j'empoigne ses fesses fermes et la presse contre mon entrejambe douloureux.

— Tu l'as trouvé ? lance alors Marguerite dans la caverne. Tu es toujours vivante ?

Polly interrompt le baiser pour reprendre son souffle.

— Merde, peste-t-elle à mi-voix. Tu es le trésor, n'est-ce pas ?

Je la lâche en maîtrisant mon humeur et je réponds d'une voix basse, mais virulente :

— Tu n'es pas obligée de paraître aussi déçue.

Elle rétorque sur un ton tout aussi impétueux :

— J'ai besoin d'un *véritable* trésor. De l'or, des bijoux, de l'argent liquide.

Je me raidis. Pour la première fois, j'ai des doutes. Elle parle comme un mercenaire, et pourtant je sais que l'économie de son royaume est prospère.

— Pourquoi en as-tu besoin ?

— Pour mon royaume.

— Il s'en sort déjà très bien grâce au tourisme.

— Ce n'est pas le pays que je dois aider. C'est une personne. Une personne très importante pour le royaume.

Je vis exactement la même chose en endurant tout cela pour aider mon père, le roi, pour lui apporter de la joie dans ses derniers jours et la paix d'esprit quant à la succession. Polly et moi sommes faits de la même étoffe : devoir, honneur, obligation. Toujours soumis à d'autres, au-dessus de nous.

Polly pose les mains sur mes épaules et se hisse sur la pointe des pieds pour chuchoter à mon oreille. Sa poitrine se plaque contre mon torse et mon bras. Je ne reste pas indifférent.

— Tu comprends pourquoi ma proposition est cohérente ? Tu m'aides à gagner, tu me payes et tu es libre d'épouser la femme de ton choix.

Elle n'a pas envie de m'épouser et cela devrait faciliter les choses, pourtant je ne suis pas prêt à renoncer à elle. Mes mains se posent sur sa taille et j'écarte les doigts pour m'imprégner de sa chaleur, à travers son vêtement.

— Je n'ai jamais eu la liberté d'épouser la femme de mon choix. Allons-y. Tu dois être déclarée gagnante de cette épreuve.

— Qu'ai-je gagné ? demande-t-elle tout bas. Je n'ai rien qui le prouve.

Agacé par son manque de considération et par l'absurdité de ma vie, je la prends par la main et l'entraîne hors de la grotte à la lumière du jour. Trois princesses sont là. Elles ouvrent de grands yeux ébahis en me voyant.

— Polly a gagné. Je suis le trésor. Ce soir, nous allons dîner ensemble, en tête à tête.

— Félicitations, murmurent-elles à l'unisson en lui lançant des regards jaloux.

Ces femmes auraient été heureuses de m'avoir pour trésor.

Polly regarde au loin et je vois presque les rouages tourner dans son esprit. Elle est résolue, avec un seul objectif en tête : envoyer des fonds à cette personne chez elle. Je l'aiderai, mais pas avant d'être prêt à lui faire mes adieux.

7

Anna

J'ai remporté la deuxième épreuve, mais c'est une victoire amère. Je ne suis pas plus avancée pour aider la vraie Polly qu'au moment de mon arrivée. La reine a prévu que je prenne le thé avec elle dans son salon privé où, en tant que gagnante, je vais devoir nommer les deux princesses qui seront congédiées. Je m'en fiche. Tout ce qui compte pour moi, c'est d'avoir un mot à dire dans l'organisation du prochain défi afin de m'arranger pour obtenir un prix de valeur. Je pourrai alors me désister avant qu'il ne reste que deux concurrentes. Ce qui ne devrait pas tarder, étant donné la rapidité à laquelle les éliminations s'enchaînent.

Ma femme de chambre, Anna, me conduit dans un long périple sinueux à travers les couloirs du palais – il me faudrait une carte de cet endroit – et l'on m'escorte dans une salle à la décoration incroyablement masculine. Des boiseries sombres, une bibliothèque du sol au plafond le long d'un mur, un sofa en cuir bordeaux avec fauteuils assortis. Quelques lampes sur des guéridons diffusent une lumière chaleureuse et tamisée. Je me tourne vers Anna pour lui demander s'il s'agit du salon du roi, mais j'aperçois à peine son dos qui disparaît derrière la porte.

J'observe alors la pièce chaleureuse. Il y a même une

cheminée et un petit bar dans un coin. Ça sent bon, ici, le papier, le cuir et quelques notes boisées. Comme un vin viril ! Cette image me fait sourire et je m'approche de la bibliothèque. Les livres sont très anciens, certaines couvertures semblent cousues à la main. Je passe le doigt sur l'un des dos.

— Celui-ci est ennuyeux, fait alors une voix masculine.

Je sursaute et je fais volte-face, les joues cramoisies.

— Je ne t'ai pas entendu entrer.

— Je sais.

Gabriel me rejoint à grandes enjambées, d'une démarche virile.

— Tu étais trop fascinée par l'histoire de l'élevage des chevaux sur notre île pour me remarquer.

Je déglutis. Il est juste devant moi et j'ai soudain l'impression que la salle manque d'oxygène.

— Où est la reine ?

— Je t'en prie, assois-toi, fait-il en désignant le long canapé en cuir. Un brandy ?

— Non, merci.

J'ai besoin de garder la tête froide, mais son regard sexy de chambre à coucher m'embrume le cerveau et fait battre mon cœur en réaction, dans un rythme cadencé qui lui dit : *oui, vas-y, oui, vas-y.* J'essaie de me la jouer cool malgré les fantasmes classés X qui tournent en boucle dans ma tête depuis la veille au soir.

— S'il te plaît, ne me dis pas que tu essaies de me séduire.

— Impertinente, murmure-t-il avant de tourner les talons pour rejoindre le sofa. Ne t'inquiète pas. Anna gardera le secret.

À l'entendre, on dirait que l'issue est évidente, que ça tombe sous le sens. Je cherche à m'indigner comme il se doit, mais je ne trouve rien à dire. *Nada.* Au lieu de quoi, je le regarde. Il a enfilé une chemise bleue tendue sur ses épaules larges, un pantalon gris impeccable et des chaussures en cuir noires. Moi, je suis en dos nu rose et jupe crayon blanche, avec mes sandales nus pieds. Je ne me sens pas assez élégante pour l'occasion. Comme s'il était écrit *roturière* en grosses lettres sur mes vêtements. Comment en sommes-nous arrivés là ? Un prince et une roturière, aux prises avec leurs désirs. À moi aussi, l'issue me paraît évidente, ça tombe sous le sens.

Il est venu me chercher. Il m'a convoquée dans ce qui doit être son salon privé. Pourquoi pas sa chambre ? Ai-je mal compris ? Peut-être veut-il simplement parler, me proposer un accord pour m'aider à gagner.

Mon cerveau est trop imbibé de désir pour répondre à cette question, alors j'opte pour la facilité. Je le déshabille par la pensée. C'est encore plus net quand il est devant moi. Dommage qu'il soit qui il est, qu'il vienne de là d'où il vient, et que je ne sois pas celle qu'il pense que je suis. Mon ventre se noue lentement et je détourne le regard, triturant l'ourlet de mon haut. La culpabilité me poignarde. Je lui mens depuis le début. Il a toujours été gentil avec moi, et même tendre à sa manière un peu bourrue. Nous avons partagé des moments intimes, pas seulement physiques, une véritable connexion. S'il découvre que je ne suis pas Polly, il sera furieux d'avoir été trahi. Je frémis rien qu'en pensant à ce qui pourrait m'arriver, à moi ou à la véritable Polly, d'ailleurs. Le bannissement, la prison ou pire.

Je regrette de devoir jouer ce rôle. J'aimerais pouvoir être moi-même, tout simplement. J'essaierai du mieux possible d'être sincère avec lui sans trahir Polly.

— Polly.

Je me tourne en entendant ce prénom qui est le mien sans vraiment l'être. Que ressentirais-je si ses lèvres prononçaient mon véritable nom ?

Avec le doigt, il me fait signe de le rejoindre près du canapé.

Je m'approche sans réfléchir et il attend que je sois assise avant de prendre place à côté de moi. Je dois dire qu'on a du savoir-vivre, dans la royauté. Il y a un espace entre nous et, dans l'air, la tension crépite.

Je me racle la gorge.

— Alors, qu'y a-t-il ?

Il tend les bras sur le dossier et se met à l'aise, dans une posture détendue dont je ne suis pas dupe. Il se maîtrise parfaitement. Je ne dois pas oublier que c'est un homme d'honneur qui ne touche pas aux vierges.

— J'aimerais te parler de la compétition.

Je jette un œil autour de moi à la recherche de caméras éventuelles.

— Sommes-nous filmés ?

— Non.

Je me détends un peu et le regarde, plein d'espoir. Peut-être va-t-il vraiment m'aider à gagner. Ce sera difficile de partir en sachant que je ne le reverrai plus jamais, mais au moins, je saurai que j'ai sauvé Polly.

— À quelles princesses devrions-nous demander de partir, d'après toi ? Il en faut deux et elles ont été nombreuses à échouer à l'épreuve d'aujourd'hui.

Je ne m'attendais pas à cela, mais je suis honnête.

— Je renverrais tout le monde sauf Marguerite et Francesca. Elles ont du cran.

Il hausse un sourcil sarcastique.

— Et j'ai besoin d'une femme qui a du cran ?

Je me redresse.

— Évidemment, sinon elle passera son temps à pleurer sur son oreiller, à se demander si tu l'aimes vraiment.

Il paraît légèrement amusé. Je sens presque un sourire danser sur ses lèvres rebondies, et soudain j'ai très envie de le voir. Ses bras quittent le dossier du canapé et il se penche vers moi.

— Dis-moi, pourquoi croirait-elle une chose pareille ?

— Parce que tu ne pourrais pas cacher ton mépris pour sa faiblesse.

Il recule brusquement, comme si je l'avais outré. Enfin, il semble se ressaisir et m'informe froidement :

— Je me serais contenté d'un mariage arrangé entre familles royales, comme c'est la coutume.

— Quelle tristesse. Tu n'as pas envie de connaître l'amour et la passion ?

Sa voix est rauque et ses yeux bleu-vert d'une beauté saisissante se réchauffent en se posant sur moi.

— Que connais-tu de l'amour et de la passion ? N'es-tu pas censée être vierge ?

Mon ventre se contracte. C'est un jeu dangereux. Je ne suis pas moi, en l'occurrence. Je ne peux pas céder à mes pulsions. C'est la véritable Polly qui subira les conséquences de mes actes. Je crois les bras, affichant une posture belliqueuse.

— Je sais que j'aimerais, en tout cas.

— Vraiment ? susurre-t-il.

— Est-ce tout ce dont tu voulais me parler ?

Je ne peux me résoudre à aborder une fois de plus la question d'une compensation financière, surtout avec la chaleur qui s'accumule entre nous et qui n'attend que l'étincelle la plus infime pour exploser. Je sais que la passion serait torride entre nous et je sais aussi, au fond de moi, que ce serait mal. J'ai beau souhaiter le contraire, rien n'y fait. Je ne peux pas me dédoubler : être une princesse vierge (afin d'en sauver une vraie) et être moi-même, prendre ce que je désire égoïstement.

— Ce soir, nous dînerons dans ma suite, dit-il.

Ce n'est pas une question. Cet homme a l'habitude qu'on lui obéisse au doigt et à l'œil. C'est le foutu prince héritier de Villroy. Un jour, il sera roi.

J'ignore sa requête, parce qu'il ne sera pas *mon* roi. Un jour, bientôt, il ne sera plus qu'un fantasme, un souvenir douloureux, une envie à jamais insatisfaite.

— Que dis-tu de ça ? proposé-je. La prochaine épreuve, ce sera quitte ou double. Gagner ou périr. Il n'en restera qu'une. Ensuite, elle aura le choix entre des diamants ou toi.

Il serre les dents si fort que je crains qu'il se fende une molaire.

— Alors, c'est moi ou un équivalent financier ? Et quelle valeur me donnes-tu ?

Je poursuis avec emphase, consciente qu'il est à deux doigts de me jeter dehors :

— Tu es d'une valeur inestimable. Des millions, des milliards ou plus. Tu n'as pas d'équivalent.

— Et si la gagnante choisit les millions, qui m'épousera ?

— La deuxième ?

Il m'adresse un sourire machiavélique.

— Je crois qu'il devrait y avoir des araignées dans la prochaine épreuve.

— Tu vas épouvanter toutes les femmes avec ça.

J'ai horreur des trémolos dans ma voix. Les araignées sont ma seule et unique phobie. D'ailleurs, je ne pense pas que Francesca se laisserait effrayer. Dans ce cas, où ira sa préférence, au prince héritier ou au joli paquet de fric ?

Il se lève.

— Seulement les plus faibles.

À cette insulte, je bondis à mon tour, puis je me retourne et m'éloigne à grandes enjambées vers la porte. Par fierté, je me retourne afin de régler un point crucial :

— Une phobie légitime, ce n'est pas de la faiblesse. Renseigne-toi. Ça s'appelle l'arachnophobie.

Il franchit la distance qui nous sépare à une vitesse alarmante, les sourcils froncés.

— Ma reine devra être intrépide, forte et respectueuse des règles. Il est évident que cela ne te correspond pas.

Je lève le menton.

— Je n'ai jamais voulu devenir ta reine. Je suis venue ici pour toucher un héritage. Si on s'en tenait à de véritables récompenses ?

Son sourire est plein de suffisance.

— Certaines diraient que je suis une véritable récompense.

— Je commence à te détester un peu, c'est dommage, parce que tu me faisais plutôt fantasmer jusqu'à présent.

Ses lèvres s'étirent aux commissures, à la frontière d'un vrai sourire. Mon ventre exécute un saut périlleux, et soudain j'en oublie pourquoi j'étais furieuse au point de vouloir sortir de la pièce.

Ses yeux dansent avec humour.

— Suis-je nu dans tes fantasmes ?

Je garde le silence. Hors de question que je m'enfonce encore plus. Les vibrations entre nous sont montées en flèche et il règne une chaleur étouffante. *Il n'est pas pour toi.*

Ses doigts descendent sensuellement le long de mon cou et je déglutis.

— La princesse vierge fantasme sur moi.

— C'était métaphorique.

Son regard me dévore avant de descendre sur mes lèvres, ma gorge, mes épaules nues, puis à nouveau mes yeux. Il est proche sans me toucher et son corps dégage une puissante chaleur.

— Vraiment ?

Il a envie de m'embrasser et Dieu sait que j'en ai envie, moi aussi. Pourquoi cet homme me fait-il tout oublier ? En temps normal, je ne perds jamais mes moyens.

Je bredouille.

— Enfin, oui, tu es nu, mais je crois vraiment que c'est parce que je t'ai vu comme ça, tu sais, en boxer dans ta chambre, pas uniquement dans ta chambre, tu dois aussi en porter un en ce moment même.

Je toussote en me retenant de baisser les yeux.

— Ce qui est métaphorique, c'est que j'avais secrètement envie de te mettre à nu pour… apprendre à te connaître.

Son regard ardent me coupe le souffle.

— Afin que nous soyons amis, terminé-je sans conviction. Une alliance entre royaumes serait plus…

Cette fois, je capitule. De toute façon, même moi, je n'y crois pas.

Désir ou dérobade, combat ou fuite. Je suis ballottée par des instincts primitifs plus puissants que je n'en ai encore jamais ressenti, parce que… Gabriel. Il semble conscient de chaque gramme de désir que je m'efforce de garder sous cloche. Peut-être parce qu'il me désire tout autant, lui aussi.

Je prends une grande inspiration et je fais une dernière tentative au nom de Polly avant de prendre la bonne décision en déguerpissant.

— Votre Altesse, je vous suggère fortement d'oublier les araignées au profit d'un autre défi sportif. Peut-être un triathlon.

Comme si je pouvais réussir un triathlon. Je ne sais vraiment pas ce que je dis.

Il lève une main et me tire une mèche de cheveux.

— Élastique, commente-t-il.

Puis il me caresse les cheveux et les ramène derrière mon

épaule. Son doigt frôle ma peau, me procurant un frisson brûlant.

— Appelle-moi, Gabriel.

— Gabriel, dis-je dans un souffle.

L'instant d'après, je manque d'air, car Gabriel Rourke est en train de m'embrasser.

Nos corps se plaquent l'un contre l'autre. Avec fougue, nous nous consumons, nous griffant l'un l'autre. C'est de la folie. Mon monde tourbillonne et je m'agrippe à ses épaules. Gabriel est mon ancre.

De longues minutes plus tard, il interrompt le baiser et nous reprenons notre respiration. Sa bouche se fraye un chemin le long de mon cou, m'éraflant la peau sous ses dents. Je suis en feu.

— Je suis vierge, dis-je à bout de souffle, dans une tentative éperdue pour contenir les flammes.

Il me répond avec un sourire bestial :

— Alors, laisse-moi te faire ce que je réserve aux vierges.

Il me soulève dans ses bras et m'emmène jusqu'au sofa.

— Tu te tapes beaucoup de vierges ?

Il ne répond pas et se contente de me déposer, debout devant le sofa, pour m'embrasser de nouveau à en perdre haleine. Ses doigts experts s'attellent à la fermeture à l'arrière de ma jupe, qui tombe à mes pieds. Il mordille délicatement ma lèvre inférieure avant de se baisser pour m'aider à retirer intégralement la jupe.

Son regard remonte vers moi, rivé sur mon string à imprimé léopard. C'est comme ça, les léopards et moi, c'est à la vie à la mort. Tout ce qui existe dans ce motif, il me le faut.

— Plutôt osé pour une princesse vierge, murmure-t-il en retirant mon string.

Je m'en débarrasse. Il reste entièrement habillé et j'aime l'orientation que prend notre échange.

— Personne ne voit mon string à l'exception de ma femme de chambre et elle me comprend.

Je ne suis pas certaine qu'il me croie. Peut-être a-t-il déjà perdu la tête, comme moi, car il me pousse sur le sofa, m'empoigne les hanches et m'attire au bord. Il s'agenouille devant moi et ses mains chaudes remontent à l'intérieur de mes cuisses, m'écartant les jambes en grand.

Son regard rencontre le mien et il hésite un instant avant de demander d'une voix rocailleuse :

— Puis-je t'embrasser ?

— Oh, mon Dieu, oui !

Alors, il m'embrasse, tout doucement, à l'endroit exact prévu à cet effet. La princesse remporte son prix. *Bingo !* Je le saisis par les cheveux et pousse un gémissement. Même une princesse vierge gémirait en pareille situation, me dis-je pour me rassurer.

Ensuite, je m'abandonne à sa bouche chaude et talentueuse, qui m'entraîne vers des sommets de plaisir que je n'avais pas atteints depuis trop longtemps. L'ascension est infinie et mes gémissements se font plus forts, éperdus. Je ne pourrais pas me retenir même si j'essayais. Bientôt, ses doigts se joignent à la fête et je me trémousse, submergée. Il affermit sa prise sur ma hanche pour me maintenir en place. Instantanément, l'intensité monte en flèche et je bascule. Je hurle à pleins poumons lorsqu'un orgasme monstrueux déferle à travers moi, une explosion qui me laisse tremblante sous son effet dévastateur. Il pose un baiser sur ma cuisse avant de la mordiller.

Je ris, étourdie et euphorique, portée par la déferlante de plaisir. Je prends son visage somptueux entre mes mains et je lui donne un baiser retentissant.

— Tu déchires, Gabriel Rourke.

Il sourit et j'ai l'impression de voir le soleil. Il devrait toujours être aussi rayonnant. Je m'apprête à lui retourner sa faveur quand je prends conscience que la véritable Polly n'est pas censée savoir faire une fellation et qu'elle réprouve peut-être même cette pratique. Sa monarchie est très vieux jeu.

— Montre-moi comment te faire du bien, lui dis-je.

Il gémit en m'aidant à remettre mon string.

— Nous verrons.

— Je suis prête et j'ai envie, Gabriel.

J'emploie son prénom, parce que je sais que ça lui plaît. Je ne pense pas qu'on l'appelle souvent comme ça. J'ai entendu beaucoup de *Votre Altesse* et de *Sire* au château.

— Je ne sais pas combien de temps il me reste auprès de toi. Je t'en prie, laisse-moi te faire plaisir.

Il me regarde dans les yeux pendant un moment, puis il secoue la tête et m'enfile la jupe. Je me lève et termine de la passer autour de mes hanches. Il me retourne pour remonter la fermeture.

— Non ?

Je n'en reviens pas d'être aussi déçue.

Il m'agrippe les fesses à deux mains et exerce une légère pression.

— Je t'ai déjà terriblement compromise. Il faut que ça reste entre nous, d'accord ?

— D'accord.

Sur ce, il me retourne vers lui et m'embrasse avec passion. Je sens mon propre goût sur ses lèvres. C'est tellement érotique que j'essaie de lui grimper dessus. Il me repousse avant que je puisse trouver mon appui.

Enfin, je suis contrainte de le regarder partir, sans un mot d'adieu après tout ce que nous avons partagé.

— On se voit au triathlon, lancé-je.

— Avec des tarentules sur la ligne d'arrivée, répond-il avant de disparaître.

Je frissonne. Il n'y a pas de tarentules sur cette île, si ?

8

———

Après-coup, je me rappelle que Gabriel m'a invitée dans sa chambre pour le dîner. En fin d'après-midi, je commence à me sentir nerveuse, comme s'il s'agissait d'un rencard. J'imagine un dîner aux chandelles, une conversation intime au cours de laquelle il oublierait qu'il est le prince héritier pour se détendre et s'autoriser à être lui-même. Du moins, je suppose qu'il est lui-même dans l'intimité de sa suite. En tout cas, il m'a semblé différent hier soir quand je suis montée le voir avec mon plan pour le sauver et sauver Polly du même coup. Et il s'est montré divinement dépravé dans son salon privé.

Je suis plantée devant le placard à passer en revue ma garde-robe limitée à la recherche de la tenue parfaite, à la fois sexy et appropriée pour l'occasion, quand on frappe à la porte.

— Entrez, dis-je en me tournant vers la porte.

Anna entre à pas feutrés et exécute une petite révérence.

— Votre Altesse, le prince héritier m'envoie vous présenter ses excuses, mais il est contraint d'annuler votre dîner.

Ma bulle de bonheur éclate et mes épaules s'affaissent, soudain alourdies.

— Oh.

Aussitôt, j'étire ma colonne et redresse mes épaules.

— A-t-il précisé pourquoi ?

— Non, Madame.

Je dodeline de la tête. Ma poitrine est comprimée, comme si une grande main pesait sur moi. Je me dis que je ne devrais pas être blessée ni déçue. Je vivais dans un monde de chimères en pensant que moi, Anna Hebert, je pouvais sortir avec Gabriel, le prince couronné. Je me tourne vers le placard et referme la porte. Ce n'est plus nécessaire de trouver la tenue idéale, maintenant.

Anna reprend la parole sur un ton plein de compassion.

— J'ai entendu dire qu'il avait quitté Villroy. C'était peut-être une urgence.

Il a quitté Villroy ? Mes yeux s'embuent et je leur ordonne ne se ressaisir. Je n'ai jamais été une pleurnicheuse.

— Sait-on quand il rentrera ?

— Non, Madame.

Je me tourne vers elle et lui adresse un sourire faible.

— Merci, Anna.

Elle hoche la tête, s'incline et s'éloigne prestement.

Quant à moi, je rejoins mon lit et m'y laisse tomber à la renverse. Je ne devrais pas être aussi bouleversée. L'ennui, c'est que… et si je ne le revoyais jamais ? Je n'ai pas pu lui dire au revoir ni le remercier pour sa générosité et l'orgasme fabuleux qu'il m'a donné sans rien demander en retour. Oh, zut. Et s'il était parti pour cette raison précise ? Il essayait de se retenir, de ne pas prendre l'innocence de Polly. Couche-t-il avec une autre femme pour assouvir son désir insatisfait ? Lentement, mon estomac se noue. Je n'ai pas le droit d'être jalouse, aucun droit d'aucune sorte envers Gabriel, et pourtant, tout en moi se rebelle à l'idée qu'il puisse être avec une autre femme.

C'est alors que ça me frappe. La terrible vérité, d'une stupidité incroyable : je suis en train de tomber amoureuse.

La faute à ses prodigieuses épaules. Avec son physique ténébreux et sa tendresse mal dégrossie, n'importe quelle femme serait sous le charme. Le pire, c'est que je sais pertinemment que c'est impossible. Même s'il me pardonnait de lui avoir menti sur mon identité, ce qui n'est pas gagné, il doit épouser une noble. Sinon, pourquoi se plierait-il au jeu de cette compétition entre princesses ? Je suis l'exact opposé d'une noble – une orpheline américaine – et je ne serais jamais à ma place dans le moule royal traditionnel. Mon lien de parenté éloigné avec Polly – cousines au sixième degré par un ancêtre commun huit générations en arrière – ne fait pas de moi un membre de la famille royale. Elle a été très claire sur ce point. Je suis toujours une roturière.

Je me redresse et passe les jambes au bord du lit. Je ne vais pas me morfondre. Je suis venue ici avec un objectif précis. Je dois me concentrer là-dessus. Je m'accrocherai jusqu'à remporter une récompense qui en vaille la peine, puis je prendrai l'argent et je rentrerai chez moi. Je dois sauver Polly. C'est tout ce qui compte.

En espérant que le concours ne soit pas annulé avec le départ de Gabriel !

~

Après une mauvaise nuit, je me traîne dans le salon pour le petit-déjeuner. Je devrais me réjouir, car Anna m'a annoncé ce matin que la reine nous rejoindrait au petit-déjeuner pour nous donner les instructions, ce qui signifie que la compétition continue. À moins que la reine s'apprête à choisir l'épouse de Gabriel en son absence avant de renvoyer les autres. Je n'y comprends plus rien. Je suis contrariée, fatiguée et j'ai envie de frapper quelqu'un.

Je me verse une tasse de café, j'étale du beurre sur une tartine et je me laisse tomber sur une chaise. Nous ne sommes plus que six au matin de ce troisième jour. Les deux princesses courageuses, Marguerite et Francesca, que j'ai suggérées comme candidates idéales à Gabriel, sont encore en lice. Je suis follement jalouse de ces femmes. Si la compétition continue, je sais que l'une d'elles remportera le grand prix. L'une d'elles décrochera ce que je ne pourrai jamais obtenir.

L'épreuve d'aujourd'hui, s'il y en a une, sera la dernière.

J'ai fait de mon mieux, vraiment, mais je ne peux pas rester alors que tout me fait penser à *lui*.

Je fais passer mon pain grillé avec une gorgée de café, la tête basse. Je rumine en silence tandis que les autres princesses discutent à voix basse. Une fois que j'ai terminé, je lève la tête. En voyant les jolies demoiselles assises autour de la table à siroter leur thé, je pense à Polly avec une pointe de culpabilité.

J'expire vivement. Tout ça, c'est la faute de Gabriel. S'il n'incarnait pas la tentation, je ne me retrouverais pas dans une situation aussi délicate. Va au diable, Gabriel Rourke ! Je te jure que si je te revois, je t'arrache…

— Gabriel !

Je bondis de ma chaise, stupéfaite.

Il est entré derrière la reine, mais je n'ai d'yeux que pour lui. Ses yeux turquoise perçants croisent les miens pendant un moment avant de continuer leur tour de table.

Comme à son habitude, la reine semble avoir mordu dans un citron acide. Les princesses se sont levées et me regardent de travers. Une fois de plus, je n'ai pas respecté le protocole. Est-ce parce que j'ai appelé Gabriel par son prénom au lieu de dire *Votre Altesse* ? Ou est-ce en rapport avec la reine ? Zut. J'ai oublié de baisser la tête et de faire une révérence devant elle.

Avec un temps de retard, j'exécute la courbette de rigueur.

— Bonjour, Votre Majesté.

Elle ne dit rien et se contente de s'asseoir en bout de table. Nous suivons toutes son exemple, à l'exception de Gabriel qui reste debout.

La reine lève une main.

— Pour pimenter l'épreuve, et pour vous rappeler le véritable prix de ce concours, aujourd'hui l'une de vous remportera un collier de diamants digne d'une princesse.

J'étouffe un cri. *Youpi !* Je surprends le regard de Gabriel. Il esquisse un sourire en coin qui me réchauffe jusqu'aux orteils. Peut-être n'était-il pas avec une autre femme hier soir. Il avait peut-être un événement caritatif ou une obligation royale à honorer. À moins qu'il ait choisi volontairement d'éviter la tentation de Polly la vierge en se consacrant aux préparatifs de l'épreuve d'aujourd'hui et à son prix, choisi spécialement pour moi. Il va peut-être m'aider à le remporter. La tension quitte mon corps et j'en ai presque le vertige. Je suis peut-être un peu amoureuse de cet homme, ce qui est ridicule et franchement pas malin, mais quand il fait des merveilles comme maintenant, je ne peux pas m'en empêcher.

La reine reprend :

— Pour gagner, chacune de vous devra résoudre un casse-tête. Ils sont tous différents. La première à résoudre son casse-tête recevra l'indication pour aller chercher son prix.

— Comme un casse-tête chinois, Votre Majesté ? je demande.

Ses lèvres forment une ligne oblique désapprobatrice.

— Vos questions trouveront leurs réponses en temps et en heure.

Elle fait signe aux domestiques qui attendent pour débarrasser la table.

Puis un autre serviteur apporte un grand panier ouvert et dispose une feuille de papier, un crayon et un carnet devant chaque princesse. Mon cœur se serre. Il ne s'agit pas d'un casse-tête chinois. Je ne suis pas douée en énigmes ni en logique. Mon cerveau n'en fait qu'à sa tête, il est terre à terre et n'aime pas les questions sans réponses.

— Je vous laisse, déclare la reine en se levant.

Aussitôt, tout le monde se lève, s'incline et la salue. Enfin, elle part, suivie par Gabriel qui me lance un regard compatissant avant de disparaître. C'est mauvais signe.

Je me rassieds. Sur mon papier, il est écrit en caractères gras : « La préférence nationale dans un cadre commercial. » J'ai une boule au ventre en lisant l'énoncé. C'est une énigme impliquant de confronter la théorie économique et la pratique. Euh, allô ? Nous n'avions pas de cours d'économie avancée en école d'esthétique. Je jette un œil vers le casse-tête d'Elizabeth, sur ma droite. Le sien évoque le dilemme de Backus-Smith. C'est forcément un coup tordu de la reine. Gabriel serait resté simple, je pense, il aurait choisi une question susceptible de me donner l'avantage. D'ailleurs, il avait l'air désolé de savoir que les sujets portaient sur des thèmes d'économie.

Je suis foutue. J'entreprends de feuilleter le carnet, au cas où Gabriel m'aurait laissé des indices secrets. Rien. Je jette un œil perplexe aux autres princesses en espérant que l'économie ne fasse pas partie de leurs éducations rigoureuses.

Nous sommes seules avec nos énoncés. Un seul domestique nous surveille, Albert, le vieil homme qui a tenté en vain d'apprendre aux princesses à faire du vélo. Les femmes sont silencieuses. On n'entend que le grattement des crayons sur le papier. Le mien demeure sur la table, car je ne sais même pas par où commencer.

Un long moment s'écoule ainsi. J'ignore combien de temps, exactement, mais j'ai mal aux fesses à force de rester assise sur cette chaise en bois. Des souvenirs post-traumatiques de l'époque du lycée me reviennent sous forme de flashes : les mains moites, les nerfs en pelote, le bon gros 5/20 griffonné à l'encre rouge sur ma page blanche. Le pire, c'est que je ne suis pas la seule à échouer aujourd'hui. C'est Polly qui échoue avec moi. C'était exactement le genre de prix qui m'aurait permis de la libérer.

Soudain, Francesca se lève d'un bond et présente sa feuille à Albert. Il lui remet un petit bout de papier, qu'elle lit avant de sortir du salon en coup de vent.

Je me lève pour la suivre, en même temps que les autres. La reine devait s'en douter. Il n'y a qu'une seule récompense et Francesca va nous y emmener.

Cette dernière jette un œil par-dessus son épaule vers la meute de princesses à ses trousses et redouble de vitesse, filant dans un long couloir qui débouche sur la cour. À présent, nous courons à toutes jambes. Elle traverse les jardins parfaitement entretenus en direction d'une petite aire de jeux pour enfants avec un bac à sable. Se laissant tomber à genoux, elle commence à creuser à mains nues. Apparemment, elle est prête à tout pour ce collier en diamant. La princesse Francesca, toujours digne et modeste, a les deux mains dans le sable. Eh bien, devinez quoi ? Je suis encore plus motivée qu'elle.

Je la rejoins et creuse à mon tour, à la recherche d'un écrin. Bientôt, nous sommes à six dans le bac à sable, abîmées dans des fouilles frénétiques. Le sable vole dans tous les sens et tout le monde joue des coudes pour gagner du terrain. Nous sommes de vraies sauvages, des concurrentes acharnées, prêtes à toutes les extrémités pour gagner. Quelqu'un me frappe violemment l'épaule, mais je persévère.

Du coin de l'œil, je vois Elizabeth brandir une boîte en bois. Nous nous tournons en même temps, comme une machine à tuer bien huilée, les yeux braqués sur l'écrin. Je plonge au même moment que les autres et nous nous retrouvons dans un enchevêtrement de bras et de jambes, dans une guerre sans merci pour le précieux trésor. Elizabeth commence à lâcher prise. Elle n'a plus qu'une seule main sur la boîte. Avant que je puisse m'en saisir, Francesca tire si violemment le bras d'Elizabeth que cette dernière lâche la boîte en poussant un cri déchirant, comme si on venait de l'assassiner.

Pendant un moment, nous restons pétrifiées. Le bras d'Elizabeth présente un angle anormal et pend mollement. Puis elle s'effondre, terrassée par la douleur.

— À l'aide ! je m'écrie en bondissant hors du bac à sable. Il nous faut un médecin !

Je ne sais pas si son bras est cassé ou déboîté. Quoi qu'il en soit, la douleur est telle qu'il vaut mieux qu'elle soit inconsciente.

Albert surgit d'un taillis.

— Je m'en charge.

Il sort un téléphone de sa poche pour appeler les secours d'urgence, puis il accourt auprès d'Elizabeth.

Francesca a quitté le bac à sable, l'écrin en sa possession, mais Marguerite lui saute sur le dos et lui arrache fougueusement la boîte des mains. Les autres princesses restent debout autour d'Elizabeth et la regardent en murmurant.

Convaincue qu'elle recevra l'assistance médicale dont elle a besoin, je ne perds pas de temps et me précipite vers Francesca pour lui voler la boîte. La princesse est coriace et ne se laisse pas faire, mais Marguerite la retient, et enfin, l'écrin est à moi. Oui !

Je rebrousse chemin en quatrième vitesse à travers les jardins, dans les couloirs du palais, et je gravis les marches quatre à quatre jusqu'à rejoindre le refuge de ma chambre. Là, je m'enferme à double tour et je barricade la porte en calant une chaise sous la poignée.

Enfin, à bout de souffle et le cœur battant, j'ouvre la boîte. Oh, mon Dieu. C'est magnifique – une chaîne de diamants étincelants avec un énorme diamant en guise de pendentif au centre. La place de ce bijou est dans un musée. À lui seul, le pendentif devrait suffire à sauver Polly. Les mains tremblantes, je détache le collier de son écrin et je l'enfile. Je baisse les yeux pour l'admirer, émerveillée, avant d'aller me poster devant le miroir de la coiffeuse pour me rassasier de sa beauté. Pendant un instant, j'imagine que je suis une véritable princesse et que je m'apprête à assister à un bal à la cour.

Soudain, la poignée de la porte remue énergiquement et je sursaute. On frappe.

— Sécurité, aboie une voix d'homme. Ouvrez la porte.

Mon cœur remonte dans ma gorge. La sécurité va m'accuser d'avoir volé le collier. C'était un guet-apens pour m'enfermer en prison et jeter la clé. Une vengeance de la reine pour mon impertinence.

— J'arrive tout de suite !

Je m'empresse de retirer le collier et de le remettre dans sa boîte. Puis je la fourre au fond du tiroir de la coiffeuse, dissimulant les preuves.

— Nous allons enfoncer la porte ! s'écrie le garde.

— Je vous ouvre !

Je me précipite vers la porte, écarte la chaise et tire le verrou. Je recule d'un bond, évitant de justesse la porte qui pivote avec fracas sur ses gonds. Quatre gardes font irruption à l'intérieur, suivis par la reine et Gabriel.

Le personnel fouille la chambre, retournant mes maigres possessions et vidant les tiroirs de la commode avant de passer au placard. L'un des gardes trouve la boîte dans le tiroir de la coiffeuse.

— Je l'ai, lance-t-il.

L'équipe s'interrompt. Tout le monde le regarde ouvrir l'écrin, puis le refermer.

— Tout y est, Votre Majesté.

— Très bien, répond la reine. Veillez à ce que le collier soit remis à Francesca. Vous pouvez disposer.

Les gardes quittent la pièce et elle reporte son attention sur moi.

— Vous n'avez pas résolu le casse-tête. Il s'agissait d'une épreuve de l'esprit et non du corps.

Je retiens mon souffle en attendant que le couperet tombe. La reine a-t-elle une dent contre moi ? Ce prix n'aurait pas fait de moi l'élue de Gabriel. Il reste encore six princesses et d'autres défis à relever. Et puis, zut, j'en avais *besoin*.

La reine me dévisage longuement.

— Qu'avez-vous à dire pour votre défense ?

Je n'en laisse rien paraître, mais je bouillonne en entendant cette accusation. Je n'ai rien fait différemment des autres princesses. Nous nous battions toutes pour ce prix. Je jette un œil vers Gabriel. Il ne dit rien, mais son regard n'exprime aucun jugement.

Je m'adresse à la reine d'un ton courtois :

— Votre Majesté, je n'ai jamais appris les théories économiques. Posez-moi n'importe quelle question pratique et je vous donnerai une solution.

— Elle a fait usage de son cerveau pour vaincre les autres, intervient Gabriel, volant à mon secours.

Ce n'est pas vrai. J'ai fait usage de mon instinct de survie, affûté par des années de bagarre et de défense contre les persécutions des autres enfants en foyer d'accueil. Il veut que je gagne. Aurait-il sincèrement envie de m'épouser maintenant ? Cette idée me remplit de joie et de crainte à la fois. Il ne sait même pas qui je suis. Il ne sait pas que c'est impossible.

La reine s'offusque :

— Elle a arraché la récompense des mains de la gagnante légitime comme une brute de cour d'école.

Gabriel réplique :

— Et Francesca, alors ? Elle a déboîté l'épaule d'Elizabeth.

Polly est la seule à s'être désintéressée du prix pour demander qu'on appelle un médecin.

La reine fait la grimace.

— C'est un accident malencontreux. Marguerite a perdu une dent, aussi.

Lentement, elle secoue la tête avant de dire :

— Ça ne s'est pas déroulé comme je l'avais prévu. Nous allons rectifier le tir et poursuivre.

Gabriel me murmure *désolé* avant de la suivre dans le couloir.

À présent, il est de mon côté. En un sens, c'est plus important à mes yeux que le collier de diamants. Ce soir, je le rejoindrai dans sa chambre et nous élaborerons un plan pour mettre un terme à ce concours insensé avec une conclusion qui nous arrange tous les deux. Sinon, je serai contrainte de lui faire mes adieux.

J'ai l'estomac sens dessus dessous et le cœur gros. Les adieux sont peut-être la seule véritable option. Un avenir avec Gabriel, c'est un doux rêve royal, et comme toutes les autres illusions, il est condamné à voler en éclats.

                                  9
                          ____

Gabriel

Je fixe le plafond du regard dans mon lit vide, les yeux grands ouverts. Bêtement, j'espère que Polly va me rejoindre. Je suis en proie aux tourments, car je sais que je ne devrais pas désirer une vierge. Si elle vient me voir de sa propre initiative, alors cela voudra dire qu'elle en a envie autant que moi et je n'aurai pas à culpabiliser. Je la désire follement, tout en sachant que nous ne pouvons pas aller plus loin. Je ne peux pas la demander en mariage et broyer son âme par la vie traditionnelle qu'elle a refusée dans son propre royaume. Sans mentionner le fait que ma mère l'a prise en grippe. Elle lui a même envoyé ses gardes !

Je me frotte le visage. J'ai dû quitter Villroy hier soir pour éviter de me laisser tenter par Polly. J'ai retrouvé l'une de mes maîtresses habituelles à Paris pour le dîner, mais il ne s'est rien passé. Je n'ai pas pu m'y résoudre. Soudain, la belle Katrina, si raffinée et sophistiquée, m'a semblé trop timorée, faussement pudibonde, ses cheveux blonds trop fins, dénués de boucles. J'aurais voulu qu'elle soit Polly.

Je suis rentré directement à la maison en élaborant un plan. Si j'organisais le concours d'aujourd'hui de telle sorte que Polly puisse facilement remporter un prix de valeur, je me disais qu'elle serait tellement reconnaissante pour mon aide que nous partagerions une nuit ensemble avant son départ. Oui. J'ai pensé avec ma queue et, comme on pouvait s'y attendre, voilà le résultat.

C'était mon idée de proposer le collier. Les questions d'économie, en revanche, pas du tout. Je me demande bien ce qu'espérait ma mère. Il était évident que la gagnante du casse-tête conduirait les autres tout droit vers le prix et qu'un pugilat s'ensuivrait. Était-ce l'objectif depuis le début ? Elle a peut-être pensé qu'un crêpage de chignons serait amusant. Elle n'a pas prévu que cela pourrait dégénérer et entraîner de véritables blessures. D'ailleurs, les deux victimes, Elizabeth et Marguerite, sont parties de leur propre initiative, lassées par ce jeu barbare. Difficile de le leur reprocher. J'ai assisté à l'échauffourée sur mon écran tout en encourageant Polly. Et c'est ma favorite qui a gagné.

Non, pas vraiment. Le fait qu'on lui ait confisqué la récompense signifie une chose : le jeu est orienté contre elle. Pas étonnant, puisque ma mère a décrété que Polly n'avait pas l'étoffe d'une reine.

Je roule sur le côté vers la porte de ma chambre en espérant la voir apparaître. Un long moment s'écoule et mes espoirs s'estompent. Je ferme les yeux. Mon esprit revient sur les moments passés avec Polly. Quand elle est arrivée au palais, la première fois, dans sa robe sexy et criarde, et qu'elle m'a pris pour un majordome. Scandaleuse.

Polly en bikini et le spectacle de charme qu'elle m'a offert sans le savoir. Tentante.

Polly qui m'a serrée dans ses bras, quand nous avons partagé notre chagrin. Profondément touchante.

Polly qui s'est glissée dans ma chambre afin de conclure un accord avec moi. Nos baisers, nos caresses, son goût. Je préfère éviter ce dernier souvenir, car le désir est déjà douloureux.

Lorsque je l'ai surprise dans la grotte, à la faveur de l'obscurité, et qu'elle m'a enlacé comme pour trouver du réconfort. Je n'ai jamais été un réconfort pour quiconque.

J'ouvre brusquement les yeux quand la porte de ma chambre s'ouvre dans un grincement. La silhouette de ses boucles folles et l'ourlet d'un peignoir court me font tendre la main dans le noir. Elle referme la porte et s'approche à pas de loup. Je prends conscience qu'elle ne peut pas me voir, alors j'allume ma lampe de chevet.

Elle sourit. Ma poitrine se gonfle dans un élan d'affection. J'ai l'impression qu'elle me voit réellement, moi et non pas les attributs royaux qui retiennent les autres à distance. Je suis heureux qu'elle soit là, au-delà de la raison.

Elle se déchausse et s'approche du lit, baissant les yeux sur moi.

— Tu ne dors pas.

— Pourquoi as-tu mis si longtemps ?

Je l'attire au lit avec moi avant d'éteindre la lumière.

— Tu m'attendais ? murmure-t-elle en se blottissant contre moi.

Je ne porte qu'un boxer et la sensation de cette femme sexy au corps chaud contre ma peau nue est une torture exquise pour mes sens.

Je prends son menton et incline son visage pour un baiser.

— Oui.

Ma jambe glisse entre les siennes et nous restons ainsi, pelotonnés l'un contre l'autre, sur le côté, aussi proches qu'on peut l'être sans porter atteinte à la virginité de l'autre.

— Ce concours part en vrille, murmure-t-elle.

Je réponds à voix basse :

— Je suis bien d'accord. Et tu aurais dû gagner aujourd'hui.

Je ne sais pas pourquoi, mais chuchoter ainsi dans le noir, côte à côte, me semble infiniment plus intime que n'importe quel contact physique.

Ses doigts jouent avec les cheveux sur ma nuque.

— La reine ne m'aime pas.

Je lui caresse le dos pour tenter de la tranquilliser.

— Ce n'est pas personnel. Elle veut la meilleure candidate au poste de reine. Elle sait ce que cela exige.

— Et elle croit que je ne suis pas à la hauteur.

J'écarte les cheveux de son visage, appréciant la texture de ses boucles.

— J'ai le pressentiment que ma mère a déjà sa candidate idéale en tête.

— Francesca.

— Peut-être, je ne sais pas. En tout cas, ce n'est pas toi.

Un silence. Je crains de l'avoir vexée.

Je la serre contre moi.

— Ce concours est vraiment la dernière chose que je voulais, mais ça semble réconforter mon père.

Pendant un moment, elle ne dit rien, puis elle observe :

— Je ne l'ai pas vu. Y a-t-il des caméras cachées pour lui permettre de regarder ?

Je grimace. Formulé ainsi, cela peut paraître un peu glauque, mais il y a des circonstances atténuantes : sa mauvaise santé, le besoin d'une succession sans encombre, l'avenir du royaume.

— Oui. Il est très malade, alité depuis près d'un an. Il assiste au concours à la télévision, sur des caméras de surveillance.

— C'est ce que je pensais, fait-elle en se crispant. Y en a-t-il ici ?

— Non, seulement là où les princesses prennent leurs repas et sur les lieux des épreuves.

J'hésite, mais j'ai trop envie de me confier.

— Puis-je t'avouer une chose que très peu de gens savent ?

— Oui. Croix de bois, croix de fer.

Je souris dans l'obscurité. Cette fille est drôle, pétillante, tout ce dont j'ai été privé pendant une grande partie de ma vie.

— Est-ce au sujet de ton père ? murmure-t-elle. C'est grave ?

Je perds mon sourire.

— Oui. Il souffre d'un cancer du pancréas en phase terminale. Les médecins disent qu'il ne lui reste plus beaucoup de temps. Ce concours ne ressemble pas du tout à mes parents. En temps normal, ils incarnent le décorum et l'étiquette royale. C'est le cancer qui les a rendus comme ça, à chercher l'amusement et la joie par tous les moyens.

— Je comprends.

Elle me serre un peu plus fort.

— Je suis vraiment désolée, Gabriel. Je sais que c'est difficile. L'hôpital a renvoyé mon père mourir chez lui. C'est terrible de perdre quelqu'un qu'on aime, un peu plus chaque jour, et d'être impuissant face à cela.

Je la câline. Un soupir m'échappe. Elle comprend. Soudain, je ne me sens plus aussi seul avec ma douleur secrète.

Sans le vouloir, je continue :

— Ma mère refuse de gouverner sans lui. C'est pourquoi il est urgent d'assurer la succession. Je dois épouser une femme prête à tenir le rôle de reine et à produire le prochain héritier au trône.

Elle passe une main dans mon dos.

— Pourquoi y a-t-il une telle pression sur toi ? Et Phillip ? Tu n'as pas d'autres frères et sœurs ?

— J'ai quatre frères et deux sœurs, tous plus jeunes, mais aucun ne convient. On ne les prépare pas à régner depuis leur naissance. Mon père est indulgent, il les laisse mener leurs vies comme ils l'entendent, comme il l'a fait lui-même en tant que cadet. Il est devenu roi sur un coup de théâtre, quand son frère aîné a abdiqué pour épouser une roturière. C'était un vrai scandale, du jamais vu dans l'histoire du royaume. Mon père a eu beaucoup de mal à quitter sa vie insouciante pour s'adapter aux rigueurs qu'exige le poste de roi. Il a toujours tenu à ce que mes frères et sœurs jouissent de la liberté dont il a été privé.

— Waouh. Ton oncle devait vraiment être amoureux pour renoncer au trône.

— Sans doute, mais il en a subi les conséquences. Il a été banni de Villroy et on a coupé les vivres à sa famille. Pas d'argent, pas de privilèges. Mon père les traite de racailles.

— C'est rude.

Je pose mon menton sur sa tête.

— Parfois, la vie est rude.

Elle recule et s'exclame avec véhémence :

— C'est trop injuste envers toi. Tes parents font peser sur

toi seul toute la pression de la gouvernance. Ils te privent de liberté.

Elle prend ma défense et ça me plaît, même si ce n'est pas nécessaire. Je joue avec une mèche de ses cheveux.

— Ils savaient que j'étais à la hauteur de la tâche. Ce n'est pas une corvée. J'ai toujours été fier de mon héritage et je connais ma place.

— Tout de même, ce n'est pas juste que tes parents ne te donnent pas les mêmes libertés qu'aux autres. Ils pourraient au moins leur apprendre les ficelles du métier. C'est pour ça que tu es aussi bougon.

— Je ne suis pas bougon.

À présent, elle me caresse. Sa main parcourt mon épaule et mon dos.

— T'ont-ils enfermé dans le grenier en te forçant à apprendre sans relâche avec un nombre incalculable de précepteurs ?

J'expire.

— Je n'étais pas enfermé, mais mon éducation et mon entraînement étaient différents. Mes frères et sœurs ne sont pas préparés pour occuper un tel poste. Au fond, je crois que ça me plaisait d'être le grand frère et de les protéger des rigueurs du devoir, même si l'une de mes sœurs a dû consentir à quelques sacrifices au nom du devoir.

Ses doigts remontent sur mon épaule et effleurent mon biceps, qu'elle serre.

— Bon sang, sept enfants. Tes parents sont de chauds lapins, pas vrai ?

Je ricane.

— Les deux derniers sont des jumeaux, un garçon et une fille. Silvia et Adrian. Ma mère voulait désespérément une fille après quatre fils d'affilée. Elle a eu Emma. Et puis, elle a souhaité donner une petite sœur à Emma, alors elle a réessayé. Et ça a marché. Seulement, elle ne s'attendait pas à ce que le sixième enfant soit en réalité les numéros six et sept en un seul paquet.

— Quelle surprise.

Pendant un moment, nous gardons le silence dans le noir.

Dans les bras l'un de l'autre, je me sens bien. C'est un sentiment plutôt rare chez moi.

— Gabriel.

J'aime entendre mon prénom sur ses lèvres.

— Oui ?

— Je suis venue ici ce soir pour te dire au revoir. Il est clair qu'on ne me laissera pas gagner cette compétition, pas même un lot de consolation comme un collier en diamant. Et encore moins le premier prix, à savoir toi.

Je resserre mon étreinte, pas encore prêt à lui dire au revoir.

— Alors, tu admets que je suis la meilleure récompense ?

Elle rit.

— Tu es en route vers le succès, très, très haut dans le ciel, mais il ne faut pas que ça vous monte à la tête, Votre Altesse.

Sa voix est teintée d'humour, mais elle retrouve son sérieux.

— Je suis désolée, mais si je ne peux trouver aucun bien de valeur ici, alors je dois m'en aller et chercher un autre moyen.

— Dis-moi pourquoi tu as besoin de ces fonds. Qui est cette personne que tu aides et pourquoi ?

Ses doigts se crispent sur mon bras.

— Je ne suis pas censée te le dire.

— Tu peux me faire confiance, Polly, je te le jure sur ma vie.

Elle débite sa réponse d'un trait :

— Tout ce que je peux dire, c'est qu'elle est dans de beaux draps et qu'il est urgent de l'aider. Les délais sont serrés. Elle est très importante pour notre royaume.

— Pourquoi ton royaume ne pourrait pas l'aider ? Je croyais que votre économie était prospère.

— C'est une situation délicate qui ne peut pas être réglée par les réseaux royaux habituels. Je suis toute seule et j'essaie d'arranger les choses. Je te jure que mes intentions sont honorables. Je fais ce que j'ai à faire, c'est tout.

Comme moi, elle fait ce qu'il faut pour le bien de son royaume. Le devoir, l'honneur, les obligations. Je peux le comprendre, j'y attache une grande valeur moi-même. Les murs que j'ai dressés autour de mon cœur s'effritent quand je m'avoue enfin la vérité : je suis amoureux d'elle. C'est trop rapide, sans doute insensé, et pourtant je me sens étrangement serein. J'irradie de l'intérieur, je me sens vivant, conscient, en parfaite osmose avec la joie simple et pure de sa présence. La chaleur de son corps à travers la robe de chambre en soie, son parfum de fleurs, la douceur de ses jambes contre les miennes. Mon Dieu, je crois que je suis heureux.

Je l'embrasse tendrement.

— Je vais t'aider. Le prix de demain sera un objet précieux que personne ne pourra t'enlever. Il servira à aider ton royaume.

Je pourrais lui offrir un bijou sur-le-champ, mais très égoïstement, j'ai envie de la retenir le plus longtemps possible. Notre monarchie est riche grâce aux bijoux et aux placements juteux – nous sommes loin de la ruine –, mais ce n'est pas suffisant pour sauvegarder notre économie. Villroy doit être indépendant pour faire vivre les futures générations.

— Merci.

Elle se tait pendant un moment.

— Nous ne serons plus que deux après l'épreuve de demain, alors… après mon départ, tu épouseras celle qui reste.

C'est *elle* que j'ai envie d'épouser. Je fais passer mon bonheur avant le sien et cela n'a rien d'honorable. Je ne peux pas aller à l'encontre de la volonté de mes parents alors que mon père est sur son lit de mort. Il prendra le parti de ma mère et s'opposera à Polly. Je ne peux pas demander à Polly d'étouffer son esprit libre et de se soumettre aux restrictions de la vie royale d'une reine, encore moins avec le fardeau supplémentaire de notre économie vacillante. Quoique…

— Est-ce que ton pays te manque ? demandé-je.

Elle ne répond pas. C'est peut-être un sujet sensible.

— Je te pose la question parce que tu n'es pas comme sur les photos des événements officiels. Tu me sembles plus libre, plus extravertie.

— Tu as fait des recherches ?

— Oui, j'étais curieux.

Elle garde le silence pendant si longtemps que je suppose qu'elle ne me répondra pas, mais enfin, elle dit :

— Ça ne me manque pas. C'était étouffant. J'avais besoin de faire une pause et de voler de mes propres ailes, en liberté. Mais ce n'est pas pour autant que je ne les respecte pas.

— Je comprends.

Je m'en doutais. Elle ne serait pas épanouie avec les exigences strictes de la reine, ici à Villroy.

Elle soupire.

— Merci de me comprendre et de m'aider.

Il n'y a rien de plus à dire. Nous n'avons que cela et je ne peux le nier plus longtemps. Je roule sur elle et je l'embrasse. Le plaisir de mon corps enfin pressé contre le sien est incomparable. Elle me répond avec la même passion, avec ferveur et enthousiasme, et je me dis que rien de ce qui se passera entre nous ne peut être vraiment mauvais.

Anna

C'est notre dernière nuit ensemble. Il me donnera ce dont j'ai besoin pour aider Polly. Je ne pourrai jamais être l'épouse, la reine qu'il lui faut. Je ne suis qu'une roturière sans valeur, une orpheline. Alors, ce que je fais maintenant n'a pas vraiment d'importance. Je peux être moi-même dans l'intimité sombre de la chambre de Gabriel. Nous le comprenons tous les deux.

Il est tendre avec moi, d'une tendresse infinie lorsqu'il m'étend sur le dos pour m'embrasser. Des baisers langoureux, intenses, tandis que ses mains caressent ma robe de chambre, mes bras, mes flancs, mes jambes. C'est décadent et je me liquéfie sur le lit. Il lève la tête et recule juste assez pour ouvrir mon vêtement. Je porte une combinaison noire en coton, au col en V. Je me redresse et retire tout – la robe de chambre, la combinaison et le string, que je jette de l'autre côté du lit king-size. Tiens, un lit king-size pour un futur roi.

Mais à mes yeux, quand nous sommes tous les deux, ce n'est pas un roi. C'est Gabriel, tout simplement.

Il allume sa lampe de chevet et je cligne des yeux, éblouie par la lumière.

— J'avais besoin de te voir, fait-il d'une voix rocailleuse. Tu es belle, tellement belle.

— Merci.

À mon tour, je me rince l'œil avec ses splendides épaules musclées, son large torse, ses abdominaux plats et sa queue dure, tendue sous son boxer.

— Toi aussi.

Il prend mon visage en coupe et m'embrasse avec ardeur, puis il m'allonge à nouveau sur le matelas, couvrant mon corps sous le sien. Il se hisse sur ses avant-bras, soutenant une partie de son poids tandis qu'il m'embrasse lentement, le long de la mâchoire, jusqu'au point sensible sous mon oreille. Là, il me prend entre ses dents, me procurant un frisson brûlant, avant de poursuivre dans mon cou, sur ma clavicule. Enfin, il concentre toute son attention sur mes seins, qu'il embrasse et savoure comme s'il avait tout le temps du monde.

Je n'avais jamais été traitée ainsi au lit. Comme si j'étais précieuse, un bijou qu'il a envie de découvrir. Je suis au chaud, alanguie, détendue avec un homme qui, en un sens, m'est étranger. On dirait que nous étions faits pour cette rencontre.

Je plonge les doigts dans son épaisse chevelure et tire doucement, implorant son baiser. Il revient vers ma bouche et je l'embrasse avec passion. Ses mains remontent sur mes côtes pour empoigner mes seins, me pincer les tétons. La sensation aiguë me coupe le souffle. Il se penche sur moi et prend mon téton durci dans sa bouche. Il le suce et je me cambre. À chacune de ses aspirations, mes muscles internes se contractent de délice.

J'écarte les jambes pour l'inviter. J'ai envie de lui. Il semble le comprendre sans un mot, car il passe à mon autre sein, qu'il suce énergiquement tandis que sa main glisse sur mon ventre jusqu'à mon entrejambe. Là encore, il n'est pas pressé. Il prend le temps de m'attiser avec ses doigts.

Je décolle les hanches.

— Viens.

Avec un sourire taquin, il me donne un petit pincement qui me fait l'effet d'une décharge électrique. Je lâche un cri et il baisse la tête. Sa langue apaisante vient jouer avec mon renflement charnu. Un plaisir chauffé à blanc me traverse à chaque coup de langue. *Oh, ouiiiii.* Je referme les doigts dans ses cheveux, gémissant sans retenue.

J'aimerais qu'il ne s'arrête jamais. Jamais, au grand jamais.

Mon esprit se ferme, mes doigts perdent prise et je dérive dans une bulle de plaisir. Sa bouche est avide. Il insère un doigt en moi, puis un autre. Je gémis tout bas.

Enfin, il lève la tête. Pire encore, il retire ses doigts, qu'il pose sur ma cuisse.

— Polly, je ne voudrais pas me montrer indélicat, mais je n'ai pas la sensation que tu sois vierge. Tu peux être honnête avec moi.

Réfléchis, Anna ! Mon cerveau cherche désespérément une explication autre que la vérité, que je l'ai perdue dans la Subaru de Joey après le bal de promo. Je ne dois pas tout gâcher. C'est ma seule et unique chance d'être avec lui. Mon instinct me suggère que ce n'est pas le moment de lui répondre par une vérité absolue. J'ai tellement envie de lui. *Réfléchis !* Un tampon, peut-être, mais ce serait trop gênant, ou peut-être la gym ou l'équitation. Je n'en sais rien ! J'ai envie de lui *maintenant*.

— Parfois, il n'y a pas d'hymen ou, euh, il peut arriver d'autres choses. Des affaires de femmes.

— Ah.

Je lui empoigne les cheveux à une main pour essayer de le ramener à ce qu'il faisait, à savoir me donner du plaisir, parce que je suis une menteuse irrécupérable et lubrique.

J'irai en enfer.

Je m'en fiche.

À nouveau, sa bouche opère sa magie. Mes hanches se soulèvent pour mieux l'accueillir et des sensations électriques me parcourent. Encore et encore. Une fois de plus, je suis perdue dans un nuage de plaisir, sur une vague où je glisse béatement. Ses doigts reviennent et me pénètrent, caressants, et… *oui* ! Le point G est atteint. À présent, mes hanches s'agitent fébrilement. Je suis propulsée vers un orgasme monstre lorsqu'il lève la tête et retire ses doigts. *Nooooon* !

— N'arrête pas !

— Est-ce que tu te masturbes ?

— Je suis une vierge de vingt-trois ans, qu'est-ce que tu crois ?

— Montre-moi.

J'obéis parce que je suis si proche que je pourrais hurler. S'il compte jouer à ce petit jeu… Il me regarde en se léchant les lèvres. Ce n'est pas aussi bon avec mes propres doigts. J'ai envie de lui.

— Gabriel, s'il te plaît, j'ai trop envie de ta bouche. S'il te plaît, s'il te plaît, s'il te plaît.

Je le supplie sans la moindre honte. Avec lui, les sensations sont trop puissantes.

— Je veux encore te regarder. Montre-moi ce que tu aimes.

Je me redresse vivement.

— Tu aimes vivre dangereusement, toi.

Il me repousse pour m'étendre sur le dos.

— Fais-le, ensuite tu recevras ce que je te donne.

Je suis furieuse qu'il me laisse en plan comme ça. Je le trouve bien trop autoritaire. Je le fusille des yeux tandis que mes doigts redescendent et décrivent des cercles comme j'en ai l'habitude.

— C'est bien, susurre-t-il d'une voix qui me fait mouiller encore plus.

Je ferme les yeux en essayant d'éprouver le même plaisir intense qu'avec lui. Je le sens bouger, puis le matelas s'enfonce et il s'allonge à côté de moi. D'une voix rauque à mon oreille, il m'encourage par des paroles crues. Je suis à la fois horripilée et franchement excitée. Et…

— Oh, oh, oh.

Mon souffle s'accélère. Il écarte enfin ma main et je retrouve sa bouche miraculeuse, qui m'entraîne haut, haut, de plus en plus haut. J'éclate puissamment et tout mon corps est ébranlé. Les sensations déferlent, de mon cuir chevelu jusqu'au bout de mes orteils.

— Gabriel, dis-je en soupirant une fois que je retrouve l'usage de la parole.

Il se hisse sur mon corps et m'embrasse.

— Content d'avoir pu te faire plaisir.

— Tu devrais être adoubé chevalier pour ça. La prochaine fois, ne t'arrête pas, sinon je t'étrangle à mains nues.

Silencieux, il me contemple en silence. Je me rends compte qu'il n'y aura pas de prochaine fois. J'ignore la douleur sourde du regret dans ma poitrine et je m'efforce de me concentrer sur l'ici et le maintenant.

Ses doigts se glissent entre mes jambes pour se refermer sur mon sexe et je lâche un long gémissement. La prochaine fois serait-elle imminente ? Je ne sais pas si je suis capable de jouir à nouveau aussi rapidement. Il se penche et prend mon téton dans sa bouche. J'écarte les jambes en gémissant, assaillie par le besoin d'être remplie tout entière. Il saisit l'allusion et ses doigts me pénètrent. Il s'avère que je suis encore capable de ressentir du plaisir. Avec lui, je suis insatiable. Quand ses lèvres tracent un chemin de baisers le long de mes côtes, je creuse le ventre et mon entrejambe se contracte. Je suis tendue par le désir. J'ai trouvé *l'homme*. Deux fois en une nuit, j'ai du mal à y croire. C'est peut-être parce qu'il me croit vierge, toujours est-il qu'il cherche à m'exciter au maximum. J'irai en enfer, mais au moins, je mourrai heureuse. Il se positionne à genoux entre mes jambes et ses mains me caressent les cuisses, les écartant un peu plus. Enfin, sa bouche se referme sur mon sexe. *Oui ! Oui ! Oui !*

Ses lèvres vibrent contre moi dans un petit rire grave qui augmente mon plaisir. Ai-je crié à haute voix ? Mon cerveau s'engourdit alors qu'il me dévore. Je m'agrippe à ses larges épaules, les ongles enfoncés dans sa peau. Le travail conjoint de ses lèvres, de sa langue et de ses dents accomplit des merveilles. *Putain, je suis en feu.* Ses doigts se joignent à l'action et me titillent de l'intérieur tandis qu'il me suce lentement. Mon corps tressaille et je m'envole. Un cri fuse de ma gorge tandis que je remue éperdument contre lui. Enfin, ses gestes se calment et il me ramène sur terre. Des ondes d'un plaisir plus ténu me traversent encore, par contre-coup. J'irradie de l'intérieur et de l'extérieur.

— Je te vénère, lui dis-je spontanément.

Il m'adresse un sourire et grimpe sur mon corps. Le regard empreint de chaleur qu'il pose sur moi me donne presque l'impression d'être aimée. Ma mâchoire s'engourdit. Je suis dans un état second, béate entre les orgasmes et le regard adorateur de Gabriel.

Il m'embrasse avant de changer de position. Il me fait rouler sur le ventre, écarte mes cheveux sur le côté et pose un baiser sur ma nuque. Je me fonds contre le matelas. Brusquement, je sursaute. Il vient de planter ses dents dans ma nuque, une morsure légère, mais ferme. Je retiens mon souffle lorsqu'un frisson d'excitation me traverse. Il me libère et ses mains s'aventurent sur ma peau, suivies par sa bouche brûlante qui me lèche et me dévore, de la nuque jusqu'aux orteils. Il n'y a pas un centimètre carré de mon corps qu'il n'ait pas touché, embrassé ni enflammé.

Il me retourne vers lui, une question dans le regard. Avec du recul, je crains d'avoir été trop expressive, d'avoir pris trop de plaisir pour une soi-disant vierge, mais je me rends compte qu'il attend, qu'il me demande sans un mot l'autorisation de prendre ma virginité. Un élan d'affection monte en moi. Il est tellement adorable. Je me demande comment il s'y serait pris s'il avait su que ce n'était pas ma première fois. Son approche aurait-elle été plus agressive ? Ça m'aurait plu. J'aimerais pouvoir le découvrir.

Je passe les bras autour de son cou.

— Je te veux. Profitons l'un de l'autre ce soir. Personne ne le saura.

Son pouce caresse ma lèvre inférieure.

— Tu en es sûre ? Je veux que tu sois sûre.

Je baisse la main et le caresse à travers son boxer. Il est énorme et dur comme la pierre.

— J'en suis sûre, dis-je d'une voix éraillée.

Il sourit et mon souffle reste suspendu devant la beauté de

son visage. J'aimerais pouvoir lui donner le sourire toute ma vie.

— Mon Dieu, Polly, tu me rends si heureux.

— Alors, maintenant, nous pouvons être heureux tous les deux. Enfin, *plus* heureuse en ce qui me concerne. Je le suis déjà grâce à toi.

Il cherche un préservatif dans le tiroir de sa table de chevet et déchire l'emballage. Je l'aide à retirer son boxer, déposant un baiser sur son sexe impressionnant. Il pousse un grognement. Enfin, je ne peux m'empêcher de le goûter, de le lécher sur toute sa longueur.

Il m'empoigne les cheveux et me soulève la tête.

— Je veux être en toi.

— Moi aussi, c'est ce que je veux. Je veux tout. On ne dormira pas de la nuit. Je veux qu'on se fasse tout ce qu'il y a à faire.

Il gémit et déroule le préservatif. Puis il se hisse sur moi et ses mains se posent de part et d'autre de mon visage. Il me regarde dans les yeux et referme le poing autour de son sexe. J'enroule les jambes autour de sa taille. Lentement, il s'enfonce. Je ne suis pas vierge, mais ça fait longtemps et il est épais. Je sens mon corps s'étirer douloureusement lorsqu'il me pénètre.

Son visage exprime une détermination farouche tandis qu'il progresse lentement. Des perles de sueur se forment sur son front. Il s'efforce d'être doux avec la femme qu'il prend pour une vierge. Les yeux me piquent et je m'en étonne. Je n'ai pas la larme facile.

Il s'arrête.

— Je te fais mal ?

Je secoue la tête en regardant le plafond, espérant que les larmes se résorberont d'elles-mêmes.

Il commence à se retirer et je lui agrippe les fesses pour le ramener brutalement en moi. Il s'enfonce jusqu'à la garde et nous gémissons à l'unisson. Il embrasse mes paupières, mes joues, mon menton. J'ai la gorge nouée par l'émotion. Qu'est-ce qui ne tourne pas rond chez moi ? Je devrais m'amuser, profiter de la course.

J'agite les hanches.

— Il faut bouger pour que ça marche.

Un petit rire le secoue et son souffle léger chatouille mon oreille.

— Je sais comment ça marche, ma chérie.

Ce mot doux me transperce le cœur. J'expire dans un frisson alors que la dure vérité me percute de plein fouet : je suis foutue à cent pour cent, bêtement et follement amoureuse. J'ai les yeux brûlants. Je les ferme et ravale la boule d'émotions logée dans ma gorge.

Je prends une vive inspiration lorsqu'il accélère le rythme.

— Oui, dis-je pour l'encourager.

J'ai envie qu'il m'entraîne à nouveau dans un monde de plaisir, loin des abysses émotionnels. *Baise-moi fort.* Mais j'opte pour :

— J'aime tellement. Encore, encore, encore.

Il gémit et sa bouche se plaque sur la mienne alors que ses coups de reins redoublent de vigueur. Il lève la tête et je sens sa respiration saccadée à mon oreille tandis qu'il m'entraîne sur des montagnes russes sensuelles. Ce n'est pas seulement agréable comme avec mes copains habituels, cette fois, c'est intense. Chaque coup de boutoir me rapproche du but.

— Jouis avec moi, ordonne-t-il.

— Tu ne peux pas me demander de… Ah !

Il a passé ma cheville par-dessus son épaule et il s'est agenouillé pour me pilonner avec fougue. Ses doigts me caressent frénétiquement. Je suis fiévreuse, pantelante, hébétée. Il me fend par ses coups implacables alors que je me contracte autour de lui. Je suis entraînée dans le tourbillon de ce plaisir dont il a le secret, exquis et presque insoutenable par sa force. L'extase brûlante me saisit et j'explose en criant son prénom. Il n'en faut pas plus pour le faire décoller et il jouit après quelques puissants coups de reins.

Je suis toute tremblante, en nage, droguée à Gabriel. J'aimerais que cette nuit ne se termine jamais. Encore plus de baise, encore plus de tout.

Il tourne la tête et m'embrasse le mollet. Mes larmes

affluent, comme pour se venger, jaillissant de mes yeux. Je me cache le visage, mortifiée.

Il repose ma jambe et demande :

— Polly, tout va bien ?

Je ne peux pas parler. Si je le fais, je vais tout lui avouer et ce sera la fin. Il me détestera parce que je lui ai menti.

Un instant plus tard, il est à côté de moi. Il écarte mon bras et m'attire à lui. Nous restons allongés, côte à côte. Mes larmes mouillent son torse, mais ça ne semble pas le déranger. Je jette un bras et une jambe par-dessus son corps et je me love autour de lui, consciente que notre temps est compté.

Il me caresse les cheveux en murmurant :

— Ça reste entre nous, c'est promis.

Il croit que je suis émue d'avoir perdu ma virginité et sa sollicitude me fait pleurer à chaudes larmes.

— Je sais, dis-je d'une voix étranglée. Je ne regrette pas. J'ai adoré.

Et je t'aime.

Il resserre son étreinte.

— Ça va aller. Tout va bien.

Mais comment cela pourrait-il aller ? Je suis amoureuse du prince héritier de Villroy et il va épouser une autre femme.

10

Gabriel

J'ai tenu parole. J'aiderai Polly à gagner et je la renverrai chez elle avec les fonds nécessaires pour aider son amie. Ça me fait de la peine de savoir qu'elle doit s'en aller, et pourtant je garde espoir. Notre relation est trop forte pour être balayée d'un revers de la main. Nous sommes restés éveillés une grande partie de la nuit, entremêlés, aussi proches que deux personnes peuvent l'être. Elle a accepté mes envies divinement, m'a satisfait au-delà des mots et elle a même osé exprimer quelques envies. Elle est ardente, passionnée et forte. Je me suis réveillée au matin, comblé, Polly dans mes bras. Je savais que je ne pouvais pas la laisser partir. Nous sommes compatibles comme personne ne l'a encore jamais été avec moi. J'ignore encore comment faire. Tout ce que je sais, c'est que je dois trouver un moyen de la garder.

J'ai soumis mes suggestions à ma mère pour la compétition d'aujourd'hui. Elle n'a pas tenu compte de la plupart de mes idées, mais la question du prix, qui me tenait vraiment à cœur, est réglée. Il s'agira d'un don de notre organisme caritatif au sien. Polly pourra récupérer les fonds à partir de ce compte. Le montant qu'elle a évoqué était bien inférieur à la valeur du collier qui lui a été retiré, tout en demeurant suffisamment élevé pour qu'il lui soit impossible de réunir la somme sans éveiller les soupçons.

J'avais espéré une épreuve de course ou de natation aujourd'hui, qu'elle aurait gagnée haut la main. Je n'ai obtenu qu'un test de force et de persévérance tiré directement de l'émission de télé-réalité que mes parents aiment tant – quatre princesses sur la plage, avec un poteau enduit de graisse de moteur au sommet duquel elles devront se hisser pour récupérer un drapeau.

J'assiste à la scène en compagnie des domestiques choisis pour superviser la compétition. Mes parents y assistent depuis leur chambre. Une fois qu'une princesse a décroché le drapeau, elle doit sauter dans un kayak et pagayer jusqu'à la rive nord. Les serviteurs se tiennent prêts pour pousser les kayaks. Aucun d'eux n'est très costaud. En fait, Albert est plutôt vieux. Je suis censé être là pour juger l'épreuve, mais j'attends seulement de pouvoir intervenir et pousser le kayak de Polly de toutes mes forces afin de lui donner le meilleur départ possible.

Je peux presque entendre mes parents glousser devant les princesses enduites de graisse. Elles portent toutes des chemisiers à manches courtes et des bermudas pastel, à présent couverts d'huile noire. À l'exception de Polly, qui porte un débardeur dos nu plus-sexy-tu-meurs et un short court. Malgré sa tenue, j'ai du mal à la regarder sans faire la grimace, parce qu'elle est franchement mauvaise.

Je reporte mon attention sur les autres princesses. Francesca a enfoncé ses ongles dans le poteau et l'agrippe entre ses pieds nus. Elle tient bon, mais elle ne monte pas.

Sophia crapahute comme un singe, mais elle glisse et redescend jusqu'au en bas. Le sable colle à la graisse et à la sueur. Je pensais que le sable aiderait le mouvement de traction, mais après avoir essayé de s'en débarrasser, elle se précipite jusqu'à l'eau et se rince. Mauvais choix. Maintenant, elle est trop mouillée pour progresser en plus de la graisse. Je regarde sa première tentative. Elle se hisse en ahanant, mais elle dérape une fois de plus en poussant un cri de petit goret.

Lucienne, jeune femme discrète qui fait partie du peloton

de tête depuis le début, tente plusieurs méthodes pour grimper. Elle saute et glisse sans succès. Puis elle plante ses pieds au bas du poteau et tend les bras pour se hisser avant de retomber. Enfin, elle parvient à monter, une main au-dessus de l'autre, ses pieds imitant le mouvement. Elle prend de l'avance.

Polly lâche prise pour la troisième fois consécutive et fusille le poteau des yeux.

— Quoi ? vocifère-t-elle. Dis-moi comment t'escalader !

Frustrée, elle donne un coup de pied dans le sable et comprend alors que cela pourrait être une bonne idée. Elle en jette à pleines poignées. Cette fois, lorsqu'elle essaie de nouveau, elle se hisse plus haut.

— Ouille, ouille, ouille, grommelle-t-elle. Maudit poteau. Je finirai bien par te vaincre.

Sur cette partie de l'île, le sable est rugueux. Il doit lui entailler les paumes et ses pieds nus.

Allez, Polly, allez.

Francesca s'accroupit et enfonce les mains dans le sable afin de recommencer avec une meilleure adhérence. Elle n'émet pas un son en dépit du sable rêche. Elle progresse lentement, mais sûrement, le visage grimaçant.

Sophia glisse au pied du poteau. À présent, les résultats sont serrés entre Francesca, Lucienne et Polly.

Lucienne y arrive en premier. Elle s'empare du drapeau, se laisse glisser et l'agite avec un cri de victoire. Perte de temps.

Francesca attrape son drapeau et saute directement pour atterrir dans le sable en pliant les genoux. Aussitôt, elle se précipite vers un kayak, imitée par Lucienne.

Je reste immobile, à attendre *ma* favorite. Après la nuit dernière, je peux dire que c'est la mienne.

Sophia prend le poteau à bras le corps et le secoue afin de dégager le drapeau. Elle semble avoir renoncé à l'escalader. C'est fini pour elle. Celles qui ne respectent pas les règles sont disqualifiées.

Dans un geste éperdu, Polly décroche son drapeau, puis elle glisse le long du poteau et détale vers un kayak. Je la suis à petites foulées. Albert se dirige vers elle quand je lui lance :

— Je m'en charge.

Elle est rapide. Déjà, elle saute dans le kayak, quelques secondes à peine après les autres femmes. Elle s'empare d'une pagaie et l'enfonce dans l'eau. Je cale mon épaule contre l'embarcation et je pousse son kayak le plus fort possible. Elle dépasse les deux concurrentes.

— Ce n'est pas juste ! s'exclame Sophia depuis le rivage, mauvaise perdante. Polly a eu un meilleur départ que les autres.

Francesca et Lucienne se retournent pour me voir à genoux dans l'eau derrière le kayak de Polly et elles échangent un coup d'œil. Oh, oh. Elles ont sans doute compris que je préférais Polly. C'est la première fois que j'interviens dans la compétition.

Je rejoins le rivage et, avec les domestiques, je longe la crête de la falaise en suivant la course de kayak en contrebas. Polly est en tête, mais Francesca gagne du terrain par de puissants coups de pagaie.

Un moment plus tard, Francesca emboutit le kayak de Polly par-derrière. Le corps de Polly a un soubresaut, mais elle ne bascule pas et elle parvient à garder sa rame à la main. Elle crie quelque chose par-dessus son épaule à l'attention de Francesca, sans voir que Lucienne approche de l'autre côté. J'ai l'impression d'assister à un accident de voiture imminent. Je suis incapable de détourner le regard.

Lucienne tend sa pagaie pour frapper Polly, mais dans le mouvement, elle renverse son propre kayak et dégringole sur celui de Polly, qui oscille dangereusement. À l'aide de sa rame, cette dernière repousse le kayak de Lucienne et s'éloigne à grands coups de pagaie. Lucienne peine à retourner son embarcation, perdant ainsi un temps précieux.

À présent, Polly et Francesca sont au coude à coude. Francesca la dépasse presque. Le vent se lève, facilitant leur progression. Les boucles de Polly tourbillonnent comme des flammes déchaînées. Elles sont à son image, fougueuses et libres, et j'adore ça. Soudain, je n'ai plus envie que Polly gagne. Si elle gagne, elle partira. Si elle est deuxième, en revanche, j'aurai une nuit supplémentaire avec elle. Sinon, j'ignore combien de temps il me faudra attendre. Je ne sais même pas si je pourrai la convaincre de continuer à me voir, étant donné les circonstances.

En revanche, je sais comment attirer son attention. Elle m'a complimenté assez souvent.

Je retire ma chemise et, baissant les yeux sur les princesses ex æquo, je m'écrie :

— Allez, allez, allez !

Polly lève les yeux et m'adresse un sourire qui me touche en plein dans le plexus solaire. Pendant un instant, j'en oublie de respirer.

— C'est ça, beau gosse !

Les serviteurs me regardent, les yeux écarquillés, mais ils se gardent bien de commenter ma spontanéité inhabituelle.

Francesca ne perd pas son temps et elle redouble d'ardeur. Lucienne, en troisième position, ralentit ses efforts en voyant Francesca prendre la tête. Ni l'une ni l'autre n'ont levé les yeux quand j'ai appelé.

À présent, Polly est dernière, comme je l'espérais. Je sais que c'est égoïste, mais je sais aussi qu'elle était sur la même longueur d'onde que ma voix, contrairement à Francesca. La pauvre n'a rien fait de mal. De toute évidence, c'est une femme déterminée, forte et persévérante. Toutes les qualités d'une reine.

Mais c'est avec Polly que je me sens vivant.

❧

Anna

Je rame si fort que les bras me cuisent. Ils sont à bout de force, surtout après l'épreuve du poteau enduit de graisse. Une fois de plus, je me suis laissé distraire par ce délice d'homme. Sois maudit, Gabriel, toi et ton torse d'Apollon ! Maintenant, Francesca est première. J'aurais dû rester concentrée comme Francesca, la machine à ramer qui me précède. Ce n'est pas possible, elle doit faire du kayak à ses heures perdues. Ses coups de rame sont incroyablement précis. Il faut que je gagne. J'envisage un instant de renverser son embarcation, après tout, c'est ce qu'elle a fait, mais ça ne me ressemble pas. Je n'aime pas les coups bas. Je donne tout ce que j'ai, et si ça ne suffit pas, alors je saisirai la prochaine occasion.

J'ignore les muscles de mes bras au supplice, la tension dans mon dos, et je mets toute mon énergie dans la course. Nous sommes presque côte à côte, en droite ligne avec la côte nord, où une bannière rouge entre deux poteaux sur la plage indique la ligne d'arrivée.

Une vague nous soulève et nous porte vers le rivage. Je pagaie pour rester sur la crête. Francesca a cessé de ramer pour laisser la vague déferler sur elle, espérant sans doute prendre de l'élan. J'arrive dans les eaux peu profondes du bord, mais pas elle. Son kayak a chaviré.

Je quitte précipitamment le mien, le tire sur le sable et franchis au pas de course la ligne d'arrivée.

— Polly a gagné. Francesca est seconde, déclare Albert. Vous accédez toutes les deux au niveau suivant.

À présent, Francesca est debout, les pieds dans l'eau. Détrempée, elle n'arrive pas à retourner son kayak et le personnel va l'aider. Elle est furieuse et rejoint la plage en tapant des pieds, sans prendre la peine de les remercier pour leur aide. J'ai envie de lui dire qu'elle n'a aucun souci à se faire, car c'est elle qui gagnera en fin de compte. J'ai simplement besoin d'encaisser ce prix afin d'aider une princesse dans le besoin, et puis je m'en irai. C'est à elle que reviendra l'ultime trophée, Gabriel. À cette pensée, j'ignore l'étau qui me broie le ventre.

Comme par un sixième sens, je me retourne au moment où il arrive.

— Tu as gagné, déclare-t-il d'un ton neutre.

En un sens, je sais ce qu'il ressent. Je devrais exulter, laisser éclater ma joie, mais en voyant ses beaux yeux bleu-vert comme l'océan, je me rappelle ce que nous avons partagé et je n'ai pas le cœur à la fête. Maintenant, je suis censée empocher l'argent et m'enfuir pour ne plus jamais le revoir.

— Oui.

— À la loyale.

— Tu m'as bien poussée.

— Tout le monde a été poussé.

Je baisse la voix pour ajouter :

— Tout le monde n'a pas été poussé par un homme musclé.

Il sourit et les battements de mon cœur redoublent. Ses sourires sont aussi rares que redoutables. Il penche la tête et chuchote à mon oreille :

— Reste pour le week-end.

Je hoche la tête. Pas besoin d'y réfléchir à deux fois. De toute manière, l'avocat ne pourra rien faire pour Polly avant lundi.

Son sourire s'agrandit, puis il semble se rappeler notre petit public, composé de domestiques, et il retrouve un visage de circonstance.

Francesca nous rejoint.

— Votre Altesse, c'était une épreuve difficile. Je suis heureuse de faire partie des deux finalistes, même si je n'ai pas gagné le premier prix.

Gabriel penche la tête.

— Vous rencontrerez toutes les deux ma famille samedi lors du dîner. Dimanche, vous vous entretiendrez avec la reine, et lundi l'une de vous rentrera chez elle et l'autre restera au palais pendant deux semaines. Cela nous laissera le temps d'apprendre à nous connaître avant que les bans officiels de nos fiançailles soient publiés.

Il croise mon regard. On dirait qu'il veut ajouter quelque chose, mais il se ravise. Il nous adresse un petit sourire à toutes les deux, puis il tourne les talons et s'éloigne.

Francesca me décoche un regard noir avant de rejoindre sa femme de chambre, qui l'attend non loin de là.

Lundi, c'est Francesca qui restera pour vivre un conte de fées avec le prince. J'essaie de me réconcilier avec cette réalité, mais c'est une torture d'imaginer leurs deux semaines enchanteresses à Villroy – une parenthèse paradisiaque ensoleillée dans cette île de rêve – puis la grande annonce royale. Je m'arrête là pour ne pas me faire plus de mal.

Maintenant, je comprends pourquoi nous devions nous engager pour trois semaines au palais. Je me rends compte que l'invitation de Gabriel pour le week-end est moins intime que je l'avais cru. Mais puis-je lui dire non ?

Je suis tombée amoureuse bêtement. Comment est-ce arrivé ? Je ne suis ici que depuis cinq jours, et pourtant je ne peux nier l'intensité de mes sentiments. Peut-être était-ce le stress de la compétition, le temps que nous avons passé tous les deux. Peut-être est-ce tout simplement Gabriel et sa tendresse un peu bourrue. J'ai su instinctivement qu'il avait besoin de moi, et j'avais peut-être besoin de lui, moi aussi. Je n'ai jamais rencontré un homme comme lui, fort, fier et capable d'affection et de délicatesse. Il m'a traitée comme un bijou précieux.

Personne ne m'a jamais traitée comme un bijou. Parce que je n'en suis pas un. Je suis une coiffeuse un peu brouillonne, menteuse et tenace, une fille de Tampa qui s'est laissé avoir par ses propres sentiments.

Et maintenant, je dois réussir l'exploit le plus difficile de ma vie : renoncer à Gabriel.

11

___

Gabriel

J'ai passé la nuit dernière avec Polly. En constatant qu'elle ne me rejoignait pas, je l'ai surprise en me faufilant en douce dans sa chambre. Je savais que c'était risqué de venir, alors que Francesca loge dans le même couloir, mais c'était plus fort que moi. On ne doit pas connaître ma préférence, surtout après le coup de pouce que j'ai donné à Polly lors de la course de kayak. Polly m'a avoué qu'elle n'était pas venue dans ma chambre parce qu'elle essayait de se détacher de moi. Il m'a suffi d'un baiser pour nous rappeler à tous les deux l'intensité de notre connexion.

J'aurais aimé qu'elle soit à mes côtés ce soir. Mon père est au plus mal et j'ai retrouvé le gouffre sombre du désespoir. Je sais que Polly me réconforterait, mais je sais aussi qu'elle ne serait pas la bienvenue dans sa suite. Maintenant, un médecin s'occupe de lui et atténue sa douleur. Je ne suis pas prêt à le perdre et je sais que ma mère sera dévastée. Ils forment une équipe. J'ai peur qu'elle perde goût à la vie sans lui. Tout ce que je désire, c'est l'aider à aller mieux.

J'arrive dans les appartements de mes parents et on me conduit dans le petit salon. Ma mère se tient au chevet de mon père. Elle interroge le docteur.

Je fais les cent pas. Je n'aurais jamais cru souhaiter que

cette compétition barbare entre aspirantes épouses continue, mais nous voilà, six jours plus tard, et je suis triste que ce soit terminé, car je dois dire au revoir à Polly. En son absence, Francesca sera ma fiancée par défaut. J'ai demandé à Polly de rester pendant le week-end pour repousser l'inévitable, mais je me berce d'illusions, je cherche seulement à gagner du temps.

Enfin, le médecin s'en va et je rejoins mon père.

— Comment te sens-tu ?

Il me répond avec un rictus :

— Ça ira mieux une fois que les analgésiques feront effet.

Ma mère lui serre la main, le visage éteint.

— Repose-toi, mon amour.

Elle s'assoit à côté de lui.

Je tire une chaise et je m'installe avec elle. Nous gardons le silence pendant quelques minutes. Mes frères et sœurs arrivent demain. Pour la première fois, je crains que mon père n'en ait plus que pour quelques heures au lieu de plusieurs jours ou semaines. Je n'aurais pas dû protéger mes frères et sœurs contre cette dure réalité. Je ne me le pardonnerai jamais s'ils n'ont pas le temps de lui dire adieu. Heureusement, son expression se détend lorsque l'effet des médicaments se fait sentir et il revient sur son sujet de conversation préféré.

— Il ne reste plus que deux candidates, me dit-il. Ta mère est moi sommes unanimes. Francesca est le meilleur choix.

Ma mère intervient :

— C'est notre préférée depuis le début et j'ai fait en sorte que les épreuves lui soient favorables. C'est elle qui vient du royaume le plus riche et une alliance avec son pays nous mettrait dans les meilleures dispositions pour la suite. Et puis, elle sera parfaite dans le rôle de reine, éduquée dans la plus pure tradition.

Ils ne disent pas la suite – » *et Polly ne convient pas* » –, mais c'est clair comme de l'eau de roche. Quelque chose en moi se rebelle pour la première fois de ma vie. Francesca me laisse indifférent et avant de rencontrer Polly, cela ne m'aurait pas dérangé. Je n'ai qu'à voir l'amour que partagent mes parents pour savoir que c'est ce que j'attends du mariage, moi aussi.

— Alors, vous avez truqué les jeux en faveur de Francesca ? je demande.

— Oui, répond ma mère sans une once de remords.

Je plisse les yeux.

— Pourquoi ne pas tout simplement la choisir et en finir une bonne fois pour toutes ?

Elle affiche un sourire triste.

— Ton père avait besoin d'une distraction.

— Je reconnais que cela m'a beaucoup amusé, dit-il avant de céder à une quinte de toux.

Ma mère l'aide à boire une gorgée d'eau.

C'est aussi simple et bizarre que cela. Un instant de joie dans ses souffrances. C'est pour cette unique raison que j'ai joué le jeu de la compétition. Si j'avais su que les dés étaient pipés dès le départ, cependant, je ne m'y serais pas plié. Mais je n'aurais jamais connu Polly. Je suis incapable de leur en vouloir pour leur subterfuge, parce qu'elle m'a apporté tant de bonheur, de réconfort et, oui, de l'amour aussi.

Une fois qu'il s'est apaisé, je prends la parole.

— Je ne suis pas convaincu pour Francesca. Nous pourrions reporter la date, évaluer nos options au moyen des réseaux royaux habituels.

J'ai besoin de temps pour trouver une solution avec Polly.

— Conclus ce jeu, fait mon père d'une voix éraillée. Fais le bon choix, Gabriel.

Ses paupières se ferment lentement.

— Le temps presse, murmure-t-il avant de s'endormir.

Ma mère s'adosse dans sa chaise et ferme les yeux. Elle a peu dormi, sans doute, à veiller mon père chaque fois qu'il se sent mal. Je lui serre l'épaule. Elle pose la main sur la mienne et la serre, à son tour, avant de me lâcher.

Ce n'est pas le moment de jouer les rebelles. Je sais ce que je dois faire : épouser la femme qu'ils m'ont choisie afin d'apporter la sérénité à mon père. Je me lève, incline la tête et prends congé.

J'arpente les longs couloirs du palais, parcouru d'une énergie fébrile. Je connais mon devoir, mes responsabilités, mais je ne peux pas m'y résoudre.

Une heure plus tard, mes pas m'ont conduit devant la porte de Polly. J'essaie d'ouvrir et ce n'est pas fermé. J'entre dans une chambre silencieuse. Il y a de la lumière, mais pas de Polly. La salle de bain est ouverte. Elle est sans doute du genre à ne pas fermer la porte, étant donné son absence de pudeur ou de bienséance. Ça me trouble, car c'est tout l'inverse de ce à quoi l'on m'a habitué. Cette femme est la rebelle que je ne serai jamais.

— Polly ?

J'entends un petit cri, puis elle apparaît, sur le sol à côté de son lit, vêtue d'une tenue de sport fantasque : une brassière bleu fluo et un micro-short noir en lycra.

— Salut ! Je faisais un peu de gainage. Ça me vide la tête et ça me donne du tonus.

Mon regard dérive vers son ventre plat et tonique, et ma bouche se dessèche. L'envie de la toucher me démange les doigts.

— Tu as les yeux de chambre à coucher les plus sexy que j'aie jamais vus, dit-elle en s'approchant.

Ses hanches ondulent et je suis hypnotisé.

Je l'attire dans mes bras et l'embrasse avec toute l'intensité que je ressens pour elle. Un long moment plus tard, je la libère, les yeux rivés aux siens. Je regrette que la situation ne soit pas différente, je regrette que nous n'ayons pas le choix.

— Ils ont choisi ma future épouse. Francesca.

Elle détourne les yeux et dit d'un ton posé :

— C'est logique, il ne reste qu'elle.

— Et toi.

Elle recule.

— Maintenant, nous savons tous les deux que c'est voué à l'échec. Je ne peux pas devenir reine de Villroy. Je ne suis pas à ma place ici.

— Un jour, tu épouseras quelqu'un d'autre. Un homme chanceux.

Sans doute un homme de chez elle. À moins qu'elle soit l'outil d'une alliance sans âme entre deux royaumes, comme moi. C'est affreux.

Je me laisse tomber lourdement sur le lit, les coudes sur les genoux.

— Je ne peux pas décevoir mon père. Il souffre et je veux qu'il ait l'esprit tranquille.

C'est alors que je songe à ce que mon père désire vraiment, à ce dont nous avons tous besoin, une solution pour Villroy. Du sang frais avec des idées neuves, comme l'a dit ma mère. Pour la première fois, je me dis que la nature rebelle de Polly, son esprit libre, pourraient bien être des atouts en sa faveur. Des valeurs à adopter et non à contraindre.

Je me redresse alors que cette nouvelle idée fait jour en moi.

— Tu ne corresponds pas au moule, mais c'est peut-être une bonne chose. Tu pourrais nous aider à apporter les changements dont cette île a besoin.

Elle me dévisage avec une profonde nostalgie. Elle comprend ce que je demande. Si elle acceptait de devenir ma femme, je me battrais pour elle. Enfin, elle détourne le regard, les lèvres pincées en une ligne étroite.

— Polly.

J'ai horreur des accents de désespoir dans ma voix. De toute ma vie, je n'ai jamais été désespéré. Rien n'avait jamais autant compté à mes yeux.

Elle s'assoit à côté de moi et exerce une douce pression rassurante sur mon bras.

— Francesca est intelligente. C'est la seule à avoir résolu le casse-tête d'économie. Je suis convaincue qu'elle peut vous aider dans vos problèmes. C'est un bon choix.

Sa voix est tendue. C'est tout à son honneur, elle essaie de se montrer raisonnable et de me placer sur le droit chemin.

— C'est elle que le roi et la reine ont choisie, pas moi.

Elle pose sa joue contre mon épaule et passe son bras autour du mien, entrecroisant nos doigts.

— Merci pour ton aide, Gabriel. Je l'apprécie beaucoup. Je ferai bon usage des fonds gagnés aujourd'hui. J'ai appelé chez moi et tout est réglé. Tu sauves peut-être une vie.

Je tressaille.

— Es-tu en danger, toi aussi ?

— Non, une personne chère à mon cœur. Elle ne va pas mourir, mais elle a besoin de mon aide pour vivre. Je ne peux pas t'en dire plus.

Je me pince l'arête du nez.

— Tu es quelqu'un de bien. Et moi, je suis la pire des personnes, parce que je ne veux pas te rendre ta liberté.

Je laisse retomber ma main et me tourne vers elle.

— Je veux que tu restes.

Lentement, elle secoue la tête.

— Je ne suis pas ce dont tu as besoin. Au fond de toi, tu le sais. Le roi et la reine le savent. Accorde-toi du temps et tu m'oublieras.

— Non. Polly, je vais devenir roi et j'ai besoin de…

— Quelqu'un d'autre.

Elle me lâche et s'écarte de moi.

— Tu accompliras ton devoir, parce que tu es un homme d'honneur. C'est dans ton ADN.

— Alors, tu me refuses ?

Elle prend une inspiration frémissante et fixe un point par-dessus mon épaule.

— Oui.

Je pose la main sur sa joue et la tourne vers moi. Ses yeux sont luisants de larmes qu'elle ne verse pas. Ce n'est pas facile pour elle non plus. Une véritable émotion est tapie sous la surface, qu'elle l'admette ou non.

Je ne sais pas qui prend l'initiative, mais nous sommes attirés l'un vers l'autre. Lentement, je l'étends sur le lit et nos bouches fusionnent. Elle referme les bras autour de moi. Au moins, nous pouvons nous accorder cela. Un peu plus longtemps.

∾

Anna

Je compartimente les choses, un exercice auquel j'excelle. Il y a la vie d'Anna, au pays, dans son salon de beauté, et il y a le conte de fées d'Anna, dans ce palais, les baisers volés (et autres activités plus obscènes) avec le prince héritier. C'est samedi soir et mon vol est réservé pour lundi matin. Ce week-end, je me prends pour une invitée de marque dans la famille royale. C'est le seul moyen de profiter un peu du temps qu'il me reste ici sans sombrer dans la déprime.

Je me rends dans la salle à manger afin de retrouver Gabriel et ses jeunes frères et sœurs pour le dîner. Je suis sûre qu'on les a convoqués pour connaître leur opinion sur les épouses potentielles. Francesca sera là, elle aussi. Sachant qu'elle recueillera tous les suffrages, je m'autorise à me détendre à la perspective de rencontrer autant de membres de la famille royale à la fois. Tout est en bonne voie pour Polly, ce qui m'allège d'un poids. Les fonds nécessaires ont été transférés à sa fondation privée. Elle pourra effectuer le virement nécessaire afin de régler les frais d'avocat. Je suppose qu'on finira par remarquer ce curieux transfert d'argent vers la Floride, mais elle espère avoir le temps ne s'enfuir très loin avant que cela n'arrive. Elle me manquera, mais je suis contente d'avoir joué un rôle dans sa vie, de l'avoir aidée à mener l'existence qui lui convient.

Gabriel m'attend, grand et fier, devant la salle à manger. Cet homme n'est jamais affalé, voûté. Il est d'une beauté sans pareille avec sa chemise immaculée, son pantalon de costume gris et ses chaussures en cuir noires. Mes joues s'empourprent et toutes mes terminaisons nerveuses vibrent comme si je venais de toucher un fil électrique. On dirait que mon corps se remémore la sensation de ses caresses et il me suffit de le voir pour éprouver de l'effet. Je suis accro. C'est une catastrophe.

Je m'efforce de rester légère.

— Salut, Appolon. Je suis la première arrivée ?

Il me sourit avec chaleur et mon pouls s'emballe dans mes veines.

— Emma et Phillip sont déjà là. J'attends encore les autres.

Il se penche pour déposer un baiser sur ma joue.

— Tu es magnifique.

Je ne peux retenir un immense sourire. Je porte une robe verte sans manches avec un décolleté, une ceinture à la taille. Mes fesses sont tout juste recouvertes. Je la trouve fabuleuse, mais ce n'est pas digne d'un château. Gabriel l'apprécie seulement parce qu'il m'apprécie, *moi*. À un autre moment, dans un autre lieu, dans une autre vie, nous aurions pu vivre quelque chose.

— Merci.

Il m'accompagne dans la salle, la main au bas de mon dos. Je m'arrête net et murmure :

— Tu ne devrais pas me toucher en public. Ce n'est pas juste pour Francesca.

Heureusement, elle n'est pas encore là.

— Je m'en fiche.

Il ne joue pas selon les règles. Il va tout gâcher pour une histoire condamnée d'avance. Il ignore qui je suis réellement. Cette famille s'enorgueillit de sa longue lignée, qui remonte jusqu'à l'époque des Vikings. Je l'ai lu dans la bibliothèque royale. Les Rourke ont une histoire fière, des fondations gravées dans la pierre – au sens propre du terme, avec la première forteresse viking. Les ruines ne sont pas loin du palais, un rappel constant de leur noble héritage. J'ai beau aspirer de tout mon cœur à des racines aussi profondes, je sais que je ne suis pas à ma place ici.

Je presse le pas pour esquiver sa main et je souris à son frère et à sa sœur.

— Bonjour, je m'appelle Polly. Ravie de vous rencontrer.

Phillip, le beau gosse royal que je reconnais d'après ses innombrables photos en ligne, se lève pour me saluer. Il m'accorde une chaleureuse poignée de main. Il ressemble à Gabriel avec ses épais cheveux bruns, ses beaux yeux turquoise et sa mâchoire carrée, mais dans l'ensemble, son visage est plus avenant. Gabriel serait peut-être comme son frère sans la pression constante du devoir.

— Je t'ai vue lors de ton arrivée, me dit Phillip. Tu étais tellement fascinée par Gabriel que tu ne m'as même pas remarqué dans le hall.

J'écarquille les yeux et mes pensées reviennent en arrière. Il a raison. J'ai fait un pas dans le palais et mon regard a été happé par Gabriel en smoking. Sa présence était tellement captivante que j'ai à peine pris conscience des autres personnes derrière lui. Tout s'est fondu en arrière-plan.

Mes joues virent au rouge et Phillip ricane. Nous nous tournons ensemble vers Gabriel. Ses yeux sont posés sur moi avec tendresse et un sourire danse sur ses lèvres. Je ne peux retenir mon propre sourire béat. Il est toujours aussi fascinant.

— J'ai beaucoup entendu parler de toi, Polly, reprend Phillip.

À contrecœur, je me détourne de Gabriel.

— En bien, j'espère !

J'en doute fortement. La reine ne doit pas tarir de critiques sur mon comportement inapproprié.

Phillip sourit, mais s'abstient de tout commentaire. Au lieu de quoi, il fait un geste vers Emma, assise à table en face de lui. Elle a tout d'une vraie princesse, de longs cheveux bruns soigneusement partagés par une raie centrale, de grands yeux noisette pleins d'innocence, un adorable petit nez et des lèvres roses rebondies. Sa tenue est modeste, une robe fourreau rose à manches courtes.

Elle me sourit sans se lever.

— Bonjour, Polly, je suis Emma. Nous avons regardé quelques extraits de la compétition ce matin. Quelle athlète ! As-tu vraiment la motivation pour gagner et épouser ce vieux ronchon de Gabriel ?

Elle lance un clin d'œil à son frère aîné.

— Le fait que les épreuves soient filmées devait rester secret, répond Gabriel dans une réprimande clémente.

Il doit adorer sa petite sœur, parce qu'en temps normal, il est plus bourru avec tout le monde. Un peu moins avec moi, cela dit. C'est l'effet du sexe sur un homme, ça le radoucit. Enfin, en l'occurrence, cela aurait plutôt tendance à le durcir. *Arrête de penser au sexe avec Gabriel !*

Emma plaque une main sur sa bouche, les yeux grands ouverts.

— Je suis désolée.

— Il n'y a pas de mal, répond Gabriel. Polly est au courant. Mais n'en parle pas quand Francesca sera là.

Il tire une chaise.

— Polly.

Je prends le siège qu'il m'offre et il s'assoit en bout de table, sur ma droite. Emma est en face de moi. Phillip change de place pour s'asseoir à côté de moi, s'attirant un regard noir de la part de Gabriel.

Ce dernier se tourne vers moi.

— Emma doit faire un mariage arrangé, prévu depuis ses seize ans. Ils se marieront peu après son vingt-cinquième anniversaire, dans quelques mois.

— Sérieusement ?

Je ne peux masquer mon étonnement. Je le comprends avec l'héritier, mais plus loin dans la fratrie, c'est curieux que l'on impose toujours des mariages arrangés.

Gabriel me répond sur un ton détaché.

— C'est la voie privilégiée. Ce concours entre aspirantes épouses est une exception notoire. Mes frères et sœurs doivent consentir au mariage arrangé, cependant. Ils peuvent demander un candidat plus conforme à leurs goûts. Emma a accepté le mari choisi pour elle sans poser de questions. Elle a toujours été une princesse digne.

À présent, son discours est plus mesuré. Je me demande s'il se détend quand il se sent à l'aise. Avec moi, au cœur de la nuit, il est différent : chaleureux, décontracté, un peu cochon. C'est ce que je préfère.

— Je fais mon devoir comme on l'attend de moi, répond-elle.

— Nous nous ressemblons beaucoup à cet égard, dit Gabriel en couvant sa sœur du regard.

— Les deux seuls de notre génération, ajoute Phillip. Tous les autres ont refusé le mariage arrangé. Mais vous deux, vous respectez vraiment le protocole à la lettre, pas vrai ?

Il se tourne vers moi.

— Pourtant, Emma arrive loin dans l'ordre de succession au trône. Elle adore suivre les règles et perpétuer la tradition.

Emma darde un regard noir sur son frère.

— Sans règles, c'est le chaos. Ce sont nos traditions qui nous font vivre. Villroy a une histoire très respectable et je veillerai à ce qu'il en reste ainsi.

— Qu'en penses-tu, Polly ? demande Phillip.

À vrai dire, je comprends les deux opinions. La liberté consiste à prendre ses propres décisions, mais il y a une certaine beauté à accepter sa place dans une histoire ancestrale. C'est leur tradition enracinée à Villroy qui leur donne le sentiment d'être à leur place dans ce monde. Je pense alors à Gabriel et façonne ma réponse de sorte à l'aiguiller vers le droit chemin.

— Il est vrai que les règles et les traditions peuvent avoir leur importance.

Les yeux de Phillip pétillent d'amusement.

— Et toi, aimes-tu suivre les règles ?

Je pouffe en répondant :

— Oh, non.

Oups ! N'oublie pas que tu joues un rôle, là.

— Enfin, oui. J'ai été éduquée pour suivre le protocole de mon royaume.

Je dois m'en tenir au script de la princesse.

Phillip me sourit.

— Mais ce n'est pas facile n'est-ce pas ?

— Non, dis-je en riant.

— Alors, parle-moi de toi. As-tu grandi aux États-Unis ?

Tous les regards sont braqués sur moi. Je ne veux pas tout gâcher pour Polly à ce stade du jeu. Moins j'en dirai, mieux cela vaudra.

— En partie.

— Pourquoi cela ?

Je me contente de répondre par monosyllabes.

— Pour l'éducation.

Phillip hoche la tête.

— Notre sœur Silvia a étudié aux États-Unis. Tu as dû y séjourner longtemps pour prendre l'accent.

— Hmm, hmm.

Je me concentre sur ma serviette, que je déplic sur mes genoux en attendant que mes joues retrouvent leur teinte normale. C'est la première fois que je dois répondre à un tel déferlement de questions au sujet de Polly.

La porte de la salle à manger s'ouvre. Sauvée ! L'arrivée

non pas d'un, ni de deux, mais de *trois* beaux princes est un véritable soulagement. Ils sont vêtus à l'identique, avec des chemises élégantes et des pantalons de costume. Tous arborent les mêmes cheveux bruns épais et une carrure musclée et élancée. L'un d'eux porte une barbe soigneusement taillée, les deux autres une ombre sexy au menton.

— Et voilà le célibataire royal, star de l'émission de télé-réalité des Rourke ! lance l'homme à la barbe en désignant Gabriel.

Il fait mine de lui tendre un micro :

— Qui allez-vous choisir, Polly ou Francesca ?

Gabriel le foudroie du regard.

— Idiot. C'était censé être un secret. Tu as de la chance que Polly soit déjà au courant. Ne mentionne *pas* la télé-réalité devant Francesca. Elle ne devrait pas tarder, maintenant.

Le barbu me sourit sans la moindre contrition dans le regard. Ses yeux ont la même teinte océane que ceux de Gabriel.

— Désolé. Bonjour, Princesse Polly. Je m'appelle Lucas.

Il me serre la main et se tourne vers Gabriel.

— Nous avons tous regardé l'émission tout à l'heure, quand nous avons rendu visite à Père. Ils ont oublié la cérémonie de la rose, cela dit.

— Ça suffit, rétorque Gabriel.

Lucas exécute un salut, puis il se tourne vers moi en tendant le pouce en direction des nouveaux venus.

— Le moche, c'est Oscar, le roublard, Adrian.

Oscar me sourit. Cet homme est d'une beauté à tomber. Honnêtement, si je devais choisir, c'est lui que je présenterais comme le beau gosse royal dans la presse. Gabriel est le plus beau, naturellement, mais il est au-dessus de toutes ces bêtises.

Oscar me fait le baise-main. Ses yeux turquoise sont chaleureux lorsqu'ils rencontrent les miens.

— Le vilain petit canard attend toujours de se transformer en cygne. Enchanté de faire ta connaissance, Polly.

Je rougis.

— Merci. Moi de même.

Adrian me salue avec effusion – une fois n'est pas coutume, il a des yeux noisette – avant de prendre place à côté d'Emma.

Je me tourne alors vers Gabriel et je murmure :

— Pourquoi a-t-il dit qu'Adrian était roublard ?

— C'est un as du poker.

— Ah.

— Silvia vient d'arriver, annonce Lucas. Elle est tout de suite allée voir Père.

C'est sa plus jeune sœur, la jumelle d'Adrian.

Gabriel penche la tête.

— Tout le monde est là, n'est-ce pas ? demandé-je. Où est Francesca ?

— Je n'en sais rien.

Gabriel ordonne à un domestique d'aller la chercher.

Un sentiment de malaise m'envahit. Et si elle avait renoncé ? Si elle était tombée malade ? Je ne peux pas être le seul point de mire de cinq princes et princesses sans commettre une bévue à un moment ou à un autre.

Lucas sourit à Gabriel. Ses dents blanches ressortent sur le contraste de sa barbe sombre.

— Je n'en reviens pas que tu te sois adonné à cette compétition. Tu es devenu fou, ou quoi ? C'est la seule explication raisonnable.

— C'était le moins que je puisse faire pour notre père étant donné son état de santé.

— Je croyais qu'on ne devait pas en parler devant des étrangers, chuchote Emma.

Tous les yeux se tournent vers moi et je regarde Gabriel.

Il expulse un souffle bref et dit :

— Je m'en suis ouvert à Polly parce qu'elle traverse le même calvaire avec son père.

Ses frères et sa sœur me regardent avec compassion. Je hoche la tête, clignant frénétiquement des paupières en songeant à Mike.

Gabriel poursuit :

— Ce concours lui a apporté beaucoup de bonheur dans

ses derniers jours. Je suis désolé de vous avoir caché la gravité de son état. Il n'en a plus pour très longtemps.

Soudain, l'importance que Gabriel choisisse la bonne épouse me frappe de plein fouet. Je savais que son père allait mal, mais je n'avais pas conscience qu'il vivait ses derniers instants. Pas étonnant qu'ils aient organisé cette compétition insensée pour nous éliminer une par une en une seule semaine. Il doit choisir Francesca. La bile remonte dans ma gorge. Je savais qu'il devait en épouser une autre, mais cette réalité me retourne l'estomac. Il est encore trop tôt.

— Quoi ? s'exclame Lucas. Je lui ai rendu visite tout à l'heure et il ne m'en a pas parlé. D'ailleurs, il a même plaisanté avec moi.

— Il te protège aussi. Il veut que tu profites de la vie. Je voulais que vous puissiez lui dire au revoir.

Le silence retombe dans la salle.

— Ce sont vraiment ses derniers jours ? demande Phillip. C'est ce qu'a dit le médecin ?

— D'après le médecin, on ne peut plus rien faire, répond Gabriel abruptement. Il est au plus mal, il souffre, il dort beaucoup, il s'éteint.

Sa voix s'enroue et, par compassion, une boule m'obstrue la gorge. Il s'éclaircit la voix.

— Nous devons prendre des décisions pour l'avenir de Villroy. Nous devons être prêts.

Un autre silence traîne en longueur alors que la douloureuse réalité s'impose à tous les esprits. Je suis contente que ses frères et sa sœur soient au courant. Pendant trop longtemps, Gabriel a porté ce fardeau tout seul, à bout de bras. Maintenant, ils peuvent se réconforter les uns les autres.

Lucas me désigne d'un geste.

— J'en déduis que tu fais partie de ces décisions futures. Gabriel s'est confié à toi. Il ne se confie jamais à personne.

Cette dernière phrase était amère. Je ne peux pas le lui reprocher. Ce ne doit pas être facile d'être évincé d'un sujet aussi crucial.

Je change de position sur ma chaise, le cœur serré parce que je sais que je n'ai aucune place dans l'avenir de Gabriel.

— En fait, Francesca est une merveilleuse candidate. J'ai conseillé à Gabriel de la choisir.

Ma voix chevrote et j'enchaîne avec un énorme mensonge :

— Je leur souhaite le meilleur à tous les deux.

Ce que j'aurais souhaité, c'est que Gabriel ne soit pas le prince héritier attaché à ses devoirs et à ses obligations. Je suis incapable de le regarder, même si je sens ses yeux sur moi.

— Ce n'est pas à Gabriel de choisir, pourtant, n'est-ce pas ? demande Emma. En tant qu'héritier, il a besoin de l'approbation du roi et de la reine.

— Ils souhaitent Francesca, eux aussi.

Je me tourne vers Gabriel :

— C'est ce que tu as dit.

Il serre les dents.

— Ohé, fait Lucas, dont le regard alterne entre Gabriel et moi, avant de demander à son frère : Si la décision est déjà prise, pourquoi nous fais-tu rencontrer Polly ?

Il se tourne vers moi.

— Ce dîner avec toi ne nous dérange pas, bien sûr, mais je croyais que je devais donner mon avis sur…

— Lucas ! s'exclame Emma. C'est très grossier de ta part. Polly, nous sommes tous très heureux de faire ta connaissance, indépendamment de la compétition. Nous devrions peut-être commencer par boire un verre.

Elle fait signe au serviteur.

— Excellente idée !

J'ai presque crié et tout le monde me regarde. Pour détendre l'atmosphère, j'agite le doigt en chantonnant :

— C'est la fête…

Gabriel reste de marbre, mais ses frères ne peuvent retenir un sourire. Emma reste guindée, sans doute parce que je ne me comporte pas comme une princesse le devrait.

Ce sera un soulagement de ne plus faire semblant. Mais alors, cela voudra dire que j'ai perdu Gabriel… Je m'arrête net. Non. Je vais profiter de cette soirée en tant qu'invitée d'honneur de la famille royale.

12

———

Gabriel

Quand le dessert arrive, je sais déjà que Phillip adore Polly. D'ailleurs, il est devenu très copain avec elle et ses tentatives pour la séduire me sont insupportables. Francesca est ici, à côté d'Adrian, mais c'est essentiellement avec Emma qu'elle discute. Les deux femmes s'entendent bien, toutes les deux éduquées selon le même modèle, avec le sens des convenances et du décorum. Je n'en reviens pas d'avoir moi-même recherché ces qualités chez une femme.

Oscar se lève de table.

— Quelqu'un voudrait se joindre à moi pour un dernier verre sur le toit ?

Il a toujours été partant pour faire la fête. J'aimerais garder Polly pour moi tout seul, mais je ne veux pas le montrer en présence de Francesca. Je m'apprête à déclarer que je suis fatigué quand Polly s'exclame :

— Avec plaisir !

Il sourit et la rejoint pour tirer sa chaise en parfait gentleman. Un autre frère que je vais devoir garder à l'œil. Ils croient tous que je suis destiné à Francesca, et donc, que Polly est accessible. Hors de question que je la partage pour notre dernier week-end ensemble.

— Une fille comme je les aime, déclare Oscar. Tu vas

adorer le toit. C'est un jardin en terrasse et la vue est spectaculaire. On peut voir toute l'île.

— Je viens avec vous, lance Phillip.

Tout le monde a envie de monter, à l'exception d'Emma qui se retire dans sa chambre. Elle ne plaisante pas avec son sommeil et se couche invariablement à la même heure, en toutes circonstances. Je ne la juge pas. C'est la seule d'entre nous qui soit toujours fraîche et dispose au petit matin. Silvia est restée avec notre père, alarmée par son changement depuis sa dernière visite, six mois auparavant. Elle habite aux États-Unis avec son mari, désormais, et elle ignorait à quel point notre père allait mal.

Je me lève.

— Moi aussi, je viens. Et toi ? demandé-je à Francesca.

— Naturellement, murmure-t-elle, les yeux baissés. Si Son Altesse souhaite ma présence.

Ce sera une épouse agréable, tranquille, modeste, raffinée. Tout l'inverse de Polly.

— Cela nous donnera du temps pour apprendre à mieux nous connaître.

Ces mots ont un goût amer sur ma langue. J'attends qu'elle s'entretienne brièvement avec sa femme de chambre, une vieille dame qui doit aussi jouer les chaperons. Elle ne la quitte sous aucun prétexte. Polly sort en compagnie de mes frères en me saluant d'un petit geste de la main.

Je penche la tête, la mâchoire contractée. Tout ce que je souhaiterais, c'est de retourner dans ma chambre avec Polly. Elle m'a transformé en démon du sexe. Chacune de nos rencontres est plus sulfureuse que la précédente. Elle ne retient rien et j'ai toujours envie de plus. Rien que d'y penser, je suis tout excité. Je m'efforce de penser à autre chose, aux galas de charité insipides et aux conversations sans intérêt, par exemple. Je frémis. J'ai horreur de parler de la pluie et du beau temps.

Enfin, Francesca et sa femme de chambre semblent avoir trouvé un accord. Elles monteront toutes les deux sur le toit. Je les conduis dans l'aile est d'un pas vif et nous gravissons les marches menant au toit-terrasse. Il y a de la place pour une cinquantaine de personnes et l'endroit est exclusivement réservé aux membres de la famille royale. Cela dit, Phillip y a organisé un enterrement de vie de garçon à l'occasion du dernier mariage désastreux qui s'est tenu au palais. Il a commis beaucoup d'entorses au protocole pour tenter de faire de Villroy la destination de mariage par excellence. Je devrais me réjouir que cette initiative ait tourné au vinaigre, parce que même lui a reconnu que l'idée était épouvantable.

L'alcool coule à flots et les lumières intégrées aux dalles de pierre propagent une douce lueur. Les haut-parleurs diffusent du jazz à bas volume. C'est une chaude soirée de juin et les étoiles scintillent dans le ciel. Ce moment est propice au romantisme. *Depuis quand suis-je romantique, moi ?* Mes émotions sont peut-être à fleur de peau depuis que je sais que je vais bientôt perdre mon père. À moins que ce soit *elle*.

Mon regard se pose sur Polly qui rit avec Phillip. Je me surprends à sourire rien qu'en la regardant. Elle est radieuse, belle dans sa joie sans retenue, dans sa manière simple de profiter de la vie. Je prends lentement conscience que quelqu'un me regarde. Je me retourne et croise alors les yeux de Francesca. Elle est debout non loin de moi. Je ne suis pas juste envers elle.

Je la rejoins.

— Aimerais-tu danser ?

— Personne ne danse, Votre Altesse, répond-elle avec embarras, les yeux sur ses orteils. Ce ne serait pas convenable.

— Très bien. Puis-je t'offrir un verre ?

— Non, merci.

Ses manières polies et irréprochables me tapent sur les nerfs, mais je fais bonne figure et je m'efforce d'entretenir une conversation agréable.

— Qu'as-tu pensé de la compétition ?

Elle croise mon regard, l'espace d'un instant, avant de détourner les yeux.

— C'était... difficile, mais je sais que la récompense en vaut la peine.

Elle parle de moi.

— Merci.

Polly lâche un glapissement et je me retourne pour voir Lucas la renverser dans ses bras. Mes frères se la refilent, ou quoi ? Il n'y a pas une minute, elle riait avec Phillip. Lucas la redresse et ils se lancent dans un tango endiablé. Je ne peux détacher les yeux du spectacle. Ils vont bien ensemble et ils dansent avec une synchronisation parfaite. Une boule me plombe le ventre. *Bon sang, elle est à moi.*

Oscar lui tape sur l'épaule et lui fait signe que c'est son tour. Lucas lui remet alors Polly et mon autre frère l'entraîne dans une valse voluptueuse. Elle jette un œil par-dessus son épaule et sourit à Lucas, qui fait mine d'essuyer quelques larmes.

Je ne veux plus partager. Je m'avance vers Polly quand Francesca déclare :

— Elle ne peut pas gagner ce concours. Elle n'est pas convenable pour une reine.

J'en suis conscient, mais je l'ai trop souvent entendu, ces derniers temps.

— C'est à moi d'en décider, rétorqué-je avant de foncer vers Polly et Oscar sans un regard en arrière.

— À moi, dis-je sèchement.

— Pas question, répond Oscar. J'ai au moins droit à cette chanson.

Je le bouscule et il n'insiste pas, levant les paumes en signe de paix.

— D'accord, mon vieux, fait-il en riant. Jaloux comme un pou !

J'ignore sa répartie, car je ne suis jamais jaloux. Je suis au-dessus de cette mesquinerie. C'était mon tour, ni plus ni moins. J'attire le corps souple de Polly contre le mien, un bras autour de sa taille, l'autre dans sa main tandis que je mène la danse. La tension qui m'a crispé pendant toute la soirée retombe aussitôt, maintenant qu'elle est de retour dans mes bras.

Elle pose une main sur mon épaule et se hisse sur la pointe des pieds pour chuchoter à mon oreille :

— J'ai beau adorer danser avec toi, Francesca va me jeter

par-dessus la balustrade si tu ne me lâches pas. Ses yeux lancent des poignards en ce moment même.

— Je lui ai proposé une danse et elle a refusé. J'ai fait mon devoir.

— Elle a refusé ? Je ne comprends pas. Elle n'a pas vu à quel point tu étais canon ?

Je souris. Son langage familier me plaît.

— Il faut croire que non. Elle n'en a peut-être qu'après mon royaume.

— Et moi qui la croyais intelligente, fait-elle avant de regarder autour d'elle. Oh, non ! Gabriel, elle est partie. Elle a dû se sentir insultée en te voyant danser avec moi.

Elle me repousse doucement, mais je n'irai nulle part.

— Va la retrouver et présente-lui tes excuses. Il faut qu'elle sache que tu tiens à elle.

Sauf que ce n'est pas le cas. Pas du tout. Je réponds à voix basse :

— Tu pourrais rester.

Elle tente de se dégager, mais j'affermis mon étreinte. Ses yeux sont hagards, suppliants.

— Je suis désolée, je ne suis pas… je ne peux pas, fait-elle en se tortillant. Allons boire un verre !

— Après cette danse.

Elle pousse un soupir théâtral, mais un instant plus tard, elle a posé sa joue sur mon torse, à l'emplacement de mon cœur. Je ne la laisse pas indifférente. Peut-être même partage-t-elle les mêmes sentiments profonds que j'éprouve chaque fois que je la vois.

Je me penche à son oreille et murmure :

— Mes parents ont connu un mariage arrangé qui s'est changé en amour. Moi aussi, c'est ce que je veux.

Je retiens mon souffle. Je suis en train de lui avouer à mots couverts que je l'aime et mon cœur oscille dans le vent.

Elle s'écarte et croise résolument les bras.

— Francesca est ton mariage arrangé qui pourrait se changer en amour si tu lui laissais sa chance.

Tout mon être se tend vers elle : mon corps, mon cœur et mon âme.

— C'est toi que je veux. Polly, je t'aime.

Elle me dévisage et fronce les sourcils. On dirait qu'elle se retient de pleurer.

Je m'avance pour la serrer contre moi, effacer le chagrin de son regard.

— Polly.

— Ne fais pas ça, chuchote-t-elle. Je ne mérite pas ton amour.

— Comment ça ?

— Votre danse est déjà finie ? demande Phillip en surgissant de nulle part. À mon tour.

Il tend la main et Polly l'accepte avec un petit sourire forcé.

Quant à moi, je m'éloigne vers le chariot des alcools et je me sers un verre de whisky. Je me fiche que Phillip danse un slow avec Polly. Bon, ça m'ennuie peut-être un peu. Beaucoup. C'est plutôt le fait qu'elle refuse d'envisager l'amour comme un facteur plus important que toutes les attributions qui accompagnent ma vie. Elle mérite mon amour, c'est évident. Elle représente tout ce que je désire, tout ce dont j'ai besoin.

Oscar et Lucas me rejoignent au bar.

— Bonsoir, prince charmant, susurre Lucas.

— Hmm, bonsoir, répond Oscar.

Ils ricanent. Lucas décoche à Oscar un coup de coude.

— Tu vois de qui je veux parler, Monsieur Balai-dans-le-cul.

Je garde les yeux rivés sur Polly.

— Allez vous faire voir, lancé-je à mes deux petits frères agaçants.

Comme ni l'un ni l'autre ne semble vouloir bouger, je les regarde froidement.

Ils m'ignorent royalement. Lucas se verse du scotch. Oscar lève son verre et l'autre le sert à son tour. Ensemble, ils boivent en se retournant pour admirer Polly. Moi aussi. Elle est indéniablement sexy, à se déhancher sous la lune, son corps d'une sensualité troublante alors que Phillip la tient par la main et la fait tournoyer langoureusement. Phillip a toujours eu toutes les femmes à ses pieds avec son charme et son charisme. Dommage qu'il soit foncièrement monogame, parce que ça ne lui a pas franchement réussi. Sa dernière relation s'est terminée au bout de cinq ans et la presse a fait ses choux gras de la séparation de ce couple doré. Il était anéanti. C'est sans doute pour ça qu'il s'est lancé dans un tour d'Europe, suscitant l'attention de tous les médias. Il semble vouloir se poser à nouveau. Peut-être est-il prêt pour une autre relation. Seulement, ce ne sera pas avec Polly.

— Elle est formidable, dit Lucas.

Je me raidis. Je ne suis pas d'humeur à subir leurs taquineries.

— Oh, oui. Fantastique, renchérit Oscar.

Je les fusille des yeux.

— Arrêtez de parler d'elle.

Lucas se tourne vers mon autre frère et fait mine de chuchoter en aparté :

— Il l'aime bien.

Oscar sourit.

— Il l'aime *bien* ou il l'*aime* bien ?

— La ferme, dis-je en lui assenant un petit coup sur la tête. Gros malin.

— Sérieusement, reprend Lucas, tout le monde a bien vu le désir dans tes yeux quand tu la regardes. Et je te comprends, mais elle ne ferait pas une bonne reine. Elle a de la personnalité, pas franchement le masque de princesse parfaite que tu recherches.

— Et elle s'habille sexy, commente Oscar.

L'autre acquiesce. Quant à moi, je les ignore. Ils essaient seulement de m'énerver.

Lucas reprend avec philosophie :

— Même avec un relooking de reine, je ne suis pas convaincu qu'elle convienne à ce que tu es, Gabriel.

— Elle irait mieux avec Phillip, ajoute Oscar.

C'est vrai que Polly et Phillip vont bien ensemble. Ils semblent spontanés et naturels alors même qu'ils viennent à peine de faire connaissance. Ils discutent comme de vieux amis. *Non.* Tout mon être se rebelle à cette pensée. Je n'ai jamais été très rebelle avant de rencontrer Polly. Je n'en avais peut-être jamais eu besoin auparavant.

Je me tourne vers mes frères.

— Vous êtes deux abrutis.

Lucas se frotte la barbe d'un air pensif.

— Je ne sais pas. Phillip ressemble un peu trop à Gabriel et Polly me paraît jeune.

Les deux danseurs tournoient lentement. Mon frère sourit comme si elle était la plus belle chose qui lui soit arrivée depuis des années.

Lucas poursuit :

— Je trouve qu'elle irait mieux avec…

— Moi, dis-je sèchement. Je me fiche de…

— Votre Altesse, j'aimerais danser maintenant.

Les cheveux se dressent sur ma nuque et je me tourne lentement vers Francesca, debout derrière moi. A-t-elle entendu notre conversation ? Zut. Je croyais qu'elle était partie. Elle est seule, à présent, libérée de sa chaperonne. Elle a dû s'éclipser quand elle m'a vu danser collé-serré avec une autre femme. La culpabilité pèse sur ma conscience. Je ne lui ai pas laissé sa chance. Mon cœur est déjà pris. Qui aurait cru que cela puisse arriver aussi vite, aussi intensément ? Le moins que je puisse faire, c'est traiter Francesca avec égard. Elle s'est probablement débarrassée de sa chaperonne pour pouvoir danser avec moi.

Je lui prends la main et la conduis vers un coin tranquille pour danser. Elle est raide, sa main froide, ses mouvements précis. À l'évidence, elle a suivi des cours de danse.

Après quelques minutes, sa main est toujours aussi glaciale. Le soleil est couché, et pourtant la température est douce et agréable.

— Vous avez froid ? je demande. Nous pourrions rentrer.

— Il fait frais, Votre Altesse.

— Je vous raccompagne. Un instant.

Je rejoins Phillip et Polly qui ont cessé de danser et bavardent amicalement. Je m'adresse à mon frère, mais c'est pour faire savoir à Polly ce que je veux qu'elle sache.

— Je raccompagne Francesca à sa chambre et je reviens.

— Prends ton temps, répond Phillip sur un ton guilleret.

Polly me fait un petit sourire avant de se détourner.

À mon tour, je me retourne pour accomplir mon devoir, les membres un peu plus lourds à chaque pas.

~

Anna

Le moindre petit bruit me fait espérer, j'attends de revoir Gabriel, mais toujours rien. Ça fait plus d'une heure qu'il n'est pas revenu. Il devait raccompagner Francesca à sa chambre. Je me dis que c'est pour le mieux. Il fait ce qu'on attend de lui, à savoir nouer une relation avec sa future épouse. J'essaie de passer un bon moment avec Oscar, Lucas, Phillip et Adrian. Ils sont impayables, tous les quatre. Adrian a proposé une partie de poker. J'ai fait équipe avec lui, étant donné que je ne sais pas jouer. Il m'a appris un tas de choses. Malgré tout, je n'ai pas cessé de penser à Gabriel. Il ne me reste que deux nuits au palais avant de devoir lui dire adieu à jamais. Est-il entré chez Francesca pour tester leur compatibilité conjugale ? J'ai honte de mes pensées. Après tout, il ne m'appartient pas.

Enfin, je quitte la table de jeu et j'invente une excuse pour me retirer.

— J'ai passé une merveilleuse soirée, les garçons. Je suis crevée, je vais aller me coucher.

— Oh, c'est encore tôt, déplore Adrian en battant les cartes. Encore une partie.

— Même avec tes bons conseils, je crois que je suis nulle à ce jeu, dis-je en riant. À demain, j'espère.

— Nous serons là, répond Adrian en distribuant les cartes.

Il suspend son geste et lève la tête pour ajouter, d'une voix rauque et amère :

— Personne ne veut s'éloigner maintenant que nous connaissons la vérité sur la santé de mon père.

Il est furieux d'être resté dans l'ignorance. Comme les autres, j'imagine.

— Je crois que Gabriel essayait de vous protéger à la façon d'un grand frère.

Adrian fait grise mine.

— Il n'y a pas que lui. Nos parents ne nous ont rien dit, eux non plus. Nous ne sommes pas des enfants.

Je ne sais pas quoi dire. C'est une situation difficile à tous points de vue.

— Je suis vraiment désolée.

Lucas lève alors les yeux et demande :

— Dis-nous la vérité, Polly. As-tu vraiment l'intention d'épouser mon frère ? Ce n'est pas du tout ton genre.

Aussitôt, je me hérisse :

— Pourquoi cette question ?

— Tu vois ce que je veux dire, fait-il en haussant les sourcils. Tu es pleine de vie, et lui non.

— Ne sois pas si dur avec lui, répliqué-je. Depuis sa naissance, il porte un fardeau énorme sur ses épaules. Ce n'est pas parce qu'il ne se plaint pas que c'est facile pour lui. Il est fort, si fort qu'on ne devine pas ce qui se passe sous son expression stoïque.

Les mots me viennent spontanément.

— Il est tout ce qu'un roi doit être. C'est un homme honorable. Et tu trouves que ce n'est pas mon genre ? J'aurais de la chance d'avoir un homme comme lui.

Malheureusement, c'est impossible. Ma gorge se noue et je suis incapable de prononcer un mot de plus.

Quatre paires d'yeux me dévisagent avec une curiosité manifeste.

— Ça va ? demande Phillip.

— Gabriel mérite votre respect, dis-je avant de tourner les talons pour m'éclipser.

En arrivant au deuxième étage, je sais où mes pas me dirigent. C'est plus fort que moi. J'ai besoin de le voir une dernière fois avant de m'en aller à jamais.

Sa porte n'est pas fermée. J'espère qu'il m'attend. J'espère de tout mon cœur qu'il est ici et non chez Francesca.

Lentement, je l'ouvre et j'entre, refermant la porte derrière moi. Je tire le verrou. Il est en train de lire dans son lit. En me voyant, il pose son livre sur la table de chevet.

— J'ai essayé de garder mes distances, lui dis-je sans préambule.

Il sort du lit et s'avance.

— Moi aussi.

Je me précipite vers lui et je me jette dans ses bras, le cœur battant contre ma cage thoracique. Il me serre contre lui pendant un moment avant de me guider sur le matelas. Avec tendresse, il écarte mes cheveux et pose la main sur mon menton.

Un moment de silence pesant s'écoule et nous retenons notre souffle, les yeux dans les yeux.

Enfin, ses lèvres rencontrent les miennes et je me sens chez moi.

13

Anna

Je m'effondre sur le lit, le souffle court, après un autre marathon sexuel au petit jour. Je me sens molle comme une nouille trop cuite, éreintée et comblée. Le sommier grince quand Gabriel se lève et se dirige vers la salle de bain attenante. Je suis trop fatiguée pour le suivre. Quelques instants plus tard, il est de retour. Il me soulève dans ses bras et m'allonge sur son corps. Il ramène la couverture autour de nous, formant un cocon de chaleur. Je pose la tête sur son cœur et j'écoute le cognement régulier.

Il passe une main dans mon dos.

— Comment occupes-tu tes journées dans ton royaume ?

Je me crispe. Je n'aime pas lui mentir.

— Polly ?

Je lève la tête. Les premières lueurs de l'aube filtrent à travers les rideaux, illuminant son beau visage. Ses yeux ne me quittent pas. Sa mâchoire est crispée, obscurcie par une barbe d'un jour. J'adore cette version un peu débraillée.

— Tu dois bien faire quelque chose, insiste-t-il.

— J'ai beaucoup de responsabilités et je travaille dur. J'ai envie d'accomplir quelque chose sur la durée.

Il sourit.

— Ça me plaît.

Encouragée, et contente de pouvoir rester moi-même, je lui ouvre mon cœur :

— Pour moi, ce n'est pas parce qu'on travaille dur qu'on ne peut pas s'amuser. J'essaie de créer des liens avec les gens. C'est tellement important pour eux de se sentir reconnus. On fait des merveilles avec un esprit positif.

C'est le secret de ma clientèle fidèle, mais je le garde pour moi. Je reste concentrée sur mon objectif spécifique, posséder mon propre salon à trente ans, pourtant il n'y a pas que ça. J'apprécie sincèrement mes clientes. J'aime les aider à se sentir bien dans leur peau. Et puis, il est vrai que je suis une entrepreneuse dans l'âme, indépendante et motivée.

Il caresse mon visage à une main.

— Tu pourrais être d'une aide précieuse pour Villroy, pour moi…

— Parle-moi de ta période un peu folle avant que les obligations et les devoirs te tombent dessus.

— S'il te plaît, pense à rester. C'est tout ce que je te demande.

— Je suis déjà pieds et poings liés à mes propres responsabilités. C'est impossible.

— Pas impossible.

Je sais que je ne peux pas en dire plus. Il croit toujours que je suis une princesse. Si je lui dis la vérité, il va me détester. Il est amoureux d'une chimère.

Je quitte son corps pour me redresser dans le lit.

— Je ferais mieux d'y aller.

Sa main me retient le poignet.

— Reste et je te parlerai de ma période d'insouciance.

Je lui adresse un petit sourire, le cœur gros.

— Je savais bien que tu étais passé par là.

Je m'allonge sur le côté et je cale ma tête sur mon coude pour l'écouter. Je me surprends à sourire quand il me raconte les farces qu'il faisait à ses frères et sœurs, dans son enfance, ses premiers émois amoureux dans la grotte même où nous nous sommes embrassés (classique) et même des bagarres de bar qui ont causé du tort à sa réputation.

— C'est pourquoi j'ai fait profil bas ces dernières années,

avoue-t-il. Je me suis tenu à l'écart de la presse, des projecteurs, j'ai même rasé ma barbe pour passer inaperçu. J'ai déshonoré mon rang.

— Oh, je t'en prie, tu ne pourrais pas déshonorer ton rang. Tu es l'honneur incarné.

Je lui caresse le bras dans un geste apaisant.

— Maintenant, je sais pourquoi je ne t'ai pas reconnu quand nous nous sommes rencontrés et que je t'ai pris pour le majordome. Tu devais mourir de rire, intérieurement !

Il ricane.

— J'aurais peut-être ri si je n'étais pas tellement énervé par ces cérémonies de mariage désastreuses.

— Le mariage *furry* ! Des barres de rire…

Nous laissons libre cours à notre hilarité. Puis il roule sur moi et m'embrasse. Je ferme les yeux et, une fois de plus, il m'emporte loin de la réalité.

Je retourne en catimini dans ma chambre samedi matin, un peu plus tard que prévu, en espérant y arriver avant ma domestique. Bien sûr, je me fiche de ce qu'elle pense de ma relation avec Gabriel. Ça reste entre nous deux. Mais je n'ai pas envie de créer des ennuis avec Francesca. Il fallait que je tombe amoureuse d'un homme inaccessible ! C'est peut-être pour cela que je me suis confiée à lui, parce que c'était sans danger. Il ne peut pas m'envisager sérieusement, de toute manière. J'ai peut-être un complexe de l'abandon lié au fait que je suis orpheline, mais je me sens bien, en cet instant, et je n'ai pas envie de m'attarder sur la question. Le bonheur intense que j'éprouve me dépasse. Le souvenir de notre nuit d'amour me restera très longtemps.

J'entre dans ma chambre et pousse un soupir de soulagement. Toujours vide. Je rejette les couvertures pour faire croire que j'y ai dormi et je me réfugie dans le luxe de la douche. La nuit m'a épuisée. Comme nous savions que le temps nous filait entre les doigts, nous voulions en profiter au maximum. Je ferme les yeux dans la vapeur d'eau et mon esprit dérive vers le plaisir que nous nous sommes donné. Je soupire en revivant chaque instant de nos ébats.

À ce que je sache, la compétition est terminée, alors après ma douche j'enfile une jolie robe d'été verte et blanche à rayures ainsi que mes sandales. Je pourrais paresser sur la plage aujourd'hui. Gabriel et ses frères se joindront peut-être à moi. Ce n'est pas la même chose que si nous étions tous les deux, mais… c'est encore le mieux que je puisse faire étant donné la situation avec Francesca.

Quelqu'un frappe discrètement à la porte alors que je termine de m'habiller. Sans doute Anna. C'est une discrète.

— Entrez ! lancé-je.

Anna apparaît, exécute une révérence aussi excessive qu'inutile, et déclare :

— La reine demande à vous voir dans son salon privé le plus tôt possible.

Un frisson d'excitation me traverse. La dernière fois que j'ai été convoquée dans le salon privé de la reine, c'était pour y retrouver Gabriel.

— J'arrive.

Elle me suit en précisant :

— Il s'agit vraiment de la reine, cette fois.

— Que se passe-t-il ?

— Je l'ignore. Elle a demandé à voir Francesca aussi.

Un vague souvenir me chatouille le cerveau. Gabriel a bien précisé que dimanche, nous devions rencontrer la reine. Cela m'avait complètement échappé tant j'étais angoissée à l'idée de partir.

— Je crois qu'elle va faire son choix aujourd'hui, dis-je.

— J'espère que ce sera vous, Votre Altesse.

La ferveur de sa remarque m'étonne.

— Merci, Anna, j'apprécie. Il ne vous aura pas échappé que je ne suis pas à ma place dans le moule royal qu'ils imposent au palais. Chez moi, l'ambiance est bien plus décontractée.

— Nous avons besoin de décontraction, ici aussi. Je vous trouve parfaite, Madame.

Je m'arrête net, la gorge nouée. *Moi ? Parfaite ?* Je me jette à son cou pour la serrer contre moi.

— Vous êtes la meilleure ! lui dis-je.

Elle rougit en opinant. Quel amour.

Nous arrivons dans le salon. Ce n'est pas le même que lors de mon entrevue avec Gabriel. Anna esquisse une courbette et disparaît.

La reine est assise sur un fauteuil à haut dossier, tirée à quatre épingles. Elle porte une robe lavande à manches courtes avec un cardigan blanc – du cachemire, sans doute. Son expression est aussi grave qu'une tombe. Gabriel est à côté d'elle sur un sofa de velours bleu. Il me sourit, mais ses yeux demeurent froids. J'ignore ce qui s'annonce, mais ce n'est pas bon signe.

Je m'approche de mes hôtes et je m'incline devant la reine. Je plie les genoux aussi, même si c'est difficile avec une robe aussi moulante.

— Bonjour, Votre Majesté.

— Bonjour, répond-elle sur un ton impassible.

Je me tourne vers Gabriel. Nos regards se croisent, intenses. Mon cœur rate un battement et ma bouche se dessèche. Toutes mes terminaisons nerveuses sont parcourues par un courant électrique qui vibre à l'unisson avec son corps. Je parviens à exécuter une révérence.

— Bonjour, Votre Altesse.

— Bonjour, Polly.

Au lieu de ça, je crois entendre : *Je t'aime.* La chaleur de sa voix m'enveloppe comme une étreinte. Mon cœur cogne à mes oreilles et mes genoux faiblissent.

La reine arque un sourcil. Apparemment, elle a remarqué le timbre inhabituel de sa voix.

Gabriel me fait signe de prendre place sur l'autre sofa bleu assorti au sien et je m'assieds en face de lui.

Francesca entre alors, en compagnie de sa femme de chambre. Elle marche lentement, les yeux baissés. Elle porte une robe en dentelle blanche qui met en valeur sa peau au teint d'olive. C'est une tenue modeste, au col haut et à manches courtes, qui se termine sous ses genoux. Je ne peux m'empêcher de me demander si elle a délibérément choisi une robe d'allure nuptiale.

Francesca incline la tête devant la reine et marque une profonde référence qu'elle tient pendant cinq longues secondes. La mienne a dû paraître insultante. Enfin, elle lève la tête.

— C'est un honneur de vous revoir, Votre Majesté.

— Merci. C'est également un plaisir de vous voir, Francesca.

La princesse sourit avant de se tourner vers Gabriel. Là, son sourire retombe et elle répète sa révérence.

— Veuillez vous asseoir avec Polly, dit Gabriel.

Elle me décoche un regard glacial avant de prendre place au bout du sofa, aussi loin de moi que possible. Sa femme de chambre s'installe entre nous.

— J'aimerais qu'on nous laisse un peu d'intimité, exige la reine, renvoyant son personnel hors du salon.

Quelques gardes, ainsi que les domestiques qui nous ont aidés les jours précédents lors de la compétition, s'en vont docilement.

— Vous aussi, ajoute-t-elle à l'attention de la chaperonne de Francesca.

La femme pose un regard appuyé sur sa jeune protégée, comme pour lui intimer de se comporter convenablement, avant de s'incliner devant la reine et Gabriel et suivre les autres à l'extérieur.

La reine croise les mains sur ses genoux, puis elle nous adresse à toutes les deux un sourire.

— Je vous ai fait venir ce matin pour une dernière entre-vue. Votre réponse conduira l'une de vous à être nommée future épouse du prince héritier, alors je vous prie de bien réfléchir avant de parler. D'abord, voici le contexte. Villroy a besoin d'un regain en matière d'économie. Nous dépendons de la pêche depuis des siècles. Cela fait partie intégrante de notre mode de vie traditionnel. Malheureusement, les poissons se font plus rares et nos pêcheurs doivent s'aventurer de plus en plus loin en mer, en eaux profondes. Cela exige plus de travail pour des prises plus faibles.

Gabriel prend la relève :

— Nous sommes en train de perdre nos jeunes, qui recherchent de meilleurs emplois. Nous avons besoin de leur offrir des opportunités sur l'île. Un royaume à la population vieillissante est sur le déclin.

La reine inspire entre ses dents. Je songe à son mari à l'agonie et je comprends mieux pourquoi elle m'a semblé si tendue chaque fois que je l'ai vue. Bien sûr, c'est peut-être aussi sa réaction à ma présence. Je me débrouille toujours pour la prendre à rebrousse-poil.

Francesca et moi attendons sagement la question. Elle est fébrile, au bord de son siège. Pas moi. Je ne réfléchirai même pas. Je dirai la première chose qui me passe par la tête. Si pour une raison quelconque, la reine me choisit, ce dont je doute, je refuserai poliment. Mais je n'aurai pas l'impolitesse de m'en aller sans avoir au moins répondu à la question qui semble tant lui tenir à cœur.

Enfin, la reine demande :

— Si vous étiez la future reine, que feriez-vous, conjointement avec votre mari, pour assurer la vitalité de l'économie de Villroy ?

Je bondis en lançant la première réponse qui me vient :

— Ooh, je sais ! C'est ce qu'adorerait n'importe quel roturier, vivre comme un roi pendant une semaine au palais. En faire une destination pour les virées entre copines ou les voyages de noces. Un séjour d'une semaine à un prix exorbitant. Ce ne serait pas la cohue comme pour les mariages, mais un petit groupe à la fois.

Comme c'est mon domaine d'expertise, je ne peux m'empêcher d'ajouter :

— Offrez-leur aussi une expérience esthétique unique, la totale, coiffure, maquillage, manucure, soins du visage. Presque comme un spa. Enfin, chaque chose en son temps. Commencez peut-être par une esthéticienne capable de faire tout cela en même temps.

Soudain, je me rends compte que je suis en train de me décrire et que cette idée m'enthousiasme.

— Et des produits de beauté exclusifs qu'ils pourraient

acheter pour rapporter chez eux, avec un ingrédient typique de Villroy. Oui ! Vous pourriez aussi construire un spa de jour, avec une collection de produits de beauté basés sur des ingrédients de la région, à côté de la plage, mais à l'écart du palais.

Je sais que Gabriel n'aime pas voir des hordes de touristes envahir son château.

La reine et le prince me regardent fixement. Leurs visages ne trahissent aucune expression. J'ignore s'ils trouvent mon idée stupide ou si je les étonne par mon débit. Je devrais me taire maintenant, mais mon cerveau fourmille d'idées.

— Il paraît que l'huile de poisson peut faire des miracles, à l'intérieur comme à l'extérieur.

Un long silence s'ensuit.

Enfin, Francesca se tourne vers moi.

— As-tu terminé ?

— Oui.

Elle prend la parole :

— Votre Majesté…

— Les algues sont une autre piste à exploiter, dis-je tout à trac. Le sel de mer naturel pour les gommages.

Je souffre du syndrome de la Tourette, mais en version esthétique, si ça existe. Quand je suis lancée, on ne peut plus m'arrêter.

Francesca me fusille des yeux.

— Pardon, je me tais.

Je ferme la bouche, même si les idées continuent de se bousculer pour la collection de produits de beauté du spa : des éponges de mer. Chaque produit serait cent pour cent naturel et issu de la région. Les pêcheurs pourraient maintenir leur activité, mais sur un produit différent.

Francesca se tourne vers la reine.

— Votre Majesté, je sais que Villroy a une histoire riche, qui remonte très loin. Je souhaiterais préserver ce mode de vie traditionnel. Mon idée est de financer une nouvelle flotte de pêche, plus puissante, qui permettrait aux pêcheurs d'améliorer leurs prises dans des eaux qui leur étaient inaccessibles jusqu'à présent. Je serais heureuse de contribuer moi-même au financement de ces bateaux.

Elle jette un œil vers Gabriel, qui répond par un hochement de tête, les yeux baissés.

Cette femme est tout ce que je ne suis pas : riche, traditionnelle, modeste à en crever. Depuis le début, il ne s'agit pas d'un concours. Elle est née pour ce rôle. Moi, je suis née sans rien. Je viens de nulle part, mais je compte faire quelque chose de ma vie. *J'ai* fait quelque chose de ma vie. J'ai travaillé dur, chaque jour, pour arriver là où j'en suis aujourd'hui, et pourtant tout le travail du monde ne pourrait pas changer ce que je suis.

Je me lève, attirant tous les regards.

— Il est évident que Francesca est un meilleur choix à tous égards. Je me retire de la compétition.

Francesca s'autorise un petit sourire, le regard droit devant elle.

La reine déclare :

— Très bien. Francesca est la gagnante. Polly, si vous n'aviez pas été si prompte à vous retirer, sachez que je l'aurais tout de même choisie. Je préfère de loin préserver notre mode de vie plutôt que de voir notre île envahie par une foule vulgaire et tapageuse.

J'incline la tête.

— Merci de m'avoir reçue dans votre adorable palais. Au revoir.

— Attends !

Gabriel s'est levé d'un bond.

— Polly, ne pars pas.

— Gabriel, dis-je sur un ton suppliant.

Il ne va réussir qu'à compliquer les choses. Je le vois dans ses yeux éperdus.

— L'idée de Polly pourrait fonctionner, dit-il à sa mère. Un séjour d'une semaine ne serait pas plus désagréable que cette semaine de concours, terminée aussi vite qu'elle a commencé. C'est comme l'idée de Phillip, mais encore meilleure, à plus petite échelle et mieux maîtrisée. Quant au spa de jour, c'est brillant ! Il y a de telles opportunités de développement ici, sans compter que cela pourrait intégrer l'industrie de la pêche grâce à la collection de produits de beauté. Cette idée a du mérite. Et puis, nous n'allons pas devenir une destination touristique. Le spa n'attirera que des excursions d'une journée depuis le continent.

Il se tourne vers moi, de l'amour plein les yeux.

— Tu es brillante.

Les larmes me montent aux yeux.

— Oh, Gabriel. Toi aussi, tu es brillant. Je t'admire, toi et tout ce que tu fais.

Ma voix est rauque. Je sais que je dois le laisser.

— Je choisis Polly, déclare-t-il.

Mes poumons se figent. *Ne fais pas ça !*

— Gabriel ! s'exclame la reine en se levant, au comble de l'agitation. Nous avons déjà parlé du choix qu'il convient de faire.

— Et qu'avons-nous dit ? répond-il. Que ce n'était qu'une comédie ? Que tu voulais voir gagner Francesca depuis le début ? Eh bien, tu ne peux plus jouer à ces petits jeux. J'en ai assez d'être présenté comme un trophée. Je suis amoureux de Polly. Je choisis l'amour, et toi, mieux que quiconque, tu devrais comprendre ce que c'est que d'aimer la personne avec qui on passe sa vie.

La reine est imperturbable, sa voix de marbre :

— Tu apprendras à aimer Francesca.

— Non, parce que mon cœur est déjà pris.

C'est tellement romantique que je me sens défaillir, mais en voyant Francesca toujours assise, raide comme un piquet, pendant que la mère et le fils débattent à sa place, je comprends ce qu'il me reste à faire. La seule réaction honorable. La seule échappatoire.

— Je ne m'appelle pas Polly Lyon, déclaré-je.

Mes jambes flageolent et je m'effondre sur le sofa. Gabriel ne me pardonnera jamais ce mensonge et je sais que je viens de le perdre à tout jamais. Je ne peux me résoudre à le regarder. Je fixe mes mains en m'efforçant de trouver la force de marcher jusqu'à la porte.

— Qui êtes-vous ? demande la reine.

Je me tourne vers elle.

— Je m'appelle Anna Hebert. Je me suis fait passer pour Polly et je suis vraiment désolée.

Je risque un œil vers Gabriel. Son visage est déformé par la fureur.

— J'ai essayé de rester fidèle à moi-même, Gabriel. Cette partie était bien réelle.

Sa lèvre frémit et il détourne la tête, comme s'il ne supportait même pas de me regarder.

Je me racle la gorge en clignant frénétiquement des paupières.

— Il est donc évident que Francesca est le bon choix.

La sécurité fait irruption dans le salon et se précipite vers moi.

— J'ai déclenché le bouton d'alarme, explique la reine. Vous êtes un danger pour nous et vous devez rester en détention jusqu'à votre départ.

Je déglutis et mes doigts agrippent le coussin du sofa.

— En détention ?

Deux gardes me hissent sur mes pieds. On referme des menottes autour de mes poignets, dans mon dos.

La panique déferle en moi et, aussitôt, mon instinct de survie entre en jeu.

— Eh ! Je suis américaine ! Je connais mes droits.

— Au cachot, ordonne la reine.

— Au cachot ? je hurle. Avec des araignées ?

Gabriel fait grise mine.

Francesca est une statue, l'image même des bonnes manières, les yeux baissés. Sale garce.

Quant à la reine, elle ne dit rien, mais son regard déborde de mépris.

Je me débats en m'égosillant, mais les quatre gardes me maîtrisent facilement. Ils m'entraînent hors de la salle. Après un dédale interminable de couloirs et une longue volée de marches, nous atteignons un sous-sol obscur et humide qui empeste le marais. Il y a de véritables cellules ici. L'air est glacial et je jurerais entendre les hurlements des esprits tourmentés laissés pour morts dans ces lieux.

— Vous n'auriez pas un poste de police ? demandé-je, au désespoir. Une vraie prison ? Emmenez-moi là-bas.

— La reine ne veut pas faire de vagues, me répond l'un des gardes.

Et ici, la reine a le pouvoir absolu. Mon cœur bat la chamade lorsqu'on m'entraîne vers la cellule la plus éloignée, dans le recoin le plus sombre. Il y a d'épaisses toiles d'araignées au plafond. Des araignées. Sans doute des rats, aussi, et tout ce qui rampe dans les souterrains. Je tremble de froid et de peur, mes dents claquent, incontrôlables.

— Je vous en prie, ne me jetez pas ici, sangloté-je alors que l'on retire mes menottes.

Rien n'y fait, ils me jettent ici. La porte se referme dans un claquement métallique et l'homme donne un tour de clé dans la serrure.

Je croise les bras pour me protéger du froid dans ma robe d'été légère. Les gardes s'en vont, me laissant à mon triste sort. La seule lumière qui me parvient filtre à travers de hautes meurtrières, trop étroites pour m'y faufiler. De toute façon, il y a des barreaux. Au crépuscule, il régnera un noir d'encre dans le cachot. Les araignées et Dieu sait quoi d'autre vont approcher sur le sol et le long des murs sans que je les aperçoive, progressant lentement vers leur proie vivante. Moi.

Je sens monter un rire hystérique. Je suis en train de vivre le cauchemar que je redoutais pour Polly, enfermée dans une cage. Deux princesses sont jetées en prison et… Il n'y a pas de chute. Cette blague tombe à plat. C'est triste à mourir.

À l'extérieur, personne ne va œuvrer pour ma libération. Le seul qui aurait pu le faire s'est retourné contre moi. Qui le lui reprocherait ? J'ai trahi sa confiance.

Je m'effondre sur le sol au milieu de la cellule, replie mes jambes et pose la tête sur mes genoux. Aussitôt, quelque chose me frôle le bras et je hurle en me levant d'un bond, me frappant les bras pour chasser l'araignée qui, j'en suis sûre, vient de me toucher.

Je resterai debout toute la journée et toute la nuit, s'il le faut. Je serai comme un cheval qui dort sur ses jambes, les yeux ouverts. Je croise les bras, attentive à ce qui pourrait me tomber dessus. Là, j'éclate en sanglots. J'ai perdu Gabriel et il n'y aura jamais personne d'autre comme lui. Pas pour moi, en tout cas.

Je lui ai rendu sa liberté, je lui ai donné ce dont il avait besoin pour mener sa vie. Mes besoins à moi ne comptent pas.

Je suis Anna Hebert, et je suis une menteuse.

14

Anna

Imposteur au palais !

Héritage : Une orpheline se fait passer pour une princesse !

En amour, surtout quand il est royal, tous les coups bas sont permis !

J'ignore depuis combien de temps je suis debout dans ces oubliettes infestées d'araignées, à m'inventer de gros titres tragiques, mais je ne sens plus mes pieds. Ma robe d'été et mes sandales ne me protègent pas du froid glacial des soussols. Le soleil est presque couché et seule une lumière sinistre passe encore à travers les barreaux de la meurtrière. Je sursaute à chaque bruit, chaque frôlement et grattement indiquant la présence d'un petit habitant des cachots.

Je mérite d'être dévorée par les rats. J'ai fait du mal à l'homme que j'aime, l'homme qui m'a aimée en retour, qui m'a traitée comme un bijou. Mes yeux me piquent et mes joues rougissent de honte. Je l'ai humilié alors qu'il défendait son choix devant la reine et Francesca, alors qu'il me défendait. Et maintenant, je l'ai perdu. Ma lèvre inférieure tremble et je la mords violemment.

Enfin, des bruits de pas se font entendre dans l'escalier. Un homme. Peut-être un garde qui m'apporte de la bouillie. Je le renverrai.

Quoique, j'ai peut-être besoin de force pour combattre les rats géants qui attendent de me croquer les membres.

Au fait, ces hommes savent-ils que j'ai un vol au départ de Paris à dix heures demain matin ?

Les pas s'arrêtent et une voix grave familière me lance avec un sarcasme prononcé :

— Je m'appelle Polly Lyon et ce n'est pas un mensonge.

Je grimace en reconnaissant ce que j'ai dit à Gabriel le jour où nous nous sommes rencontrés.

— Je me sentais tellement coupable que j'ai balancé ça comme ça.

Il apparaît devant ma cellule, le regard noir. Ses yeux bleus paraissent froids dans la faible lueur du couchant et je me sens intimidée.

— Tu nous as bien menés en bateau.

— Je peux t'expliquer.

Il pince les lèvres.

— Vas-y, je suis sûr que ce sera aussi divertissant que tous tes autres mensonges.

Je passe les mains à travers les barreaux pour prendre la sienne.

— C'est la vérité. Toi et moi, ça n'a jamais été un mensonge.

Il retire sa main de la mienne et je me sens mourir de l'intérieur. J'affiche un courage de façade, parce que je veux qu'il sache pourquoi j'ai fait ce que j'ai fait. Il me pardonnera peut-être un jour, ou du moins, il ne me haïra plus.

Je prends une grande inspiration, puis je lui raconte tout. Depuis ma rencontre avec ma nouvelle voisine, une princesse incognito, jusqu'à son arrestation pour usurpation d'identité et son procès imminent. J'aimerais rejeter toute la faute sur elle, mais je sais que j'étais sa complice consentante.

— Elle m'a demandé de venir ici pour récupérer son héritage dans l'espoir d'engager un ténor du barreau qui pourrait l'aider à échapper à la prison sans faire de vagues. J'ignorais qu'il s'agissait de t'épouser, et j'ignorais qu'il y aurait toute cette compétition insensée. Gabriel, tu m'envoyais de tels regards éplorés, comme si tu me suppliais de te sauver…

— Pas du tout.

Les hommes n'ont jamais envie de demander de l'aide. Ça ne signifie pas qu'ils n'en ont pas besoin.

Je lève une paume.

— Nous avons fait plus ample connaissance dans le jardin, et après…

Mon souffle s'accélère.

— J'endosse ma part de responsabilité dans cette histoire. J'ai cru que je pourrais être la chevali*ère* en armure étincelante qui volerait au secours de Polly.

Il laisse tomber sa tête et la secoue.

J'inspire, espérant un pardon qui ne viendra pas, je le sais.

— Gabriel, je suis tellement désolée de t'avoir blessé. J'ai voulu de le dire si souvent, mais je craignais d'exposer Polly et une fois que nous avons commencé, tous les deux, j'ai eu peur de te perdre. Je sais que c'est idiot de m'être attachée à toi en sachant que j'allais devoir renoncer, mais je n'avais encore jamais ressenti ça.

Je poursuis d'une voix étranglée :

— Je voulais seulement être auprès de toi le plus longtemps possible. Je t'aime.

Il me dévisage durement. Il me déteste.

Mes yeux se noient.

— Je voudrais tant pouvoir être la princesse dont tu as besoin. Je regrette d'avoir trahi ta confiance. Je veux que tu saches que je suis restée moi-même avec toi, autant que possible. Tu m'as donné l'impression d'être spéciale. Personne ne m'avait jamais donné cette impression.

Il me dévisage pendant un long moment chargé de tension.

— Tout me semble tellement cohérent maintenant, ton incapacité à te conformer au moule. En fait, je n'en reviens pas de ne pas avoir vu clair dans tes tentatives pitoyables de jouer la princesse. Tu es la personne la plus culottée et mal élevée que je connaisse.

— Mais tu m'aimes quand même ?

Je bats des cils pour tenter de détendre l'atmosphère, mais au fond de moi, j'espère follement que c'est la vérité. Il m'a dit qu'il m'aimait, et ce matin il m'a choisie pour fiancée alors que Francesca aurait été le choix le plus logique.

Il fronce les sourcils avant que son regard plonge vers mon décolleté et descende jusqu'aux ongles rouges qui dépassent de mes sandales. Enfin, sa tête remonte en direction de mes yeux.

— Tu t'habilles trop sexy pour une princesse.

— Ça te plaît.

Ce n'est pas une question. Nous savons tous les deux que je le rends fou et que, de mon côté, je suis à sa merci depuis son spectacle, l'autre soir, au sortir de la douche.

— Ton accent, marmonne-t-il en levant les yeux au plafond. Je croyais que tu le devais à tes études, aux États-Unis.

— Tu as peut-être cru à mon mensonge parce que tu avais besoin de sang neuf pour faire bouger le statu quo. Je n'ai jamais eu de mauvaises intentions, je te le jure. Je ne pensais pas tomber amoureuse de toi aussi vite, aussi fort. Je t'aime tant, c'est de la folie.

Et du désespoir.

Il garde le silence, impassible, le visage fermé.

Un frisson glacial me parcourt et mes dents se mettent à claquer.

— Un jour, peut-être, tu me p… pardonneras.

Je croise les bras pour me frictionner.

— Je n'oublierai jamais le temps p… passé avec toi.

Il expire et m'annonce :

— Je vais te faire sortir d'ici.

— Merci ! lancé-je à sa silhouette qui s'éloigne.

Après de longues minutes insoutenables, alors que je crains qu'il ait changé d'avis et décidé de me laisser seule avec les araignées et les rats géants, il revient avec la clé et me libère.

Je lui saute au cou, referme les bras et les jambes autour de lui et couvre son visage de baisers.

— Merci, merci, merci.

— Tu n'aurais jamais dû être jetée au cachot, murmure-t-il en rejoignant les escaliers sans me lâcher.

— La reine me déteste.

— Disons qu'elle ne te porte pas dans son cœur. Elle traverse une mauvaise passe.

Je le serre contre moi.

— Tu m'as sauvée des araignées et des rats géants.

— Je dois être ton chevalier blanc, dans ce cas.

— C'est une certitude.

Il me dépose au sommet de l'escalier.

— Qu'est-ce que je vais faire de toi, Polly ?

— C'est Anna.

Il ferme les yeux pendant une seconde.

— Oui, Anna.

Il me regarde avec tristesse.

— Polly, ça t'allait bien.

— C'est mignon comme surnom.

Je me mets sur la pointe des pieds et je murmure :

— Emmène-moi dans ta chambre pour une dernière nuit ensemble. Je partirai au matin.

Il me prend la main et, d'un pas vif, m'entraîne dans un vrai labyrinthe. Nous traversons une vaste cuisine, des escaliers de service et une série de couloirs que je n'avais encore jamais vus. Enfin, nous arrivons dans le couloir principal conduisant à sa chambre. Il me cache. De la reine ou de Francesca, je n'en sais rien et je m'en fiche. Tout ce qui compte, c'est qu'il est à moi une dernière fois.

Nous arrivons dans sa chambre et il ferme sa porte à clé. Je retire ma robe, restant en string et talons hauts. Je ne porte pas de soutien-gorge, étant donné que c'était un dos nu moulant. En revanche, j'ai des cache-tétons en forme de fleurs pour plus de pudeur. Ah, vous voyez ? Je sais être modeste quand il faut.

Il plaque une main sur son front.

— Tu n'étais pas vierge non plus, je me trompe ?

— Eh bien, la vraie Polly est vierge.

Je décolle les deux cache-tétons et les jette par-dessus mon épaule.

— J'avais trop envie de toi. Aurais-tu préféré qu'on ne se touche pas ?

En un instant, il est sur moi et m'attire brutalement à lui. Son érection dure comme le roc s'enfonce contre mon ventre.

— Tu n'as pas idée comme c'était difficile pour moi d'y aller doucement. J'étais si attentif que je n'ai pas osé me lâcher la première fois. Je n'avais encore jamais couché avec une fille vierge.

Je passe les doigts dans ses cheveux et referme la main sur sa nuque chaude.

— Tu as été merveilleux. Je crois que c'est à ce moment-là que je suis tombée amoureuse de toi.

Il se fige. *Reviens en arrière. Ne parle plus d'amour !* Il a changé d'avis sur ce point après avoir découvert que j'étais une menteuse et que je l'avais trahi. Mon ventre se noue et je songe avec appréhension au cachot et son décor accueillant en toiles d'araignées.

J'essaie de me dégager, mais il me retient et m'attire dans ses bras. Il me retourne et son torse réchauffe mon dos nu. Lorsqu'il dépose un baiser dans mon cou, je me liquéfie contre lui en fermant les yeux.

— Qui es-tu, Anna ? Quelles parties de toi étaient réelles ?

J'ouvre les yeux et j'aperçois notre reflet dans un miroir en pied, une psyché antique. Il est toujours habillé. J'ai beau être en string et sandales à talons hauts, je n'ai pas froid avec ses bras autour de moi. Nos regards se croisent dans le miroir. J'ai tellement envie de me connecter à lui, de me sentir à nouveau proche de son cœur.

— Mon âme, ma personnalité, mon âge, mon père mourant… tout est vrai. Enfin, techniquement, c'est mon père de cœur. Mike. Je suis orpheline. Récemment, j'ai appris que j'étais ce qu'on peut appeler une pupille, ce qui signifie que mes parents sont vivants et qu'ils m'ont donné à l'adoption. Comme je n'ai jamais été adoptée, le terme d'orpheline me correspond. Bref, j'ai enchaîné beaucoup de familles d'accueil. Tu sais, ce sont des foyers temporaires pour les enfants sans famille. La plupart des gamins n'en changent pas aussi souvent que moi. Je me disputais souvent avec les autres filles, parce que je ne me laissais pas faire, alors on me renvoyait.

— Maintenant, je comprends pourquoi tu étais une concurrente redoutable. Tu joues pour la gagne.

Je pars d'un petit rire.

— Ce doit être dans ma nature. Mike était le père de ma dernière famille d'accueil, quand j'avais dix-sept ans. C'est comme un père pour moi.

J'ai un chat dans la gorge, tout à coup. Je m'éclaircis la voix.

— Il était homme à tout faire. Il était capable de tout réparer, absolument tout, l'électricité, la plomberie, les cloisons, les appareils électroménagers, n'importe quoi. Il m'a appris beaucoup de choses. Ce n'est pas compliqué une fois qu'on a compris et qu'on dispose des bons outils. Maintenant, moi aussi, je suis un as de la bricole.

Il y a toujours une chose que je suis incapable de réparer, cependant, nous deux.

Il hausse les sourcils, étonné.

— Vraiment ?

— Oui. Je suis concierge de mon immeuble et c'est moi qui me charge des réparations chez les locataires. Mon idée pour le spa de jour et les séjours entre copines au palais était basée sur ma propre expertise. J'imaginais une suite que j'aurais conçue pour faire du rêve de la vie château une réalité. Je suis esthéticienne dans un salon haut de gamme. Je suis très demandée comme coiffeuse, mais je peux aussi faire la manucure et les soins du visage. Je me tiens au courant de toutes les nouveautés en matière de traitements de beauté. Mon rêve, c'est de posséder mon propre salon à trente ans, alors j'économise dès que je le peux. Je travaille beaucoup, comme je te l'ai dit, et je suis très motivée.

Il me retourne vers lui et m'attire pour une étreinte fervente. À mon tour, je l'enlace. C'est agréable, comme s'il m'ouvrait son cœur.

Sa voix vibre à mon oreille.

— Ton nom de famille est Hebert. C'est français ?

Je lève les yeux vers lui.

— Oui. Mon père était français en partie, de Louisiane. À mes dix-huit ans, j'ai fait des recherches pour retrouver mes parents biologiques. Ma mère habite en Floride et elle n'avait que quinze ans quand elle m'a eue. Elle n'a pas souhaité me revoir, mais elle m'a un peu parlé de mon père. Elle m'a donné son nom de famille en espérant qu'un membre de sa famille me recueillerait. Ils avaient de l'argent. Pas question. Je n'ai jamais essayé de le retrouver, puisqu'elle m'a dit qu'il n'avait pas voulu de moi.

Il caresse mon menton avec sa grande main, les yeux rivés aux miens.

— Je suis désolé.

Ma gorge se noue.

— Ce n'est rien. J'ai l'habitude de me débrouiller seule.

Il écarte les cheveux de mon visage.

— Ce ne sera plus nécessaire désormais.

Des larmes brûlantes me piquent les yeux.

— Gabriel, s'il te plaît, ne fais aucune folie pour moi…

Sa bouche prend possession de la mienne. Toutes mes pensées quittent le navire. Soudain, nous nous empoignons, nous nous dévorons avec fougue et avidité. Sa main glisse entre mes jambes et il gémit dans ma bouche.

— Tu es mouillée, fait-il d'une voix rauque.

— Oui.

J'étouffe un cri tandis que sa main joue avec moi. À présent, il connaît mon corps sur le bout des doigts. Au bout de quelques minutes, j'avance les hanches pour approfondir le contact et mon souffle s'accélère, éperdu de désir.

Soudain, il me lâche.

— Va sur le lit et allonge-toi à plat ventre.

Je retire mon string et me déchausse. Ses yeux sont bouillants tandis que ses doigts détachent avec rapidité les boutons de sa chemise. Je tends la main pour l'aider avec son pantalon, mais il secoue lentement la tête.

— Au lit, tout de suite, grogne-t-il.

Un frisson d'excitation me traverse. Tout est permis maintenant qu'il sait qu'il n'a pas affaire à une princesse effarouchée. Jusqu'à présent, il se retenait, se contenait, même si j'ai pu apercevoir des bribes du véritable Gabriel.

Je fais ce qu'il m'ordonne et m'étends à plat ventre sur le lit. Je jette un œil vers lui par-dessus mon épaule.

— Pourquoi est-ce si long ?

— Pol… Anna, zut.

— Oui.

Après une petite tape sur mes fesses, il décolle mes hanches du matelas.

— Tu n'as pas idée comme j'avais envie de toi dans cette position.

Je me hisse sur les coudes pour me mettre à quatre pattes.

— Alors, prends-moi.

Il empoigne mes fesses à deux mains et j'écarte les jambes pour l'inviter. Il laisse courir ses doigts le long de ma colonne vertébrale et les referme sur ma nuque, écrasant ma tête contre l'oreiller. Je suis en feu, moite et prête pour lui. Gabriel m'a donné le plaisir le plus intense de ma vie et j'ai envie de lui offrir ce qu'il voudra.

J'entends le tiroir de la table de chevet, le froissement d'un emballage de préservatif, puis il revient et m'agrippe les hanches avant de me prendre d'un coup brutal. Je gémis en me sentant soudain envahie.

Il pousse un grognement avant de me labourer, ramenant mes hanches à lui à chaque coup profond. Cette version de Gabriel est insatiable, il prend et prend sans relâche. C'est fougueux, bestial, primitif. Je m'abandonne. J'aime ça, et je l'aime, lui. Il me montre qui il est de la plus élémentaire des manières. Il me comble et m'entraîne vers les sommets.

Je suis pantelante, fiévreuse, possédée tout entière. Sa main glisse devant mon corps, vers le centre de mon plaisir qu'il caresse avec vigueur. *Oui !* Je suis toute proche. Il le sait, il sent que je me contracte autour de lui et il joue son rôle à la perfection. Rapide et fougueux, lent et profond. Je tremble sous son corps, les nerfs au supplice.

— Gabriel, dis-je dans un cri. S'il te plaît. Pitié, pitié, pitié.

Il s'avance sur moi et se penche pour murmurer à mon oreille :

— Pas encore, ma non-princesse non vierge.

Je lâche un long gémissement retentissant.

Il ricane avant de continuer à me rendre folle. Nous sommes deux bêtes en rut, trempées de sueur. Nos corps claquent l'un contre l'autre avec des râles d'animaux. Je suis à bout de souffle tandis qu'il va et vient en moi et que ses doigts me caressent, me palpent et m'attisent tour à tour. Cet homme est vicieux. J'hésite entre le supplier et crier vengeance lorsqu'il se radoucit.

Je halète en attendant ce qui va suivre.

Ses dents titillent mon lobe d'oreille.

— Veux-tu que je te donne un orgasme ?

— Oui.

— Tu n'as pas l'air assez impatiente, dit-il avec des coups de reins mesurés.

Il s'arrête et je tends la croupe pour qu'il continue.

— J'ai trop envie.

Il me caresse langoureusement, comme s'il n'était pas déjà assez ardent, comme si sa peau ne me brûlait pas le dos.

Je lève la tête et le regarde par-dessus mon épaule.

— Baise-moi, Gabriel. Baise-moi fort et profond. Je veux te sentir perdre le contrôle.

Il m'agrippe les cheveux et m'embrasse violemment.

— Je t'aime, putain.

Sous le choc, j'entrouvre les lèvres. L'émotion dans sa voix me semble si réelle, si vive.

Enfin, il repousse ma tête contre l'oreiller et me prend de cette manière que nous aimons tous les deux. Mon esprit s'embrume alors que chaque coup de boutoir, chaque caresse exigeante de ses doigts consument mon corps. C'est de l'amour, c'est de la possession, et j'en ai envie tout autant que lui. Je jouis dans un cri rauque et je frémis autour de lui, ébranlée par le plaisir. Il me serre sous sa poigne, secoue mon corps un peu plus chaque fois, m'entraînant plus loin, plus profond, portée par une extase infinie.

Ses dents se referment sur ma nuque et un autre frisson me parcourt lorsqu'il se laisse enfin aller, me terrassant par la force de son plaisir. Pendant un long moment, il me maintient dans cette position avant de se retirer lentement et de rouler sous le lit à côté de moi.

Je m'effondre sur le matelas.

— Ce cul, dit-il en me donnant une tape, suivie d'une caresse. La perfection.

Je tourne la tête vers lui.

— C'est la première fois que j'entends ça. Un cul parfait ? Quel éloge !

Il dévoile un immense sourire avant de m'attirer dans ses bras, poitrine contre poitrine, sa jambe entre les miennes. Je ne peux retenir un gémissement – je suis encore très sensible. Il prend mon menton en coupe et lève mon visage vers le sien pour m'embrasser tendrement. *Il m'aime.* Je le sens au fond de mon cœur, dans sa façon de me toucher, qu'il soit agressif ou infiniment doux. Il me donne tout ce qu'il est.

Je ne serai jamais acceptée en tant qu'épouse au palais. Je n'ai que ce moment, alors je me blottis contre lui et le serre dans mes bras.

Il me réveille deux fois dans la nuit et, à nouveau, il me donne tout. Je lui rends la pareille sans aucune retenue. La passion fait rage entre nous, dans un dernier adieu explosif.

Je m'éveille à l'aube et me prépare à la hâte. Je le laisse dormir. Après m'être douchée et habillée, je m'attarde auprès du lit pour l'admirer longuement. Il est sur le côté, tourné vers moi, le bras et la jambe toujours tendus à l'endroit où j'aurais dû me trouver. Ses cheveux bruns épais sont encore ébouriffés par mes doigts et ses cils s'avancent au-dessus de ses joues, adoucissant ses traits. Une barbe du matin obscurcit son menton. Je résiste à l'envie d'effleurer la ligne de sa mâchoire. Seule la distance rendra mon départ plus soutenable. Sa présence est trop tentante.

— Gabriel, réveille-toi, dis-je en lui secouant l'épaule. Je dois partir. Je dois prendre le ferry pour… Ah !

Sans crier gare, il vient de m'attirer sur lui.

— Hmm, fait-il, laissant vagabonder ses mains le long de mon dos pour m'empoigner les fesses. Charmant.

Des larmes me brûlent les yeux. Je lève la tête et il me renvoie mon regard sans sourciller. Consciente que je ne le reverrai plus jamais, je vide mon sac :

— Je veux que tu saches que je n'oublierai jamais ces

moments passés ici avec toi. Tu es *magnifique*, l'homme le meilleur, le plus beau, le plus sexy et le plus honorable que j'aie jamais rencontré. Intelligent, fort et tendre à tout point de vue. Je t'aime. Je n'avais jamais ressenti ça. La puissance de mes sentiments me terrifie et je sais que le moment est mal choisi, que le contexte de ma vie ne convient pas à ce dont tu as besoin. Et puis, la reine me déteste, alors…

Il ouvre la bouche pour protester et j'opte pour un terme moins radical :

— Enfin, elle ne m'apprécie pas, et le roi non plus. Personne ne m'accepterait comme reine et c'est justement parce que je t'aime que je suis prête à renoncer.

Ses bras m'enserrent dans un étau étouffant.

— Je ne peux plus respirer.

Il relâche son étreinte et résume :

— Alors, renoncer à moi est une décision honorable.

— Oui. Je sais que tu ferais la même chose à ma place. Tu as été éduqué avec le sens du devoir.

Il me fait basculer sous son corps et m'embrasse, me mordant la lèvre inférieure au point de la douleur. Je me laisse aller à un dernier baiser décadent, refermant les jambes autour de lui.

Il gémit dans ma bouche et interrompt le baiser.

— Reste ici, dit-il.

— Je vais rater mon avion.

— Tu prendras le jet privé.

— Oh.

Il me retient le menton et me regarde droit dans les yeux.

— Si tu quittes ce lit, je te retrouverai et je t'attacherai aux colonnes. Tu es à ma merci et je ne serai pas tendre.

Je lui souris avec effronterie.

— Maintenant, tu me donnes envie de quitter le lit. Du bondage avec toi ? Avec plaisir.

Il m'adresse un sourire avant de retrouver son sérieux.

— Ne bouge pas, ordonne-t-il en se détachant de moi pour sortir du lit. Je dois aller parler à mon frère.

— Lequel ? Pourquoi ?

Il s'éloigne, attrape des vêtements dans sa commode et les

enfile. Pendant un instant, je me laisse distraire par ses muscles bandés lorsqu'il met sa chemise, son boxer et son pantalon. Il glisse les pieds dans des mocassins et se dirige vers la porte.

— Gabriel ? Comptes-tu lui dire que je suis une affreuse menteuse et la pire non-princesse non vierge qui existe ?

— Oui.

Je lui jette un oreiller à la tête.

— Je suis sérieuse. Ne fais rien de dingue. Ta place est sur ce trône, tout le monde le sait. Et nous savons tous que je n'ai pas l'étoffe d'une reine. Je ne suis pas assez convenable et ma lignée est vaseuse.

— Ne discute pas, lance-t-il par-dessus son épaule avant de partir.

Je me laisse retomber sur le matelas. Il vient de nous faire gagner du temps avec le jet privé et je sais que je suis la pire des égoïstes parce que je ne pense qu'à une chose, son retour au lit, quand il me prendra comme il en a le secret, avec douceur et fougue à la fois. Ma gorge se noue et les larmes me viennent. *Ne pleure pas ! Tu auras tout le trajet pour pleurer.* Je devrais partir tout de suite, m'arracher d'un coup sec comme un pansement, mais au lieu de ça, je reste allongée là à revivre chaque instant de ces merveilleux moments passés avec lui.

Sans lui, je serai anéantie.

Mais si je reste, c'est lui que j'anéantirai, sa vie, son destin de roi. Je ne peux pas le permettre. Gabriel Rourke est né pour régner.

Dans un ultime effort de volonté, je quitte le lit et me précipite dans ma chambre pour faire ma valise. Il faut que je me dépêche si je ne veux pas rater mon avion. Je ne dois pas priver Gabriel de son droit de naissance et je crains qu'il s'apprête à faire une énorme bêtise.

Je prends la bonne décision pour tous les deux. Un jour, il comprendra et il me pardonnera.

15

Gabriel

Je meurs d'envie de retourner auprès de Polly. Anna. Pollyanna. Ah. C'est une femme enjouée et pleine de vie, un tel contraste avec moi, grave et sérieux. C'est ce que je veux dans ma vie, je la veux, elle. Le manque de sommeil et les revirements de situation me font presque délirer, mais j'ai encore une chose à régler. Je frappe à la porte de mes parents.

La femme de chambre qui m'accueille est souriante. Elle penche la tête avec révérence.

— Le roi est réveillé. Il va mieux aujourd'hui.

— C'est une excellente nouvelle, merci.

Voilà qui me facilitera la tâche.

Je me rends au chevet de mon père. Adossé contre les oreillers, il tient la main de ma mère, toujours sur la même chaise. Ils parlent à mi-voix, absorbés dans leur conversation, et ne me remarquent pas tout de suite.

Je me racle la gorge.

— J'ai appris que tu allais mieux.

Mon père me sourit faiblement.

— La douleur est gérable. Il n'y a pas de *mieux*, je le crains.

Ma mère est solennelle.

— Où étais-tu ? Francesca m'a dit qu'elle ne l'avait pas vu depuis que nous l'avons choisie, hier matin.

Je prends une grande inspiration.

— J'aime Anna. Je vais l'épouser ou abdiquer.

— Non ! s'écrie ma mère.

Aussitôt, elle inspire pour retrouver sa contenance, mais sa voix tremble de rage.

— Tu ne feras pas une chose pareille.

Mon père lève une main pour lui faire signe d'attendre.

— Gabriel, tu es le chef dont Villroy a besoin. Nous avons consacré beaucoup de temps et d'énergie pour te préparer à ce rôle. Aucun de tes frères et sœurs n'ont reçu la même éducation. Ils ne sont pas formés, pas prêts.

— J'ai parlé à Phillip. Il dit qu'il le fera. Il veut mon bonheur.

— Non, déclare ma mère avec détermination.

Mon bonheur n'est jamais entré en ligne de compte pour eux.

Mon père se renfrogne.

— C'est comme avec Daniel. Égoïste. Il est tombé amoureux d'une roturière, il a renoncé au trône, et j'ai dû prendre la relève, un rôle dont je ne voulais pas. On m'y a obligé.

Il parle de mon oncle qui, comble de l'ironie, est aussi tombé amoureux d'une Américaine. Je comprends pourquoi il estime que c'est la même chose en ce qui me concerne, mais c'est faux.

Je plaide ma cause sur le ton le plus détaché possible.

— Phillip dit qu'il accepte si je le guide au début. Je ne le force à rien du tout.

Il m'a étonné en acceptant de bonne grâce. Peut-être parce qu'il a conscience de l'état de santé de mon père et de l'urgence de trouver une solution pour Villroy. Il est le seul à qui j'ai confié la gravité de la situation, car c'est le second dans l'ordre de succession au trône. Je me rends compte que je n'ai pas rendu service aux autres en leur cachant certains éléments. L'héritage des Rourke ne concerne pas que le roi, il concerne toute la famille. Il est temps pour moi de cesser de protéger mes jeunes frères et sœurs de la réalité et de les impliquer dans le royaume. Villroy n'est qu'à une génération de la faillite. Chaque chose en son temps. D'abord, je dois assurer un avenir pour Anna et moi.

— Tu ne peux pas habiter ici avec cette usurpatrice, cette menteuse, déclare ma mère. Tu seras banni comme ton oncle.

La cruauté de ses paroles me retourne l'estomac. Ne plus jamais revoir ma famille ? Villroy fait partie intégrante de mon être. Je ne sais pas qui je suis sans l'île et sans ma famille. Je ne suis rien.

Mon père tourne la tête vers elle. Ils échangent sans un mot, puis il me regarde à nouveau. J'espère qu'elle exagérait en évoquant l'exil.

— Y as-tu mûrement réfléchi ? demande mon père. Tu ne connais cette femme que depuis une semaine.

— C'est un béguin, rien de plus, dit ma mère. Tu veux t'amuser une dernière fois avant de te marier.

Je passe une main dans mes cheveux.

— Ce n'est pas ça. J'ai trente ans. Je sais ce que je veux.

— Elle ment, siffle ma mère. Elle t'a embobiné avec ses sentiments fourbes.

— Elle n'a menti que pour aider Polly. Chez elle, la vraie Polly vivait comme dans une cage et elle s'est enfuie aux États-Unis. Maintenant, elle est en Floride et elle s'apprête à être jugée pour usurpation d'identité.

Ma mère se lève d'un bond.

— Mon Dieu, nous devons contacter sa famille.

Mon père acquiesce.

— Non, c'est exactement pour ça qu'Anna s'est fait passer pour elle. Elle devait toucher l'héritage de Polly – ce mensonge dont tu as usé pour attirer ces femmes ici – et utiliser l'argent afin de lui payer un avocat capable d'étouffer l'affaire. La vraie Polly craignait qu'un emprisonnement trahisse sa véritable identité. Sa famille la désavouerait, sans compter qu'elle serait une proie facile en prison.

— Pourquoi a-t-elle quitté Beaumont ? demande mon père. C'était une princesse dans un paradis.

— On faisait pression sur elle pour qu'elle épouse un homme indigne.

Anna m'a tout expliqué la nuit dernière. Je songe à la véritable Polly, une princesse vierge dans une monarchie aux mœurs d'un autre temps, contrainte d'épouser un homme d'affaires peu recommandable. Bon sang, j'ai sciemment défloré une princesse vierge. Malgré cela, Anna chante mes louanges en me disant que je suis un homme honorable. Bien sûr, maintenant, je sais qu'Anna n'était pas vierge. Quand bien même, mon honneur en prend un coup.

Ma mère hausse d'un ton.

— D'après nos sources, c'est une princesse célibataire encore disponible.

— C'est le cas. Elle est partie avant qu'il se passe quoi que ce soit avec cet autre homme.

Je les dévisage, les suppliant de comprendre comment nous en sommes arrivés là.

— Anna dit qu'elle lui a envoyé les fonds dont elle avait besoin pour l'avocat au moyen d'une fondation privée sur le compte de laquelle son prix a été versé. Vous comprenez quel genre de femme est Anna ? Elle s'est comportée avec honneur, générosité.

Ce sont des qualités de reine, mais je garde ce constat pour moi. Je n'ai pas besoin qu'Anna soit reine. Je veux juste qu'elle soit à mes côtés.

Ma mère se renfrogne.

— Je pense toujours que nous devrions contacter sa famille. Une princesse menacée de prison, toute seule…

— Ne vous mêlez pas de ça, m'écrié-je. Laissez-la mener sa vie comme elle l'entend.

Je leur parle sèchement, car il s'agit aussi de moi.

Ma mère plisse les yeux. Elle l'a compris.

Je lève les mains.

— S'il vous plaît. Tout ce que je demande, c'est que vous laissiez une chance à Anna. Je la choisis, mais elle, elle me demande de choisir la couronne.

— Fais-la venir, demande mon père. Tout de suite. Je veux qu'elle me dise elle-même qu'elle compte gâcher ta vie.

— Elle ne la gâche pas !

Mon père se tourne vers ma mère. Aucun d'eux ne parle. Je suis congédié.

Je dois faire venir Anna auprès de mon père. C'est notre seule chance. Ma mère lui est déjà hostile.

Après une courbette, je m'empresse de sortir. À présent, j'ai un infime espoir. Je me rue vers la chambre, j'ouvre la porte et m'y engouffre.

— Anna, mon père veut… Anna ?

Elle n'est pas au lit. Je me précipite vers la salle de bain adjacente. Je ne me suis pas absenté aussi longtemps.

Bon sang ! Je lui avais demandé de m'attendre. Je ne pouvais pas lui expliquer mes intentions, car je ne savais pas si le résultat nous serait favorable.

Je décroche le téléphone et appelle les quartiers des domestiques à la recherche de la femme de chambre d'Anna – qui a le même prénom, je m'en rends compte à cet instant. Drôle de coïncidence.

— Elle est partie, Votre Altesse, me dit sa bonne. Elle a pris le ferry.

— Quand ?

— Il y a une quinzaine de minutes.

Je raccroche. Le ferry n'a aucune chance contre la vitesse de notre yacht.

Anna

Les autres passagers du ferry m'évitent prudemment. Effondrée sur un banc, je me tamponne les yeux entre deux gros sanglots. J'ai beau porter ma robe et mes chaussures à imprimé léopard, je ne me sens pas la force d'affronter cet adieu. Villroy diminue dans le lointain, paysage fantomatique dans le brouillard de mes larmes, presque comme un mirage que j'aurais imaginé. Sauf que cette douleur est réelle. Tout me fait mal, mes yeux, ma gorge, mon cœur.

Enfin, je suis à court de larmes et je m'accoude contre la rambarde, la tête sur mon bras.

— Au revoir, Gabriel, murmuré-je.

D'autres hoquets m'échappent. Je me demande s'ils vont cesser un jour. Mon cœur est brisé en mille morceaux. La bonne décision, tu parles…

Je me détourne du panorama et je m'allonge sur le banc où je me roule en boule, coupée du monde réel. J'ai besoin de dormir, mais mes yeux sont si cuisants que je peine à les fermer. Un engourdissement sinistre finit par m'envahir, me vidant de mon énergie, et je dérive dans une somnolence froide.

Quelques minutes plus tard, un brouhaha fébrile monte parmi les autres passagers. Ils se rassemblent de mon côté du ferry et je me redresse pour voir ce qui attire leur attention. Il y a peut-être des dauphins qui batifolent dans les vagues. Je donnerais tout pour me changer les idées.

C'est un yacht qui fonce droit sur nous, toutes sirènes dehors.

— C'est le yacht royal ! s'écrie quelqu'un.

Je jette un œil vers la cabine du capitaine. Ce n'est pas Gabriel à la barre. Bon sang, ce yacht est si proche qu'il risque de nous rentrer dedans.

— Anna Hebert !

Je regarde autour de moi, affolée, le cœur dans la gorge. Je connais cette voix. Il est venu me chercher. Qu'est-ce que ça veut dire ? Qu'a-t-il fait ?

— Où es-tu ? je hurle.

Soudain, j'entends des éclaboussures et la foule retient son souffle. Oh, mon Dieu. Gabriel vient de sauter à l'eau !

Il entame un crawl puissant en direction du ferry. Il est fou ! Et si les hélices du bateau le hachaient menu ?

— Gabriel ! crié-je à pleins poumons. Retourne sur ton bateau !

Il ne m'entend pas et continue, se rapprochant inexorablement du ferry. Il est torse nu et nage en boxer. Oh, Seigneur.

— Que quelqu'un sauve le prince héritier ! je m'exclame en m'élançant à la recherche d'un membre de l'équipage. Un homme à la mer !

On lui lance une bouée de sauvetage et le matelot plonge à son secours. Gabriel lui dit quelque chose et s'empare de la bouée. Le membre d'équipage fait signe à un collègue de l'aider à monter. Gabriel est conduit vers une échelle et, ensemble, ils grimpent à bord.

Je porte mes mains à ma bouche en voyant Gabriel, prince couronné de Villroy, marcher dans ma direction à grandes enjambées, trempé de la tête aux pieds *en sous-vêtements*. En public. Il pourrait être nu, car le boxer bleu souligne clairement la bosse qu'il renferme. Je déglutis. Même aussi légèrement vêtu, il exsude la puissance. On dirait un guerrier, sa peau dorée luisante de gouttelettes, ses magnifiques épaules carrées, ses abdos et ses pecs bien dessinés, ses hanches étroites et ses longues cuisses toniques. La foule recule pour nous laisser le champ libre sans le quitter des yeux.

Enfin, il s'arrête devant moi, écarte mes mains de ma bouche et gronde :

— Je t'avais demandé de ne pas bouger.

— Qu'est-ce que tu fais ? dis-je en me jetant à son cou pour le serrer contre moi.

Sa peau est froide après son bain de mer.

— Tu es glacial. Tu es fou. Que fais-tu ?

Il prend mon visage entre ses paumes.

— Je viens chercher ma future femme, Anna. Si je ne peux pas t'épouser, je renoncerai au trône.

Des exclamations fusent dans la foule.

— Gabriel !

C'est une erreur. Il ne peut pas faire ça.

Il jette un œil en direction de notre public. À présent, certains brandissent leurs téléphones et prennent des photos, des vidéos aussi, sans doute.

— Allons dans un endroit plus intime.

Il me prend par la main et m'entraîne vers le centre de commandement du capitaine, sur le pont supérieur. Après une brève conversation, ou plutôt une série d'ordres aboyés par le prince, on met une chaloupe à l'eau et nous retournons au yacht à la rame.

Gabriel m'emmène dans sa cabine privée, une suite avec chambre, où il se sèche et s'habille. Pendant tout ce temps, il garde les yeux rivés sur moi comme s'il craignait que je détale. Je reste à égale distance entre lui et le lit, là où il m'a laissée. Évidemment, je ne détalerai pas. Je dois le dissuader de prendre cette décision. Chaque partie de mon être aspire à vivre avec lui, et pourtant je ne peux pas le laisser abdiquer.

Il finit de s'habiller, me prend par les épaules et me regarde dans les yeux.

— Je t'aime.

On dirait un défi dans sa voix.

— Je t'aime aussi, mais…

— Non. Ça suffit.

— Il y a trop d'enjeux et tu le sais. Je suis partie pour t'aider à faire le bon choix.

— Mais ce n'est pas à toi de le faire à ma place.

Je me dégage en me tordant les mains.

— Sois raisonnable. Réfléchis.

— C'est tout réfléchi. J'ai parlé à Phillip et il accepte de prendre la relève. Il veut mon bonheur, et malgré ce brusque changement, il ne me gardera pas rancune.

Mon abruti de cœur exécute une danse de la joie. Je ne m'attendais pas à cela. J'étais persuadée que personne ne serait content de se retrouver attaché sur le trône à la place de Gabriel. Je suis sûre que ce n'est pas un métier facile. En même temps, cela demande à Gabriel de renoncer à son droit de naissance, à ce vers quoi toute son enfance privée d'insouciance et de liberté l'a orienté.

— C'est vraiment ce que tu veux ? Que Phillip devienne roi ?

Il garde le silence pendant un moment et j'ai la conviction que ce n'est pas ce qu'il souhaite.

— Gabriel, dis-je d'une voix étranglée, incapable de surmonter la boule qui me noue la gorge.

Une fois de plus, j'ai le cœur en miettes, parce qu'il est prêt à tout sacrifier pour moi et que je ne peux pas le permettre. Je ne peux pas accepter un tel abandon.

— C'est toi que je veux, dit-il avec détermination. Pour cela, mon père a demandé à te parler immédiatement.

Je plaque une main sur ma gorge.

— J'ai été convoquée par le roi ? Sait-il que la reine m'a fait jeter au cachot ?

Mon imagination s'emballe quand je songe à tout ce que le roi pourrait me faire, sachant que j'ai corrompu son fils avec mon mensonge et que je l'ai poussé à vouloir rompre avec la tradition royale. Je me figure un procès pour imposture vite expédié, avec un jury choisi par le roi, puis mon exécution sommaire. À l'ancienne, sur la place publique. Par guillotine, très certainement.

Il m'attire dans ses bras et pousse un soupir si fort que mes cheveux se soulèvent.

— Il ne te fera aucun mal.

Mon expression atterrée m'a sans doute trahie.

— Tu en es sûr ? je demande, la bouche contre son torse.

— Oui. Il sait tout. Il veut l'entendre directement de toi. Je crois qu'il essaie de comprendre.

Un rayon d'espoir, à peine plus brillant qu'une veilleuse, s'allume en moi.

— Alors, il veut bien me donner une chance ?

— Je crois. Ma mère n'est pas en ta faveur, cela dit. Rien n'est joué. Ils doivent tomber d'accord.

Il m'embrasse avec tendresse, me conduit jusqu'au lit et s'assoit à côté de moi. Puis il essaie de me préparer à l'état d'esprit de son père – les similitudes entre le coup de foudre de Gabriel pour moi et celui de son oncle pour une Américaine. Son père lui en veut toujours, car le rôle de roi lui a été imposé et ce n'est pas ce qu'il souhaite pour ses enfants. Son aîné est l'élu, le seul en qui son père ait confiance.

— Oh, Gabriel, j'ai l'impression d'avoir tout gâché.

— Non, tu m'as sauvé. Tu m'as ramené à la vie, ressuscité d'une existence de zombie.

Je lui réponds avec un sourire larmoyant :

— Un peu comme Frankenstein.

Il écarquille les yeux et tend les bras.

— Grrr…

J'ai presque envie de rire devant ce Gabriel taquin que je découvre, mais le poids de l'avenir est trop lourd sur moi pour me le permettre. Il m'enserre de ses bras et enfouit son nez dans mon cou. Je ne trouve pas la force de le repousser. Au lieu de ça, je me laisse aller contre lui, réchauffée par l'homme que j'aime de toutes les cellules de mon corps.

16

Anna

Nous arrivons au port de Villroy pour être accueillis par une foule d'habitants, téléphones à la main, venus filmer l'événement. La nouvelle a dû se répandre comme une traînée de poudre depuis le ferry. Gabriel passe un bras protecteur autour de mes épaules et me serre contre lui. Quatre gardes nous escortent, nous protégeant de la foule, et nous font monter dans une Mercedes qui démarre en direction du palais.

J'ai les mains moites, les nerfs à vif à la perspective de rencontrer le roi. J'ai très peu dormi cette nuit, en compagnie de Gabriel, et j'ai les yeux injectés de sang à force de pleurer, la peau rouge et les cheveux hirsutes à cause de la brise marine, plus frisés que jamais. Je n'en reviens pas que Gabriel n'ait pas mentionné mon état pitoyable. Je me suis fait peur en jetant un œil à mon reflet dans le miroir sur le yacht, pendant le trajet de retour. J'ai essayé de m'arranger, mais toute esthéticienne diplômée que je sois, je ne peux pas accomplir de miracles. Je ressemble à un pétard dans une robe léopard – tiens, ça rime ! Ça y est, je délire. Parfait pour ma rencontre avec le père de Gabriel – le foutu prince de Villroy – pour la toute première fois.

— Tu viens avec moi auprès du roi ? demandé-je à Gabriel lorsqu'il m'accompagne dans le palais.

Il y a des trémolos dans ma voix. J'aimerais pouvoir me la jouer cool, maîtresse de moi-même à la manière de Gabriel.

Son expression est parfaitement neutre, ses épaules en arrière. Il marche avec assurance vers mon destin tragique.

— Oui. Parle-moi encore de ton idée de produits de beauté basés sur les ressources de Villroy.

Il cherche à me changer les idées et je lui en suis reconnaissante. Je n'ai pas envie de tout gâcher devant le roi à cause des nerfs. Une fois de plus, je me lance dans la liste des ingrédients potentiels que l'on trouve naturellement sur l'île et leurs divers usages – algues, sel de mer, mousse, huile de poisson, éponges et même boue – et il m'écoute attentivement.

De longues minutes plus tard, je ne sais plus où nous sommes dans le palais. Je me tais. Nous devons nous trouver dans les quartiers royaux. Je me crispe, l'estomac sens dessus dessous.

— Continue, insiste-t-il. Qu'est-ce qui t'a inspirée pour cette idée de ligne de cosmétiques ?

— Je crois que c'était Villroy. Je n'y avais jamais pensé avant.

Il vient se camper devant moi et me regarde droit dans les yeux. Il porte ma main à ses lèvres et embrasse mes phalanges. Je suspends mon souffle sous l'intensité de son regard.

Il sourit.

— Je commence à voir ce qui m'a fait de l'œil chez Anna à travers le rôle de Polly.

— Oui ! C'est ce que je disais. J'étais moi-même avec toi, autant que je puisse l'être sans mettre Polly en danger.

Il me serre la main.

— Ta place est ici. Ta place est avec moi.

Des larmes brûlantes me piquent les yeux.

— Gabriel, je t'en prie, ne saute pas tout de suite aux…

— Nous y sommes.

Il s'avance et frappe à la porte. Je ne m'étais pas rendu

compte que nous nous tenions devant les appartements privés du roi. Si je l'avais su, j'aurais parlé moins fort.

Une femme de chambre nous ouvre et s'écarte pour nous laisser passer après une courbette d'usage.

Je suis Gabriel à l'intérieur. Sa mère est assise au chevet de son père, les yeux sur leurs mains jointes. Aussitôt, je perçois le mauvais état de santé du roi. Il a une stature imposante, les épaules carrées comme Gabriel, mais il est trop fin, émacié et livide. La succession au trône est imminente. L'importance du choix que doit faire le prince héritier me saute aux yeux.

J'incline la tête devant le roi.

— Votre Majesté, merci de me recevoir.

Je me tourne ensuite vers la reine.

— Merci, Votre Majesté.

J'ignore lequel des deux j'étais censée saluer en premier. Peu importe. Tous deux me regardent de haut comme si j'étais un cafard qui essaie de grimper sur le trône.

Je recule d'un pas. Aussitôt, la grande main de Gabriel se pose au bas de mon dos en signe de soutien, ou pour m'empêcher de déguerpir, peut-être.

Un silence tendu retombe dans la chambre. Comme j'ai été convoquée, je n'ose pas parler au risque de commettre une bévue. Le roi doit avoir son idée.

Enfin, il prend la parole.

— Gabriel est un chef tout désigné pour Villroy.

— Je suis tout à fait d'accord.

— Très bien, dit la reine. Nous avons au moins un terrain d'entente.

La voix de Gabriel se fait entendre derrière moi, un grondement autoritaire qui me pousse à me redresser.

— Laissez-moi vous rappeler que cette compétition était votre version d'une émission de télé-réalité. Vous disiez que, pour assurer son avenir, le royaume avait besoin de sang neuf et d'idées neuves. Anna remplit ces deux exigences. Son idée pour aider Villroy pourrait bien nous sauver. Le fait qu'elle ne soit pas de sang royal ne revêt aucune importance à mes yeux.

— Quelle est donc cette idée ? demande le roi.

Gabriel me serre l'épaule, comme pour m'inviter à prendre la parole.

Je suis tellement nerveuse et les enjeux sont si élevés que j'ai du mal à retrouver l'usage de ma voix.

— Il s'agit d'une expérience d'une semaine, la vie de château, entre amies ou pour les couples en voyage de noces.

Gabriel enchaîne avec animation :

— Il y a plus. Nous pouvons développer cette idée, construire un spa sans hébergement où les visiteurs pourraient venir passer la journée depuis le continent, et une ligne de produits cosmétiques à base d'ingrédients de chez nous, qui seraient utilisés au spa, mais également vendus en boutique. Imaginez les emplois que cela pourrait générer, pour la construction, le personnel, la fabrication à petite échelle…

— Même les pêcheurs seraient concernés.

Je n'ai pas pu m'empêcher d'ajouter mon grain de sel, car à nouveau, ce projet me rend fébrile.

— Ils pourraient récolter les algues, les éponges, faire pousser des végétaux marins ou extraire l'huile de poisson. On peut faire tant de choses avec des produits de qualité. Si le spa de jour est un succès, avec la collection de produits cosmétiques, vous pourrez fermer le palais à l'exception de la suite réservée aux clients de l'expérience royale. Ou peut-être même l'utiliser comme prime attractive pour les domestiques !

Ils me dévisagent et je ferme ma grande bouche.

Gabriel croise mon regard.

— Tes idées sont brillantes. J'entrevois déjà une solution, étape par étape, jusqu'à l'objectif ultime, une nouvelle industrie durable pour nos pêcheurs.

Mon cœur se gonfle avec fierté.

— Merci.

La reine agite la main comme pour balayer la conversation.

— L'idée de Francesca était meilleure. Elle comprend l'histoire traditionnelle de Villroy.

— Francesca propose simplement de mettre l'accent sur ce

qui existe déjà, rétorque Gabriel. De toute façon, là n'est pas la question.

Le roi m'observe attentivement. Ses yeux turquoise me toisent et je m'efforce de ne pas me recroqueviller. Enfin, il demande :

— Qui est votre famille ?

— Elle est en partie française, répond Gabriel à ma place. Les habitants apprécieront.

Je secoue la tête. Je veux qu'ils sachent où ils mettent les pieds avec moi.

— Je suis orpheline, Votre Majesté. Je ne dois rien à personne. Tout ce que j'ai, je l'ai obtenu par le travail. Récemment, j'ai découvert que j'avais des proches, tout compte fait.

— Qui sont-ils ? demande le roi avec impatience.

— Polly. C'est ma cousine au sixième degré. Nous avons un arrière-arrière-arrière-arrière-arrière-grand-père en commun. La famille de mon père faisait partie d'une vague d'émigrants de Beaumont qui ont élu domicile en Louisiane pendant une révolution des années 1800. Elle m'a retrouvée sur MesAncetres, parce qu'elle cherchait de la famille aux États-Unis pour sa nouvelle vie incognito.

Gabriel me tourne vers lui.

— Anna, pourquoi ne m'en as-tu pas parlé ? Tu as du sang royal.

— Polly dit que ça ne compte pas. Je suis trop éloignée. C'est comme une infime goutte de sang.

— Elle a raison, confirme la reine, victorieuse. Anna est toujours une roturière.

Gabriel passe un bras sur mes épaules et m'attire contre lui. À présent, nous faisons front ensemble devant le roi.

— Villroy a besoin d'elle.

Il me regarde avec un tel amour dans les yeux que je manque m'étouffer.

— Et moi aussi, j'ai besoin d'elle.

Je cligne des paupières pour retenir mes larmes. Je me sens flancher, mais je dois être forte pour Gabriel. Je m'efforce de me tourner vers le roi et la reine pour une dernière tentative. Je dois sauver la place de Gabriel.

— Je l'aime au point de renoncer à lui. Ça me briserait le cœur, mais je comprends sa valeur pour le royaume.

— Bon Dieu, Anna ! s'écrie Gabriel.

Mais le roi lui intime le silence avant de dire :

— Voilà ce que nous allons faire.

Sa voix est enrouée. Une violente quinte de toux le secoue.

La reine prend un verre d'eau et le lui tend.

Quelques secondes s'écoulent, pendant lesquelles nous attendons que la toux du roi se calme. La reine a l'air chagrinée et inquiète. Je comprends mieux les abysses sombres où elle évolue depuis quelque temps, à force de le regarder souffrir.

J'exerce une douce pression sur le bras de Gabriel. Ce doit être difficile pour lui aussi. Il a sans doute passé le plus clair de son temps avec son père, plus que tous ses autres frères et sœurs, car il est le seul à qui le roi devait enseigner les arcanes du métier.

Enfin, son père peut reprendre :

— Gabriel doit rester l'héritier de la couronne. Pour ne pas revivre ce qui s'est passé lorsque mon frère a abdiqué, j'accorde à Gabriel la permission d'épouser Anna.

La reine en reste bouche bée.

Gabriel me serre avec fougue dans ses bras, m'enveloppant de son amour. J'exprimerais volontiers ma joie, mais je peux à peine respirer. Cependant, je rayonne, j'irradie de chaleur. Mon cœur bat à tout rompre dans ma poitrine. Il relâche son étreinte et je pousse une exclamation de bonheur qui me vaut un coup d'œil de la part de mes nouveaux beaux-parents, franchement désapprobateur en ce qui concerne la reine. Je prends conscience qu'elle n'a pas encore donné son avis. A-t-elle le pouvoir d'annuler cette décision ?

Le roi poursuit sur un ton sentencieux :

— Nous annoncerons qu'elle est américaine, mais que les siens sont originaires du Beaumont français et qu'elle est cousine éloignée de la princesse de Beaumont. Voilà qui devrait satisfaire la population.

Techniquement, c'est la pure vérité. Il se tourne vers sa femme.

— Accepte pour moi, Alexandra.

Gabriel se crispe et je retiens mon souffle.

Elle pince les lèvres et hoche la tête. Une seule fois. J'inspire vivement. *Oui !* L'amour est palpable dans le couple et je sais que c'est la seule raison pour laquelle ils nous donnent leur bénédiction. Ils comprennent l'amour.

Une fois de plus, Gabriel m'enlace, puis il se tourne vers ses parents.

— Merci. Vous ne le regretterez pas. Vous avez fait le bon choix.

— Je n'ai pas besoin que tu me le dises, répond son père. C'est écrit sur ton visage transi d'amour.

La reine finit par se ressaisir et elle dit à son mari :

— Elle n'est absolument pas prête pour ce rôle.

Le roi sourit, l'œil brillant.

— Dans ce cas, tu la prépareras.

Elle se tourne lentement vers moi, la mine horrifiée.

— Souhaites-tu être reine ?

— Je souhaite être la femme de Gabriel.

— Sa femme sera reine.

— Alors, oui. Mais j'ai un tas de choses à régler à la maison. Je suis esthéticienne et concierge de mon immeuble. Une sorte de bricoleuse. Je peux tout réparer ou presque.

On dirait que ses yeux vont se révulser.

— Oh, misère.

Je m'empresse d'aller serrer ma nouvelle belle-mère dans les bras, puis mon beau-père aussi.

— J'aime votre fils. J'aime cet endroit, avec toute son histoire et ses traditions. Ce sont les fondations permanentes que j'ai toujours cherchées. Je consacrerai tous mes efforts pour préserver cela. Merci de m'accepter dans votre famille. Toute ma vie, j'ai rêvé d'avoir une famille.

La reine ferme les yeux pendant un moment et elle hoche la tête, émue par cette pensée. Le roi me tapote la main avec un sourire chaleureux.

Quant à Gabriel, il esquisse une révérence rigide, à laquelle ils répondent par un bref mouvement de la tête, puis il me prend par la main et m'entraîne vers la porte.

— Au revoir, Vos Royales Majestés, lancé-je par-dessus mon épaule. J'ai hâte de commencer les cours de reine.

— Juste ciel ! soupire sa mère, assez fort pour que je l'entende.

Le roi se contente de rire. Je crois qu'il m'aime bien.

Dès que nous débouchons dans le couloir, Gabriel me hisse dans ses bras, me soulevant du sol pour me faire tournoyer.

— Tu as été formidable. Ils ont été conquis.

— Je ne leur ai dit que la vérité, dis-je avec un grand sourire.

— C'était précisément ce qu'ils avaient besoin d'entendre.

Il me pose sur mes pieds et m'embrasse, un baiser rapide, mais ferme.

— Tu es vraiment une chevali*ère* sur son destrier blanc. Tu as sauvé le prince.

— Et j'ai sauvé une princesse, aussi.

Je brandis une épée imaginaire et il éclate de rire. J'aime le voir aussi heureux. Je le suis, moi aussi, j'en ai la tête qui tourne. J'ai les jambes en coton, le cœur si gonflé qu'il pourrait éclater de joie.

— Que sera ton prochain acte chevaleresque ? fait-il avec un clin d'œil. J'ai quelques idées.

Sur la pointe des pieds, je l'embrasse.

— Je dois me mettre au travail. Fais-moi visiter le palais. Je dois trouver un emplacement pour la suite de l'expérience royale.

— Tes désirs sont des ordres. Nous devrons peut-être en tester quelques-unes si elles doivent servir de chambres pour les couples en lune de miel.

— Bien sûr ! Nous… Ah !

Il vient de me jeter par-dessus son épaule.

Sa grande main se referme sur mes fesses et il m'emmène dans le couloir. L'instant d'après, nous sommes dans une chambre. Il ferme la porte d'un coup de pied, me pose au sol et avant même que je puisse examiner le potentiel de la suite, il me plaque contre le mur.

Avec un sourire carnassier, il me soulève et sa bouche

dévore la mienne. Je referme les bras et les jambes autour de lui pour lui rendre son baiser avec ferveur.

Ses mains remontent le long de ma robe et il tire la ficelle de mon string.

— Il faut tester la chambre du voyage de noces, dit-il contre mes lèvres avant de m'arracher le string.

Aussitôt, ses doigts plongent en moi. Ils vont et viennent tandis que son pouce imprime un rythme à la cadence orgasmique.

— Testons, testons…

Je rejette la tête en arrière tandis que le plaisir envahit mon corps.

— Oh, oui !

Soudain, les mots me manquent. Je suis pantelante, propulsée vers l'extase, et je m'agite, éperdue contre sa main. Tout se contracte dans mon corps. Sa bouche se plaque sur la mienne au moment où je jouis et il avale mon cri de plaisir avant de me ramener sur terre, tout en douceur. Une fois que je cesse de gémir, mes pieds retrouvent le parquet.

Je flotte dans un cocon de délice, les yeux clos, adossée paresseusement contre le mur tandis que Gabriel fait je ne sais quoi. Il se déshabille, très certainement. Lentement, je prends conscience que plusieurs minutes se sont écoulées et j'ouvre les yeux. Il s'avance vers moi, nu dans toute sa gloire, préservatif enfilé.

— Waouh.

Je m'apprête à plaisanter sur l'abondance de préservatifs dans les chambres d'amis royales, mais je n'en ai pas le temps. Il me soulève et me prend d'un mouvement brusque. Je frémis sous les sensations de cette invasion soudaine, sous la vague de plaisir qui déferle. Il est chaud et rigide, une douleur exquise.

Il s'immobilise, logé au plus profond de mon corps. Sa main vient soutenir ma tête et son regard me transperce.

— Anna.

J'adore entendre mon vrai prénom. J'aime la passion, l'intensité, l'amour simple et pur.

— Je t'aime, Gabriel.

Il m'embrasse avec tendresse.

— Je t'aime, ma reine.

— Tu es l'homme le plus merveilleux que j'aie jamais rencontré.

Son pouce caresse ma joue et il dit d'une voix rauque :

— Et toi, tu es mon cœur.

Je réprime un afflux de larmes, qui disparaissent quand la bouche de Gabriel se pose sur la mienne. Ses hanches vont et viennent, lentement, avec passion. Au bout de quelques minutes, la tendresse langoureuse se change en véritable baise animale, mon dos contre le mur, le corps ferme de Gabriel plaqué sur moi. Mon monde se réduit à la chaleur dans ses yeux, à ses mains sur mes hanches, ses coups puissants qui m'entraînent de plus en plus haut. Un gémissement profond monte de ma gorge et tout mon corps se comprime autour du sien quand je jouis. À son tour, il se laisse aller dans un râle guttural.

Je me détends, comblée et alanguie. Il change de position et passe un bras sous mes fesses pour me maintenir en place, entre son corps et le mur.

Mon sourire doit être un peu niais quand j'annonce :

— Cette suite est parfaite pour une suite de lune de miel.

Il me caresse la joue et m'embrasse, plus tendre maintenant, attentionné, comme s'il était incapable de se retenir. Cet homme m'enivre, j'ai l'impression d'être saoule.

Un long moment plus tard, il relève la tête.

— Il y a peut-être un meilleur choix. Nous allons devoir continuer les recherches pour trouver l'endroit idéal. Ça pourrait prendre un certain temps. C'est un vaste palais.

J'ondule contre lui.

— J'allais le dire.

Il sourit contre ma bouche et m'embrasse à nouveau avec intensité. Je me sens chez moi pour de bon.

ÉPILOGUE

— Tu es libre !

J'attrape Polly sur la banquette arrière du Hummer de location aux vitres teintées et je la serre avec énergie. Nous sortons tout juste de son procès. Pas de case prison, youhou !

Elle recule et me sourit avec chaleur.

— C'est grâce à toi, cousine.

Puis elle se tourne vers Gabriel.

— À vous aussi. Merci pour votre aide. Et votre discrétion.

Ma cousine est un modèle de bonnes manières. À présent, je m'en rends compte dans son maintien, le ton plus formel qu'elle emploie avec Gabriel, entre membres de la royauté. Mon merveilleux fiancé princier a tiré toutes les ficelles possibles pour obtenir à Polly un avocat fantastique sans que l'affaire s'ébruite.

Gabriel sourit.

— C'était un plaisir de vous aider, même si la liberté conditionnelle restreint vos mouvements.

— Ça m'est égal, dit Polly. J'ai besoin de passer du temps loin de chez moi. Maintenant, j'ai douze mois obligatoires. J'ai dit à mes parents que je passais mon master. Ils encouragent toujours les études.

Elle se tourne vers moi.

— Désolée que nous ayons perdu l'immeuble.

Je lui réponds avec un geste évasif :

— Ne t'inquiète pas pour moi. C'est l'intention qui compte. Tu voulais m'offrir un cadeau généreux et c'est plus important que tout. Je regrette que tu aies perdu l'argent avec lequel tu l'avais acheté, cela dit.

Le juge a déclaré que l'acte de vente de l'immeuble devait revenir à son propriétaire initial et que le paiement de Polly serait confisqué par le gouvernement.

— Tant pis, dit-elle. Maintenant que j'ai repris contact avec ma famille, tout va bien. Bon, j'ai peut-être un peu menti pour le master, à bien y réfléchir, j'aurais dû choisir ce prétexte dès le début au lieu d'essayer de dissimuler ma véritable identité.

— Peut-être, mais c'était bien plus intéressant, pas vrai ?

— Tu peux le dire ! Je me suis tellement amusée jusqu'à l'arrestation.

Nous éclatons de rire. Quant à Gabriel, il sourit en secouant la tête.

— Tu devrais passer ton master, lui dis-je. De toute manière, tu es coincée ici. Je crois même que tu peux suivre des cours en ligne.

— Pourquoi pas ? fait-elle d'un ton jovial. Ça me sera forcément utile avec le tourisme, quand je rentrerai au pays.

Nos poings s'entrechoquent.

— Tu vas me manquer, Anna, dit-elle. Je viendrai vous rendre visite à Villroy dès que ma période de liberté conditionnelle sera terminée.

— J'y compte bien ! En attendant, tu as tes visitez chez Mike.

Elle rend souvent visite à mon père de cœur pour prendre de ses nouvelles. Elle m'a dit qu'il l'avait soutenue pendant la période difficile, quand je n'étais pas là.

— À vrai dire, Mike m'a proposé de séjourner chez lui si j'obtenais la libération conditionnelle, dit-elle. Je ne sais pas si je peux accepter. Enfin, j'en ai bien envie, il est adorable, mais je sais qu'il ne va pas bien et je ne voudrais pas m'imposer.

Je pousse un soupir de soulagement.

— C'est merveilleux. Il faut absolument que tu acceptes sa

proposition. Il a l'habitude d'avoir une maison très animée. Il a hébergé un si grand nombre d'enfants au fil des ans. Je me sentirais infiniment mieux si je savais que tu lui tiens compagnie maintenant que je déménage à Villroy.

Gabriel et moi avons passé les deux dernières semaines ici, à Tampa. J'ai réglé tous les détails, au travail et dans l'immeuble, mais surtout, j'ai passé du temps avec Mike. Sa situation est stable et il est très heureux que je me sois fiancée. Il approuve mon choix, et pour moi, c'est plus important que tout, car je sais que Mike souhaite mon bonheur. Gabriel lui a proposé de venir vivre au palais avec nous, mais il préfère rester dans la maison familiale. Alors, Gabriel a pris la meilleure décision. Il a installé une infirmière chez lui, à temps plein. Si en plus Polly habite avec lui, je peux être tranquille. Je lui rendrai visite, naturellement, je l'appellerai et je lui écrirai, par textos et par emails. C'est mon père.

— Bon, alors, c'est réglé.

Polly me décoche un coup de coude.

— Mike me dit que je lui fais penser à une autre version de toi, extrêmement polie.

— Ha, ha ! Tu as encore de gros efforts à faire pour égaler mon niveau de… Comment dis-tu, déjà ?

— Impertinence, me répond Gabriel.

— C'est ça, d'impertinence. C'est sa façon extrêmement polie de dire que je suis une malpolie.

Gabriel serre ma main dans la sienne.

— Pas malpolie. Impétueuse et effrontée, mais jamais malpolie. Tu traites les gens avec respect.

— C'est vrai, dit Polly. Je suis si heureuse que nous nous soyons trouvées, toutes les deux, même si ça n'a duré que quelques mois. Et je suis si heureuse que vous vous soyez rencontrés, tous les deux ! Anna, tu imagines si c'était moi qui étais partie à Villroy pour concourir et remporter la main de Gabriel ?

— Heureusement que tu es assignée à résidence ! je m'exclame. Tu aurais pu voler mon futur mari !

Gabriel secoue la tête.

— Vous ne vous ressemblez pas tant que ça. Il y a un air de famille, c'est tout.

Polly détache son épingle à cheveux et agite ses boucles brunes. Nous nous plaçons joue contre joue et sourions à Gabriel.

— Tu vois ? dit-elle.

— Des jumelles, ajouté-je.

— Je vois double, fait-il en se penchant vers Polly. Embrasse-moi, chérie, pour que je sache si c'est bien toi.

— Gabriel !

Il sourit et change de direction au dernier moment pour embrasser la femme de sa vie. Moi.

~

Deux semaines plus tard, au bal royal…

Gabriel

On pourrait dire que je me suis précipité avec Anna. Mais ce serait faux. Je l'ai attendue toute ma vie et maintenant qu'elle est là, je suis impatient de commencer notre vie à deux. J'admets volontiers qu'elle constitue une pièce rapportée unique à la famille, extravertie et pas toujours consciente du protocole. Et pourtant, on ne peut s'empêcher de l'aimer. Même la reine s'est réchauffée au contact de son élève assidue. Après avoir réglé les derniers détails chez elle, Anna a passé deux semaines à étudier d'arrache-pied auprès de ma mère. Elle a appris nos traditions et les fonctions royales. Elles ont organisé ce bal ensemble, pour fêter nos fiançailles.

Anna porte une robe longue vert émeraude. Le corsage lui arrive au cou, ne révélant aucun décolleté, mais épousant ses formes à la perfection. Ses boucles brunes chatoyantes sont coiffées en arrière, retenues par une tiare en diamants scintillante, et tombent en cascade dans son dos. Les princesses du concours barbare étaient toutes invitées – une idée d'Anna –, mais elles ont refusé comme je m'y attendais. Elles ne veulent pas se rappeler leur défaite. Toute ma famille est présente, ainsi que de nombreux nobles et notables amis de Villroy.

Je regarde Anna suivre ma mère parmi les invités, saluant tout le monde. Elle est irrésistible, à sa manière pétillante et pleine de vitalité. Dans le registre des bonnes nouvelles, mon père semble revigoré par notre mariage à venir. Il veut être là pour y assister. Anna lui rend visite tous les jours et le régale par des anecdotes sur ses anciennes clientes et toutes leurs manies. Il la trouve « rafraîchissante ». Elle lui a même coupé les cheveux. Il n'y a qu'Anna pour oser une chose pareille.

Je traverse la salle pour la retrouver. J'ai attendu trop longtemps la fin de ses exercices d'apprentie-reine avec ma mère.

— M'accorderas-tu cette danse ?

Avec un sourire rayonnant, elle exécute une courbette.

— Avec joie !

Elle est incapable de retenir son enthousiasme naturel et je n'ai aucune envie qu'elle le fasse. J'adore ce trait de personnalité.

Je prends son bras sous le mien et la guide sur la piste de danse. L'orchestre enchaîne tout en douceur avec un slow. Un bras autour de sa taille, je lui prends la main et la conduis dans une danse langoureuse. D'autres couples nous rejoignent.

Elle me tâte l'épaule.

— Je t'ai déjà dit que tu étais magnifique en smoking ?

— Oui, mais sens-toi libre de me le répéter.

Elle palpe mon biceps.

— Scandaleusement magnifique. Tu passes un bon moment ? Je ne t'ai pas vu sourire une seule fois. Tu ne l'as peut-être pas remarqué, mais je t'épie secrètement de l'autre côté de la salle.

— Maintenant, je passe un bon moment.

Elle m'enlace avec spontanéité avant de reprendre position. Je ne me suis jamais senti aussi aimé. Ses yeux marron étincellent, comme chaque fois qu'une idée lui vient.

— Quoi ?

Elle me sourit.

— Étant donné qu'il faut encore deux *longs* mois pour organiser un mariage royal digne de ce nom, je me disais…

— C'est le délai le plus court que j'aie pu négocier.

— Oui, je sais que tu es impatient de me passer la corde au cou. Ha, tu te souviens quand…

— Chut, chérie.

Je l'attire à moi et chuchote à son oreille.

— Bien sûr que je me souviens de nos petits jeux de bondage, mais si tu commences à en parler ici, tu vas me rendre dingue et ce sera plutôt malséant.

— Malséant.

Elle essaie de se retenir de rire, mais elle échoue lamentablement. Elle lève les yeux vers moi, les joues roses et le sourire aux lèvres.

— Oh, Gabriel, parfois tu trouves de ces mots…

Elle m'embrasse sur la joue et nous reprenons notre danse.

— Je disais donc que la rénovation de la suite pour l'expérience royale doit se terminer pile au moment de notre mariage, au jour près, dit-elle en claquant des doigts. J'ai pensé que nous devrions y passer notre nuit de noces pour l'essayer.

— Marché conclu.

— Tu n'es pas difficile !

C'est faux. Je l'ai toujours été, au contraire, mais je ferais tout pour elle. Elle a abandonné son pays, sa carrière, son rêve de posséder son propre salon et même sa vie privée. Je ferai tout ce qui est en mon pouvoir pour lui apporter du bonheur dans la nouvelle vie qu'elle a choisie à mes côtés.

Je pose la main sur sa joue et je l'embrasse. Elle se jette à mon cou pour me rendre le baiser avec ferveur. Lorsqu'elle me laisse enfin reprendre ma respiration, elle regarde autour d'elle et constate que nous sommes le point de mire de l'assistance. Elle s'empresse de m'essuyer le coin des lèvres de peur d'y avoir laissé des traces rouges.

— J'avais oublié, murmure-t-elle. Les marques d'affection en public sont mal vues.

— C'est notre fête de fiançailles. Quel meilleur moment pour célébrer notre amour ?

— Je t'aime, Gabriel Rourke, me dit-elle, rayonnante.

— Et je t'aime aussi, Anna Hebert bientôt-Rourke.

Elle pousse un soupir de bonheur.

— Je t'ai dit que j'avais déjà une réservation pour la nouvelle suite royale ? Une semaine entre filles.

— Non. Et si elle n'était pas encore prête ?

— Alors, j'interviendrai avec ma propre ceinture à outils pour accélérer le mouvement. Mais je ne m'inquiète pas, je superviserai personnellement le travail des entrepreneurs.

— D'accord, et qui sont les heureuses clientes ?

— Mes anciennes clientes les plus aisées. Elles viennent passer une semaine pour me confier leur beauté : cheveux, ongles, soins du visage.

Elle baisse la voix et ajoute sur un ton de conspiratrice :

— Elles sont très attachées à moi. La relation qu'on entretient avec son coiffeur, c'est sacré.

— Je l'ignorais.

— Oh, tu peux me croire, fait-elle en hochant vigoureusement la tête. Enfin, pour être tout à fait honnête, ce qui les a convaincues, c'est la vente aux enchères royale. Elles peuvent gagner une soirée en tête à tête avec un prince !

J'ai du mal à cacher mon effarement. Ça me semble encore pire que les jeux barbares concoctés par ma mère pour me trouver une épouse. Et les princes ne peuvent être que mes frères. Qui d'autre accepterait ? Décidément, ils lui mangent dans la main.

— Tadam ! s'exclame-t-elle. C'est ma nouvelle idée pour lever des fonds. Tu sais que nous devons mettre la machine en route. Il faut avancer sur le projet de spa de jour et de produits cosmétiques.

En disant *nous*, elle parle de nous deux.

— C'est vrai. Et donc… mes frères sont au courant qu'ils seront proposés aux enchères ?

Elle les cherche du regard et agite les doigts en les repérant au bar. Elle leur envoie un baiser, puis elle se tourne vers moi.

— Non. Ils n'en savent rien. Mais je suis sûre qu'ils feront ça pour moi.

— Oui, ils t'adorent, comme le reste de la famille.

Elle m'adresse un sourire tendre et me serre le bras.

— Pour tout dire, je crois que c'est le beau gosse royal qui remportera le plus de succès. Il a toute une communauté sur internet. C'est parfait !

Je jette un œil vers le pauvre Phillip qui ne se doute de rien. Il sourit et rit avec insouciance, comme à son habitude. Soudain, je me rappelle qu'il était au courant pour la compétition des princesses avant même qu'elle commence, et qu'il ne m'en avait pas dit un mot. D'ailleurs, quand il s'est enfin pointé, il avait l'air amusé par cette épreuve diabolique qui m'était infligée.

Je me tourne vers Anna.

— Tu es brillante. Fais en sorte que je sois là quand tu le lui annonceras.

Elle se renfrogne.

— Pourquoi ? Tu crois qu'il sera fâché ?

— Il y a des chances.

Elle hoche lentement la tête, comme pour me dire *message reçu.*

— J'attendrai la toute dernière minute.

Je ne peux réprimer un sourire.

— C'est parfait.

Maintenant qu'Anna est ici, la vie ne sera plus jamais morne et ennuyeuse au palais.

Envie de découvrir la nuit de noces de Gabriel et Anna ? Inscrivez-vous à ma newsletter pour un Épilogue Bonus spécial ! kyliegilmore.com/FRrcnewsletter

Ne ratez pas le prochain tome de la série, *Royal Hottie*, où Phillip se retrouve, sans le savoir, premier prix d'une vente aux enchères pour célibataires !

Royal Hottie

Phillip

Je n'aurais jamais imaginé devenir le premier prix d'une vente aux enchères pour célibataires, grâce à ma scandaleuse belle-sœur, la nouvelle reine.

Je me fiche d'être devenu un mème internet, l'archétype du beau gosse de sang royal. Je ne suis pas un morceau de viande. Alors quand la première célibataire aux dents longues débarque au palais, je la renvoie sur-le-champ. Le problème, c'est que cette fille s'accroche.

Ruby

Pourquoi ai-je bien voulu acheter un rendez-vous avec ce prince arrogant et impoli ?

Je suis ici pour accomplir une mission. J'en ai désespérément besoin, et ce n'est pas un prince à la grosse tête qui se mettra en travers de mon chemin. De toute évidence, le « beau gosse royal » s'est laissé prendre au jeu du battage médiatique.

Alors comment ai-je bien pu remporter le premier prix d'une vente aux enchères pour célibataires, et que vais-je faire de lui ?

Je ne peux pas me permettre de tomber amoureuse d'un play-boy. Et puis, nos vies prennent deux directions opposées. Il part en tournée internationale pendant un an ou plus, alors que je dois absolument rentrer aux États-Unis. Le problème, c'est que ce prince a l'habitude d'obtenir ce qu'il veut, et maintenant ce qu'il veut, c'est moi.

Inscrivez-vous à ma newsletter afin de ne rater aucune de mes nouvelles publications: Kyliegilmore.com/FRrc-newsletter

DU MÊME AUTEUR

La série du Club de Lecture Happy End

Hollywood incognito (Tome 1)

Au-devant des ennuis (Tome 2)

Même pas cap (Tome 3)

Entente formelle (Tome 4)

Erreur sur le bad boy (Tome 5)

Joue avec moi (Tome 6)

Résister au destin (Tome 7)

Une chance de romance (Tome 8)

Un séducteur diabolique (Tome 9)

Un plan désagréable (Tome 10)

Un mariage Happy End (Tome 11)

La série Rourkes

Royal Catch – Version française (Tome 1)

Royal Hottie – Version française (Tome 2)

Royal Darling – Version française (Tome 3)

La série Clover Park (en anglais)

The Opposite of Wild (Book 1)

Daisy Does It All (Book 2)

Bad Taste in Men (Book 3)

Kissing Santa (Book 4)

Restless Harmony (Book 5)

Not My Romeo (Book 6)

Rev Me Up (Book 7)

An Ambitious Engagement (Book 8)

Clutch Player (Book 9)

A Tempting Friendship (Book 10)

Clover Park Bride (A Clover Park Short)

A Valentine's Day Gift (Book 11)

Maggie Meets Her Match (Book 12)

La série Clover Park STUDS (en anglais)

Almost Over It (Book 1)

Almost Married (Book 2)

Almost Fate (Book 3)

Almost in Love (Book 4)

Almost Romance (Book 5)

Almost Hitched (Book 6)

À PROPOS DE L'AUTEUR

Kylie Gilmore est l'auteur de best-sellers sur la liste de *USA Today* de la série du Club de Lecture Happy End, la série Rourkes, la série Clover Park et la série Clover Park STUDS. Elle écrit de la romance humoristique qui vous fera rire, qui vous fera pleurer et qui vous donnera un coup de chaud.

Kylie vit à New York avec sa famille, deux chats et un chien complètement fou. Quand elle n'est pas en train d'écrire, de courir après ses enfants ou de prendre des notes lors de conférences sur l'écriture, vous la trouverez sur la pointe des pieds, cherchant à atteindre sa cachette secrète de chocolat tout en haut du placard.